Iris Figueiredo

Confissões ON-LINE
Bastidores da minha vida virtual

generale

Presidente
Henrique José Branco Brazão Farinha
Publisher
Eduardo Viegas Meirelles Villela
Editora
Cláudia Elissa Rondelli Ramos
Projeto gráfico de miolo e editoração
Camila Rodrigues
Capa
Listo Estúdio Design
Preparação de texto
Gabriele Fernandes
Revisões
Fabrícia Carpinelli
Renata da Silva Xavier
Impressão
Assahi Gráfica

Copyright © 2014 *by* Iris Figueiredo
Todos os direitos reservados à Editora Évora.
Rua Sergipe, 401 – Cj. 1.310 – Consolação
São Paulo – SP – CEP: 01243-906
Telefone: (11) 3562-7814/3562-7815
Site: http://www.editoraevora.com.br
E-mail: contato@editoraevora.com.br

DADOS INTERNACIONAIS PARA CATALOGAÇÃO NA PUBLICAÇÃO (CIP)

F49c

Figueiredo, Iris
    Confissões on–line : bastidores da minha vida virtual/

Iris Figueiredo. – São Paulo : Évora, 2013.
    240p. ; 16x23cm.

ISBN 978-85-63993-74-8

1. Ficção brasileira. I. Título.

CDD B869.3

JOSÈ CARLOS DOS SANTOS MACEDO BIBLIOTECÁRIO -- CRB7 N. 3575

But because things change. And friends leave. And life doesn't stop for anybody[1].

– Stephen Chbosky

---

[1] "Mas é porque as coisas mudam. E amigos vão embora. E a vida não para pra ninguém", em tradução livre.

Para meu pai, que me obrigou a criar meu blog.

Agradecimentos

O caminho até aqui foi repleto de dúvidas, medos e inseguranças. Entregar o segundo livro parece mais difícil do que estrear no mundo das letras. Será que fica mais complicado a cada vez? Foram muitas expectativas – tanto dos leitores quanto minhas –, que eu queria cumprir. Para chegar a esse resultado, tive a ajuda de um monte de gente incrível, pessoas sem as quais esse livro não seria metade do que é. Quem disse que vida de escritor é solitária, estava enganado. Ou não tinha tantas pessoas maravilhosas para contar quanto eu.

Agora é melhor você se sentar, pois tenho muito a agradecer...

Obrigada a Deus, infinitas vezes – pelo ar que eu respiro, pela família que tenho, pelos amigos colocados em minha vida, pela sabedoria e força dadas para enfrentar os desafios diários.

Obrigada aos meus avós, por me alimentarem com suas histórias e por serem pais dos meus pais. E falando em pais, obrigada Lucimar e Marco, também conhecidos como os melhores pais do mundo, por me mostrarem a importância dos livros e se orgulharem de mim.

Sauron – ou melhor dizendo, Gui Liaga –, obrigada por ser uma agente literária incrível, além de ótima amiga. É um prazer trabalhar com você e saber que tenho alguém ao meu lado que acredita tanto em mim e me ajuda a dar vida aos meus personagens.

Agradeço também a todos os meus amigos por compreenderem a loucura que é ter uma amiga metida a escritora. Por ouvirem minhas ideias, comparecerem aos eventos e me darem apoio. Os nomes não cabem nesse parágrafo, mas eu sou profundamente grata a vocês.

Mas existem amigos que tiveram uma participação muito maior nessa história e a eles um simples "muito obrigado" não é suficiente para dizer o quanto sou feliz por tê-los em minha vida. Entre essas pessoas está Dayse Dantas, rainha do Caps Lock, que trouxe o *insight* perfeito para essa história acontecer. Sem ela, tenho certeza que esse livro ainda estaria entre meus rascunhos, esperando o estalo para desamarrar todos os nós.

Mil vezes "muito obrigada" Barbara Morais, que com sua mente incrível e borbulhante, escuta todas as minhas ideias com paciência – além de compartilhar as minhas frustrações. Você é uma amiga e tanto! Também quero agradecer à

Taissa Reis: sem ela meus personagens jogariam o *video game* errado. Você ganha um Bernardo de brinde por ser uma amiga tão maravilhosa. Também gostaria de agradecer à Carol Christo pelo apoio que me deu antes mesmo da publicação do meu primeiro livro e por todas as dicas pelo caminho.

Agradeço à Olívia Pilar, que chegou a tempo de acompanhar o fim dessa jornada e se tornar imprescindível para essa história – e para a minha vida. Obrigada por estar sempre ao meu lado, por acreditar em mim e por ser a melhor amiga que eu poderia pedir! Conto com seus conhecimentos para ser minha consultora oficial do Canadá.

Obrigada à equipe da Generale, Eduardo Villela, Henrique Farinha e Claudia Rondelli, por acreditarem no meu trabalho. Também agradeço a todos que ajudaram na produção do livro e materiais relacionados. Vocês tornaram esse projeto possível! E um agradecimento especial à Babi Dewet, minha companheira de editora. Espero poder conquistar os corações dos leitores como você faz com seus livros.

E essa história jamais existiria sem todas as experiências – traumáticas ou divertidas –, que vivi no Ensino Médio. Para todos que conviveram comigo entre 2007 e 2009, eu deixo aqui meu agradecimento. Apesar de tudo pelo o que passamos, cabe a vocês decidirem se estou sendo irônica ou não. ;)

Um agradecimento especial a todos os blogueiros e *vloggers* que acompanho – sejam aqueles com mil ou um milhão de visualizações. A trajetória virtual de cada um me ajudou a compor a minha personagem principal. Continuem compartilhando suas histórias na internet, nesse espaço repleto de pessoas incríveis e milhares de ideias brilhantes!

Finalmente, a todos que gastam ou gastaram algum tempo lendo o que eu escrevo – seja meu livro, meus contos, minhas crônicas, meus posts no blog ou até mesmo meus *tweets*. É por vocês que escrevo, às vezes mais do que por mim. Obrigada pelo apoio, retorno, carinho e até mesmo pelas críticas. Espero contar com vocês para sempre, pois são os melhores leitores que poderia desejar.

Prólogo

– Se você pensa que sua vida está ruim, cuidado! Ela sempre pode piorar – falei. – Meu nome é Mariana, eu odeio brócolis e tive que comer isso no jantar. Minha irmã vai se casar, e na segunda-feira minhas férias terminam. E eu estou na internet pra fazer a mesma coisa que você: reclamar.

Eu me mexi, a lente da câmera fez um pequeno zumbido, ajustando o foco. Olhei rapidamente para o visor, que captava cada movimento. Meu cabelo estava um pouquinho despenteado e minha camiseta, amassada. Mas qual era o problema? Ninguém ia assistir àquilo mesmo.

Limpei a garganta e continuei a falar, reclamando da vida, das pessoas, da minha irmã e do tempo horroroso que fazia em Niterói. Durante quatro minutos e meio, só isso que eu fiz: reclamei.

Até que era divertido.

Pouco depois, estava cortando, editando e criando uma abertura engraçada para o vídeo. Nas horas seguintes, um novo canal estava no ar no YouTube.

Não conheço as estatísticas, mas milhares de pessoas devem enviar vídeos, criar canais e assistir a outras pessoas pagando mico. Todos os dias. Eu era só mais uma em milhões. Bilhões, na verdade.

Eu não sabia, mas assim que criei o *Marinando*, minha vida começou a mudar. Em uma noite tediosa de domingo, a minha história ganhou uma nova página por causa da internet. Logo eu, que nunca fiz amigos virtuais e morro de vergonha de comentar em fóruns.

Mas, por enquanto, isso é tudo que você precisa saber.

1

O inferno deve ser algo parecido com vários despertadores tocando.

Onde meu fim de semana foi parar? Quando fechei os olhos, era sexta-feira; assim que os abri já era segunda. Melhor dizendo: onde foram parar minhas férias? Mal podia acreditar que aquela era a última vez que voltava de férias escolares. Adeus, julho, olá, agosto e semestre da loucura, com vestibulares e muito mais!

Apertei o botão de soneca mais duas vezes, me recusando a largar minha cama quentinha e encarar o mundo cruel. Não dava para chamar aquilo de férias, no máximo era um feriadão. Quando o alarme disparou pela terceira vez, não tinha mais jeito: era hora de levantar. Por mais que eu quisesse, soneca eterna não era uma opção. Fui tomar meu banho.

Nos últimos meses, adotei um lema de vida bem pessimista: tudo que é ruim, pode piorar. Quando abri o chuveiro, a água caiu completamente gelada em cima de mim. Como se a manhã não estivesse ruim o suficiente! Desliguei, praguejando, alterei a chave e nada. Abri a torneira mais devagar e coloquei só os pés debaixo d'água, mas a sensação térmica era como mergulhar em um balde de gelo.

– *Mãe, o chuveiro queimou!* – gritei. Pela hora, poderia fazer o estardalhaço que fosse. Duvidava muito que ela fosse acordar com meus gritos.

Respirei fundo e me joguei debaixo do chuveiro, correndo o risco de morrer de hipotermia. Tomei um banho tão rápido, como se eu estivesse com medo da água, dando pulinhos e gritinhos a cada gota de "gelo" que tocava minha pele. Minha irmã, impaciente, não parava de gritar do lado de fora do banheiro.

– Mariana, anda logo! Tenho que tomar banho. Alguém precisa trabalhar nesta casa!

Melissa não parava de bater na porta e me apressar. Até parece que sou surda! Só de implicância, ignorei os gritos e demorei bastante secando o cabelo e passando o lápis de olho. Ela que se esgoelasse do lado de fora.

Mesmo com o som alto do secador, consegui escutar mamãe abrir a porta do seu quarto e mandar Mel parar de gritar. Até desliguei o secador para escutar a bronca melhor.

– São seis e meia da manhã, Melissa! Pare de gritar, daqui a pouco o vizinho vem reclamar.

— Então mande a madame se arrumar rápido, eu tenho que trabalhar! — reclamou. — Escola não é desfile de moda.

Fiquei irritada! Madame uma vírgula. Abri a porta do banheiro para brigar com ela.

— Ei, madame é a senhorita que quer que todo mundo pare de fazer o que está fazendo pra atender às suas vontades.

Melissa fingiu que não ouviu, me empurrou e entrou no banheiro! Fiquei irritada. Como pôde fazer isso?

— Ôh garota, me dê meu uniforme aí. Deixe de ser mal-educada, eu hein!

Mel abriu uma fresta na porta, jogando minhas roupas por cima de mim. Ficaram caídas no chão. Ela estava pensando o quê? Eu ia matar minha irmã!

Quem via Melissa, até achava que a mocinha tinha 15 anos de idade, em vez de 21. Prestes a se formar na faculdade e de casamento marcado — era uma noiva muito chata, por sinal —, ela agia como uma adolescente 90% do tempo. Eu que precisava ser madura por ali.

Bati na porta do quarto da minha mãe para reivindicar meus direitos. Mamãe me olhou, descabelada e parecendo um zumbi.

— Mãe, olha a Melissa sendo ignorante e jogando minhas coisas no corredor!

— Ai, Mariana, sério mesmo? Se resolva com ela aí e me deixe dormir. Vocês não têm mais cinco anos.

E bateu a porta na minha cara também! Segunda pessoa no dia que fazia isso. Não se fazem mais mães como antigamente. Onde já se viu uma coisa dessas?

Meu dia mal havia começado e já estava um caos.

Eu odeio segunda-feira!

▶❚❚

O Colégio São João costumava ser meu segundo lar antes de tudo acontecer. Cinco anos no mesmo lugar, convivendo basicamente com as mesmas pessoas. Naquele ano, a escola completava cem anos de história, um dos colégios mais tradicionais da cidade. Em comemoração ao centenário da escola, um enorme mural com fotos dos últimos anos havia sido exposto no pátio. Antes de a aula começar, parei para observá-las. A fachada do São João parecia a mesma de sempre, com pequenas alterações, e as imagens registravam todas as mudanças que o colégio passou ao longo dos anos. Olhar para elas me fez pensar como os anos fazem objetos, lugares e principalmente pessoas mudarem — e quando acontece diante do nosso nariz, é muito mais difícil perceber os detalhes.

Algo parecido aconteceu em minha vida em relação aos meus antigos amigos. Havia me acostumado às pequenas mudanças e, quando percebi o tamanho delas, era tarde demais.

Ia a pé todos os dias para a escola, pois não ficava muito longe do meu prédio. A manhã estava muito fria para o fim de agosto. Afinal, só existem duas estações por aqui: verão ou inferno. Dias mais gelados como aquele, geralmente, eram uma surpresa bem-vinda. Mas assim que entrei em sala de aula, vi que já tinham ligado o ar-condicionado! Não sei que calor era aquele que estavam sentindo. Peguei meu casaco na bolsa e me sentei no canto da sala, encolhida, esperando a aula começar.

Os alunos já em sala estavam divididos em pequenos grupos, todos conversando e contando as novidades das últimas férias. Em outra época, eu também estaria em algum daqueles grupos, comentando como foi chato passar as três últimas semanas ajudando nos preparativos do casamento da minha irmã, mas agora não havia ninguém para conversar comigo.

Como sentia saudade de estudar com a Carina, minha melhor amiga... Mas a mãe dela era completamente surtada com essa história de vestibular, então, no início do ano, ela foi para uma dessas escolas preparatórias, onde se respira livros e simulados de sete da manhã às sete da noite. Mal tinha tempo de vê-la!

Todos os meus anos no São João me ensinaram que a melhor posição para se sentar em sala de aula é encostada na parede, nas três primeiras cadeiras. Ninguém desconfia de quem senta na frente, então você pode "viajar" durante a aula inteira sem perceberem. Não que eu estivesse em condições de ficar distraída, afinal, as provas de vestibular estão vindo aí.

Estava quase relaxada, quando uma conhecida sensação tomou conta de mim: aquele aperto na garganta que aparecia toda vez que via minha ex-melhor amiga.

Heloísa entrou em sala com suas novas "melhores amigas para sempre". Ela parecia bem – e por que não pareceria? –, andando e tagarelando sem parar, segurando o fichário com uma mão e gesticulando com a outra. Só faltava um ventilador para os cabelos dela balançarem, tipo aqueles filmes americanos de sessão da tarde, sabe? Ainda fico surpresa com a facilidade que ela tem de reciclar amigos. Até pouco tempo, Alba e Jéssica eram, para ela, nada mais que colegas de classe.

Eu não conhecia muito bem a Jéssica. Durante os três anos em que estudamos juntas, não tínhamos conversado sobre quase nada. Ela não era de muito papo, estava sempre com aquela expressão horrorosa de quem comeu e não gostou. Eu não fazia questão de ter por perto gente assim. Nem sei como ela e a Helô se aproximaram em tão pouco tempo, mas a verdade é que os últimos meses provaram que eu nunca conheci a Heloísa de verdade.

Alba, sim, costumava ser minha amiga. Nos conhecemos quando eu entrei no colégio, cinco anos antes. Ela era simpática, com um constante sorriso no rosto e vivia tentando agradar as pessoas, o que muitas vezes era meio insuportável. Alba entrou na escola um ano antes de mim, mas não tinha amigos. Grande parte da sala ignorava a existência dela, ou implicava com ela frequentemente. Não sabia dizer se era por causa de seus modos estabanados, do aparelho nos dentes e dos óculos de grau ou por sua língua sem freios. Muita gente dizia que estar ao lado dela era sinônimo de pagar mico. Quando a gente era mais nova, Alba não sabia manter a boca fechada e sempre falava coisas que a deixavam em uma supersaia justa – e todo mundo ao redor, para ser sincera.

Na verdade, foi isso que me fez virar amiga dela. Nunca tive dificuldade para fazer amizades, portanto, eu a arrastei comigo para a vida social do São João. Com o tempo, as pessoas passaram a ignorar as coisas absurdas na personalidade dela e a própria Alba aprendeu a controlar a língua. Agora ela não lembrava nem um pouco a menina sem traquejo social que era anos atrás.

Alba sempre fez de tudo para agradar a Helô, mesmo que minha ex-amiga não desse muita atenção para ela. Heloísa só passou a tratar Alba melhor quando a menina se livrou dos óculos que usava e do aparelho dentário. E aí, de uma hora para outra, as duas viraram unha e carne! Quando precisei de apoio, Alba preferiu Heloísa. Não sei se posso culpá-la, pois quem gostaria de permanecer minha amiga com tudo que andavam falando de mim pelos corredores? Eu era a vilã. Alba escolheu a mocinha que estava ganhando a partida e, agora, me tratava como se eu fosse o câncer do mundo.

Por dentro, implorei para que Helô passasse direto por mim, mas, ao contrário do esperado, ela se sentou na fileira ao lado da minha – o que fez Alba olhá-la confusa.

– Helô, você não quer sentar lá atrás? – perguntou Alba.

– Não, está bom aqui – respondeu, olhando diretamente para mim.

– Aqui na frente? Sério? Vamos lá pra trás, aqui não dá para conversar – choramingou Jéssica. Heloísa lançou um olhar para ela que eu conhecia bem. Ele dizia: "Faça o que eu estou pedindo e não banque a idiota na frente de todo mundo". Eu odiava aquele olhar.

Jéssica olhou para mim e depois para Heloísa, parecendo finalmente entender o que estava acontecendo. Assim que percebeu por que deveria se sentar ali, ela se colocou na cadeira e continuou a tagarelar. Percebi que Alba ficou desconfortável durante os poucos segundos em que me fitou.

Eu rabiscava meu caderno sem prestar muita atenção ao que o professor de Álgebra dizia. Mas era impossível não captar a voz da Helô. A mesma voz que durante anos dirigia-se a mim para contar as fofocas do fim de semana ou simplesmente fazer comentários bobos sobre o dia. Mas, naquela manhã, Heloísa sussurrava suas histórias para Alba e Jéssica, não para mim. Só que, se eu conhecia bem a Heloísa, ela estava fazendo questão de dizer cada frase alto o suficiente para que eu escutasse.

O curioso era que eu queria saber cada detalhe da vida dela. Passei muitos anos compartilhando segredos com a Helô e sentia falta de ouvir suas histórias. Mas *daquela história* eu dispensava detalhes, apesar da minha curiosidade mórbida. Afinal, ninguém quer saber *de verdade* o que a sua ex-melhor amiga faz com o seu ex-namorado.

Ah, eu não contei? Pois é. Ela roubou meu namorado.

Heloísa era minha melhor amiga, daquelas que são tão grudadas que mais parecem irmãs. Perdi as contas de quantas vezes desejei que ela fosse minha verdadeira irmã e não a chata da Melissa. Helô frequentava minha casa quase todas as semanas, nós viajávamos com a família uma da outra, e o rosto dela estava em praticamente todas as fotos que eu tinha pendurado no mural do meu quarto. Disney, festa de 15 anos, viagem de formatura da oitava série, alguns carnavais e até mesmo festas de Ano-Novo. Nos churrascos em família e nos jantares de aniversário. Minha mãe costumava dizer que Helô era a irmã que eu escolhi.

A verdade é que eu tinha dedo podre, tanto para escolher amigas quanto para escolher amores.

Dividimos tantas coisas – sonhos, promessas, momentos e roupas –, que Heloísa pensou que dividir meu namorado também estava no pacote. Como sempre, eu sobrei.

Fechei meus olhos. Nem fórmulas matemáticas e muito menos fofocas da minha ex-melhor amiga. O que eu queria mesmo era ir para longe dali.

2

Se eu tivesse uma máquina do tempo, voltaria alguns meses atrás e faria tudo diferente. Assim, poderia andar em paz pelos corredores do colégio durante o intervalo, sem sentir que todo mundo tinha uma opinião negativa formada sobre mim – desde as meninas do sexto ano do fundamental até os garotos do terceiro ano do ensino médio. Os meninos, principalmente, tinham opiniões que eu preferia ignorar. Todos eles sabiam meu nome, todos eles conheciam uma versão da minha história e me odiavam, ou tentavam tirar algum proveito.

Sabe aquela menina dos filmes adolescentes que se esconde no banheiro para comer o lanche durante o recreio? Era eu. Sem a parte de comer o lanche dentro do banheiro, já que isso era completamente nojento, mas eu passava boa parte do meu tempo na escola tentando não ser vista.

Fofocas se propagam como a peste negra, não importa a época ou local. Sempre acompanhada de uma boa dose de veneno – e não muita preocupação com a verdade –, espalhar um boato mentiroso é tão fácil quanto respirar. Mas desfazer essa má impressão é difícil.

Foi uma fofoca que colocou minha vida de cabeça para baixo de um dia para o outro. Sem chances de explicação, fui deixada na mão. Em uma semana, eu tinha tudo: amigos, namorado e uma reputação; na outra, eu só tinha a certeza de que não era culpada de nada do que me acusavam.

A Carina, minha única amiga agora, vive dizendo que eu deveria me importar menos com a opinião dos outros. Só eu sei a minha verdade. Mas é fácil falar isso quando você acorda tranquila, sem lembrar que muitas pessoas estão inventando coisas horríveis sobre você e não há nada que se possa fazer.

Grandes mentiras têm o poder de destruir vidas. E não há borracha que apague os danos causados por elas.

Foi em um desses momentos, escondida em um canto da escola e tentando sobreviver ao primeiro dia de aula, que meu celular piscou com uma mensagem empolgada da Carina.

Meu coração parou, depois voltou a bater em ritmo acelerado, saiu pela boca, foi para a Lua e só então voltou ao lugar de onde nunca deveria ter saído. Show do Tempest? Aqui? A minha banda favorita ia tocar *na minha cidade*?

A mensagem era um pouco surtada, ela provavelmente estava sem reação, assim como eu.

A resposta veio logo em seguida. Nina colocava tantos pontos de exclamação em suas mensagens, que eu só conseguia imaginá-la gritando.

Minha vontade era sair dançando e cantando as músicas do Tempest pelo corredor, mas não tinha com quem vibrar pela notícia. Minha banda favorita ia fazer show na minha cidade! E daí que estava feliz sozinha? Pelo menos eu estava feliz. O dia não estava tão ruim quanto eu imaginei que seria.

▶ ||

Tinha uma coisa que minha mãe fazia muito bem na cozinha: colocar comida congelada no micro-ondas. Fora isso, qualquer excursão de dona Marta ao fogão era um desastre anunciado, o que me fazia almoçar fora quase todos os dias.

Não há sentimento pior que chegar a um restaurante e ver todas as mesas lotadas, com várias delas ocupadas apenas por uma pessoa. Depois de se servir, a caminhada em busca de uma mesa é sempre torturante. Você olha para o lugar vago na mesa da família feliz e sente que, se pedir permissão para se sentar, vai invadir um momento em que você não será bem-vinda. O cara engravatado que come sozinho no canto não parece muito disposto a dividir a mesa com você. Há ainda aquela pessoa que resolveu colocar a mochila na cadeira, para que ninguém se sente nela.

Eu simplesmente odiava aqueles segundos de tensão entre pesar meu prato na balança e finalmente encontrar um lugar para poder me sentar. Respirei aliviada quando vi que uma mulher estava se levantando e, antes que alguém pudesse correr naquela direção, já fui me aproximando, quase em posição de ataque.

Ao mesmo tempo em que cheguei à mesa, um cara que parecia ser um pouco mais velho que eu também se aproximou. Olhei para ele, como uma leoa defendendo meu território. Não brinque comigo quando estou com fome.

Acho que devo ter feito uma cara muito feia, mas ele apenas sorriu para mim – um sorriso de canto de lábio, com covinhas! Quem resiste a um sorriso com covinhas? Eu não.

– Com licença, posso me sentar aqui? – perguntou, apontando para a outra cadeira vazia.

– Lógico, deixa eu só pegar minha mochila! – falei, inclinando-me para pegar a bolsa que havia abandonado na cadeira vazia. Porém, antes que eu pudesse fazer isso, ele colocou o prato na mesa, tirou a própria mochila das costas e pegou a minha, entregando-me – Obrigada! – agradeci, pegando a bolsa e a pendurando na minha cadeira. Olhei para seu rosto, enquanto meu companheiro de almoço se ajeitava.

Acho que passei mais tempo do meu almoço observando o Moço das Covinhas do que realmente comendo. De repente, aquela fome que eu estava sentindo, que me tornava capaz de comer um elefante inteirinho, tinha desaparecido.

O Moço das Covinhas, além de um sorriso lindo, tinha a pele queimada de sol, cabelos castanhos claros e *barba por fazer*. Ele não tinha cara de bebê como a maioria dos meninos da escola, que apenas pareciam patéticos com as tentativas de fazer a barba crescer.

Fiquei tão hipnotizada por ele que só então reparei na sua camiseta, a mesma que os funcionários da Lore usavam no dia a dia. Ele trabalhava na Lore! Ele podia confirmar a mensagem que a Nina havia me mandado. Mas como eu perguntaria sem parecer uma completa esquisita? Você nunca viu a pessoa na vida, olha para o uniforme dela e então já vai fazendo perguntas que talvez ela nem saiba responder? Acho que sim.

— Nossa, você vai achar que eu sou maluca — falei. Ótimo jeito de começar uma conversa, Mariana. Parabéns. — Mas você trabalha na Lore?

— Eu? — perguntou, como se não tivesse entendido uma palavra do que eu tinha dito. E por acaso tinha mais alguém ali para quem eu perguntasse? Então, como se de repente percebesse a camiseta que estava usando, ele confirmou. — Hum, trabalho sim. Por quê?

— Desculpa encher seu saco. Mesmo. Mas é que uma amiga hoje me disse que vai ter um show do Tempest lá. Você sabe se é verdade?

Ele fez um sinal para que eu o esperasse engolir a comida, então assentiu.

— Sim, sim. Vai ter um show deles no fim do mês, dia 25. Confirmaram ontem de noite. Os ingressos começarão a ser vendidos na terça-feira que vem — contou. — Mas acho que ainda não anunciaram, então não fui eu que te contei, tá?

Ele sorriu mais uma vez — ai meu Deus, covinhas! — e passou um zíper invisível nos lábios.

— Eu não sei de nada, senhor — brinquei.

— Senhor? Eu tenho cara de tão velho assim? — perguntou, fingindo estar ofendido.

— Só um pouquinho — confessei. — Mas é que não sei o seu nome.

A essa altura, eu já tinha me esquecido da comida, do show e, se bobear, até do meu próprio nome. Ele era uma graça!

— Não posso te contar, senão você vai me dedurar.

— Eu prometo que não conto pra ninguém.

— Não posso confiar em você.

— Eu pareço não confiável? — perguntei.

— Não, parece sim, mas as aparências enganam — respondeu. — Prefiro manter minha identidade secreta. Agora eu tenho que ir. Até mais...

Suas reticências possuíam um quê de pergunta, como se ele esperasse que eu dissesse meu nome.

— ... prefiro manter minha identidade secreta também — falei, ao perceber que ele esperava ouvir o meu nome.

O Moço das Covinhas sorriu ao ouvir minha resposta, colocou a mochila no ombro e foi embora. E eu só queria ter a sorte de vê-lo outra vez.

3

Com apenas 21 anos e com a cabeça nas nuvens, minha irmã ia se casar. Toda vez que eu falava isso, ainda sentia um estranhamento. Melissa era tão avoada e parecia estar sempre fora do planeta Terra que, na maioria das vezes, eu me sentia muito mais madura que ela, mesmo com 17 anos. Era meio surreal imaginar que, em poucos meses, minha irmã entraria de véu e grinalda em uma igreja.

Não havia nada mais chato do que planejar um casamento, especialmente quando a noiva era maluca como a minha irmã. Melissa costumava arrastar mamãe, a melhor amiga dela – pobre Rebeca! – e eu para quase todas as reuniões relacionadas ao casamento. Com toda aquela maratona que minha irmã tinha nos reservado, eu nunca mais queria a assistir programas de casamento no Discovery Home & Health.

Não pense que o noivo fugia da responsabilidade: Mateus era obrigado a acompanhar minha irmã até mesmo para escolher o tipo de papel que iriam utilizar para embrulhar os bem-casados. Mas Melissa acreditava piamente que ver o vestido de noiva antes do casamento dava azar, por isso ele nunca colocou os pés no *atelier* do estilista da minha irmã. Sorte dele, pois se eu fosse obrigada a voltar outra vez naquele lugar, seria capaz de me enforcar com a fita métrica que ele usava para tirar as medidas do corpo da Mel.

Enquanto minha irmã fazia a prova do vestido, eu folheava revistas de noiva. Meses antes, eu provavelmente estaria empolgada por acompanhar cada detalhe da concepção de uma roupa. Sempre fui louca por moda e já até quis ser estilista. E, apesar de ser divertido ver como o desenho ia, aos poucos, transformando-se em vestido de noiva, eu não tinha mais tanto interesse por moda. Para falar a verdade, nos últimos meses, tinha perdido meu interesse por quase tudo.

– Então, Mari, o que você acha? – perguntou minha irmã, me chamando de volta ao planeta Terra.

Ainda faltava muito para o vestido ficar pronto, mas conseguia ter uma ideia do resultado final. A Mel já estava linda, mesmo com aquele tecido ainda disforme, preso por alfinetes aqui e ali. Ela parecia tão feliz com a ideia de passar a vida inteira na companhia do Mateus, que eu quase esqueci que estava um pouco chateada com ela e toda a história do casamento.

Quando percebi, estava chorando.

– Você vai ser a noiva mais linda do mundo! – exclamei, e era verdade. Eu estava orgulhosa pela minha irmã, pois ela finalmente iria realizar seu maior sonho, mesmo que isso significasse que eu teria que abrir mão do meu.

Há um ano, minha mãe e eu planejávamos meu intercâmbio para o Canadá. Seis meses em um hemisfério diferente, com experiências completamente novas. Meu pai achava loucura, não gostava muito da ideia de eu sair do país logo no meu último semestre na escola, em plena época de provas do vestibular. Minha mãe tinha gostado da ideia. Depois de muita discussão, conseguimos convencê-lo.

Gastei minha lábia à toa: quando minha mãe e eu começamos a dar entrada na documentação para que eu estudasse fora do país, minha irmã anunciou que iria se casar. No ano seguinte.

Você já viu quanto custa um casamento? Colocando tudo na balança, minha mãe decidiu que meu intercâmbio poderia esperar.

Meus pais tentaram me convencer de que aquela era a melhor decisão: durante a faculdade, eu poderia conseguir uma bolsa para estudar no exterior. Além disso, seria muito melhor fazer as provas do vestibular agora em vez de esperar o ano seguinte. Apesar de ser uma conversa sobre a minha vida, eu não tinha muita escolha: era só aceitar e pronto.

O que ninguém entendia era que, naquele momento, tudo que eu mais precisava era ir para longe daqui. E um lugar mais gelado que o coração da minha ex-melhor amiga parecia a melhor opção.

Mas, ao ver o olhar feliz da minha irmã só por estar experimentando o vestido mais importante que iria usar na vida, eu esqueci um pouco dos meus problemas. Seria terrível encarar o que ainda faltava do meu ano letivo, mas meu sonho podia esperar mais um pouco.

– O que foi? – perguntou minha irmã, ao me pegar observando-a. Provavelmente eu estava com um olhar meio abobado no rosto.

– Nada não. Só tava vendo como minha irmã é gata e pensando como o Mateus tem sorte... E eu, mais sorte ainda.

– Ué, você? Por quê?

– Porque vou me livrar de você e ficar com seu quarto. E, ainda por cima, dizem que eu pareço com você. E como a irmã mais nova é sempre mais bonita, eu devo ser gata demais.

– Idiota – falou Melissa, me puxando para um abraço, todos aqueles alfinetes que prendiam o vestido me espetando de uma só vez.

– Ai, você quer me matar perfurada! – gritei e, quando percebi, estava rindo e chorando, tudo ao mesmo tempo.

▶❚❚

Assim que cheguei em casa, resolvi ligar o computador. Tinha postado o vídeo no YouTube havia pouco mais de três dias, mas duvidava que alguém tivesse assistido. Quase caí para trás ao perceber que havia mais de 60 visualizações e dois comentários, pedindo mais vídeos. Como aquelas pessoas tinham me encontrado?

Isso me deu vontade de fazer outro vídeo – agora eu via que não estava falando com as paredes. Ao mesmo tempo, era como se eu estivesse passando por cima das coisas que sempre disse, pois achava ridículo compartilhar qualquer comentário mais pessoal na internet. Mas, de repente, eu precisava contar para alguém sobre a minha vida, mesmo que fosse um só pouco.

Poderia ser por não ter para quem contar minhas histórias – a Nina estudava tanto que raramente tinha tempo para conversar comigo –, ou simplesmente alguma mudança na minha forma de ver o mundo. Tanto faz, eu estava com vontade de me filmar e colocar na internet. Não precisava de uma justificativa melhor.

Eu poderia ter criado um blog. Parecia mais fácil escrever e fotografar aquilo que eu queria contar, mas eu tinha muita preguiça. Vídeos eram rápidos e eu gostava de falar. Na verdade, eu precisava falar.

Assim que me arrumei – ninguém iria ver aquilo, mas para o caso de alguém assistir, não queria ficar de cara feia na internet –, posicionei a câmera, apertei o botão e comecei a falar. Outra vez.

– Oi, eu sou a Mari. Mas se você viu o outro vídeo, você sabe que eu sou a Mari.

Meu Deus, que péssima forma de começar.

– Lembra que eu disse que minha irmã vai casar? – perguntei para a câmera. Por um segundo, esperei uma resposta. Até lembrar que, hum, eu estava falando com uma... câmera. – Pois é, hoje a gente foi fazer as provas do vestido. Vocês já assistiram *Say yes to the dress* e *Bridezillas*? Minha irmã é mais desesperada do que todas aquelas noivas. E eu sempre gostei desses programas de casamento, mas acho que nunca mais quero assistir a nenhum! Mas, não vou falar sobre a Mel e sim sobre vestidos de noiva.

"Já que eu não aguento mais ver nenhum modelo na minha frente, resolvi pesquisar de onde surgiu essa cultura. Eu sei, eu deveria estar estudando para o vestibular, mas vocês sabiam que na Renascença as mulheres se casavam de *preto*? Alô, preto! E era tendência. O vestido colorido foi padrão por anos, mas ninguém sabe quem de verdade fez o branco virar moda. Eu prefiro a história da Rainha Vitória: ela foi uma das primeiras nobres a se casar por amor e *ela quem pediu o marido em casamento*. E usou branco! E, então, acho que depois, todo mundo quis imitar. Afinal, quem não quer copiar uma bela história de amor?"

▶ ||

Minha mala vermelha estava semipronta, mas a mala de mão já me aguardava, fechada e encostada na porta do meu quarto. Na minha escrivaninha, entre diversos folhetos de viagem espalhados lado a lado, estava minha passagem e meus documentos, todos dentro de uma pasta. Meu coração palpitava e eu não conseguia acreditar: estava indo para o Canadá!

Seriam seis meses longe de casa, fora da supervisão dos meus pais e sem minha irmã pedindo para usar o banheiro enquanto eu estava me arrumando. Além disso, novas experiências, um país desconhecido e distância de todas as pessoas insuportáveis do universo.

Nem me dei conta que já estava de pé no aeroporto, abraçando papai e mamãe e me preparando para entrar no meu voo.

— Clientes do voo 123 das Linhas Aéreas Canadenses, embarque pelo portão quatro — dizia a voz no alto-falante.

Bastante ansiosa, abracei e beijei meus pais com muita força. De repente, o aeroporto pareceu muito maior e lotado. Ao me soltar do abraço de mamãe, olhei em todas as direções, procurando minha irmã.

— A Melissa não veio? — perguntei. Como assim ela tinha escapado de mim logo quando eu iria morar tanto tempo fora? Que absurdo!

— Melissa, que Melissa? — rebateu mamãe, olhando-me, curiosa.

— Minha irmã, mãe.

— Você não tem nenhuma irmã, Mariana. Está doida?

Soltei minha mãe. O que ela estava dizendo? Eu tinha uma irmã, sim! Isso não significava que todos os dias eu desejasse *não ter* uma irmã chata, mas já que ela existia...Vasculhei a multidão, procurando minha irmã, mas nenhum sinal dela.

De repente, Carina apareceu ao meu lado, segurando uma máquina fotográfica instantânea, daquelas que imprimem a foto logo depois que ela é tirada. Nina apontou a câmera para mim e bateu o retrato, antes mesmo que eu pudesse me dar conta. Ela pegou a foto recém-revelada e a esticou para mim.

— Para você! — falou. Peguei a imagem da mão dela, mas a joguei no chão assim que a toquei. No lugar da minha foto, havia uma caveira. Era como um raio-X, mas terrivelmente pior.

Assustada, saí correndo pelo aeroporto. Escutei a voz informar a última chamada para meu voo, mas já não me importava. Eu queria sair dali ou encontrar minha irmã. De preferência, as duas coisas. Enquanto tentava fugir, esbarrei em um cara alto.

Sua pele era morena e o cabelo castanho claro. Quando olhei para ele, vi um belo sorriso de covinhas. O menino do restaurante.

– Por favor, você viu a Melissa? – perguntei, desesperada.

Ele me olhou com pesar e abriu a boca para falar. Sua expressão era triste. O que será que tinha acontecido?

– Mariana? – chamou. Era ele que estava falando, mas a voz era feminina. – Mariana? – disse outra vez. Dei um grito. A voz era da minha irmã.

Quando abri os olhos, Melissa me olhava, assustada.

– Teve um pesadelo, é? – perguntou Mel, sentando-se ao meu lado. Olhei à minha volta, tentando me localizar. Eu estava sentada no sofá da sala. Provavelmente tinha caído no sono ali, assistindo à TV.

– Só tomei um susto – respondi, a cabeça latejando.

Que sonho mais esquisito! Estiquei meu corpo, tentando despertar.

– Desculpa te acordar! Você pegou no sono de tarde e dormiu que nem uma pedra – contou. Droga! Não liguei para a Nina e muito menos estudei. Olhei para o meu notebook ligado e em cima da mesinha de centro: pelo menos devo ter enviado o vídeo para o YouTube.

– Já é de noite, mamãe e papai não vão voltar pra casa tão cedo, os dois vão para a festa de algum casal de amigos ou uma coisa assim... Eu vou pedir uma pizza. Você quer de qual sabor? – perguntou Mel.

Respondi que ela podia escolher. Eu gosto de quase todo tipo de comida mesmo. Ainda estava confusa e precisava lavar o rosto para acordar direito. Odiava sonhos estranhos, mas era só o reflexo da série de coisas que ocupavam minha cabeça nos últimos dias.

Fiquei refletindo sobre o pesadelo. Algumas partes eram óbvias: a parte do intercâmbio era a mais clara delas. O que eu mais queria era sair do país e fazer minha viagem, mas isso não foi possível por causa do casamento de Melissa. Não havia dinheiro para as duas coisas ao mesmo tempo, eu teria que esperar. Eu fiquei pensando várias vezes que, se eu fosse filha única, não preocuparia com isso. Então, essa parte estava resolvida. Aquela coisa da foto que não fazia sentido algum. Nina adorava fotografar, mas... um esqueleto?

O que me intrigava mesmo era o cara do restaurante ter aparecido, sem mais nem menos, no meio do meu sonho. Ele era bonito, sem dúvidas. Mas sonhar com um desconhecido era demais!

Lavei meu rosto e, em seguida, voltei para o sofá. Melissa sentou-se ao meu lado para conversar.

– Estou tão cansada com essa coisa de casamento... *Eu não aguento mais!* – desabafou ela. – É tudo tão caro! Pelo amor de Deus, por que um bolo tem que ser mil reais? Tem ouro dentro? – perguntou mais para ela do que para mim. – E eu acho que vou matar a mamãe, por que ela cismou que a Antonieta tem que ser minha madrinha e *eu nem gosto dela*! Só por ser da família não significa que...

Antonieta era nossa prima, sobrinha do meu pai. Nem papai ia com a cara dela – muito menos minha mãe –, e eu entendia completamente o drama da minha irmã, mas não estava com saco para ouvir sobre casamento. Nem um pouquinho.

– Mel, posso pedir uma coisa? Sem casamento por hoje, por favor!

– Ai, tá vendo? *Ninguém* me entende! Eu só queria ter alguém pra falar, que saco. Ainda tem a monografia, ai meu Deus, eu vou pirar.

– Então... Esquece essas coisinhas por um dia e relaxa! Noite de irmãs, ok? Afasta sua cabeça das preocupações *uma vez só*.

– Quem dera fosse fácil assim relaxar! É muita coisa na minha cabeça...

– Já pensou que pode não ser a melhor hora para casar? – perguntei, sabendo que estava pisando em um terreno delicado. Já tinha falado sobre aquilo antes, e, na ocasião, minha irmã estava irritada, portanto virou as costas e me ignorou.

– Mari, não pira, tá? Não existe essa possibilidade. O Mateus e eu vamos construir tudo em conjunto, não posso esperar a vida toda, senão *morro encalhada*! – comentou, sendo exagerada como sempre. – A gente não sabe nada sobre o dia de amanhã, então não tem motivos pra ficar adiando o que podemos fazer agora.

– Tudo bem, não está mais aqui quem falou! Era só uma perguntinha... – comentei.

– Ai, deixe pra lá! Você não entende – resmungou minha irmã, levantando-se. – Vou pro quarto, tenho uma conferência por Skype com outra doceira – informou.

– Conferência por skype com a doceira? – perguntei, achando aquilo completamente bizarro.

– É, ué! Ela é de São Paulo, não dá pra pegar um avião e ir até lá resolver os detalhes. Só deu pra fazer isso quando fui provar os docinhos...

– Você pegou um avião para São Paulo *só* para provar... *docinhos*?

Agora eu entendi por que não ia sobrar dinheiro para meu intercâmbio!

Dessa vez estava ainda mais estupefata. Então era por isso que Mel e Rebeca passaram um fim de semana em São Paulo algumas semanas antes? Quão pior poderia ficar toda essa coisa de casamento?

– Não foi *só* por isso! Eu passei uns dias por lá vendo outras coisas também. Agora só volto no final de setembro. Não tinha uma tão boa por aqui. Você viu o tanto de chocolates que a gente experimentou!

– Você está ficando maluca – atestei.

– Desde que tudo saia perfeito, eu não me importo de ficar maluca – respondeu minha irmã, comprovando ainda mais sua insanidade.

Ela foi para o quarto e poderia apostar que, até a hora que a pizza chegasse, ia vasculhar a internet atrás de inúmeros blogs de casamento, aumentando ainda mais seu bloquinho de referências e fazendo telefonemas, enchendo o saco de todas as pessoas envolvidas com aquela loucura que ela chamava de sonho.

4

Quando a pizza chegou, minha irmã sentou-se ao meu lado, ainda um pouco mal-humorada, mas melhor que antes.

— E aí, o que tem de novo na sua vida? – perguntou Melissa, quebrando o silêncio.

Melissa só perguntava por simpatia – nada além do casamento ocupava sua mente nos últimos meses. Mel nunca se ligou muito na minha vida, viveu sempre no próprio mundinho. Mas eu queria conversar com ela. Quer dizer, eu precisava conversar com alguém e só me restava ela.

— Sabe aquela banda que eu gosto, Tempest? Eles vão fazer um show aqui em Niterói!

— Sério? Aqui? – perguntou, fingindo interesse, mas claramente tentando lembrar que banda era essa.

— Uhum – respondi. – Lá na Lore, aquela nova casa de shows. Esses dias conheci um carinha que trabalha por lá, não sei o nome dele, mas ele me disse que começarão a vender os ingressos semana que vem.

— E você vai, né?

— Que ideia! É lógico que eu vou. Até parece que eu ia perder essa...

Melissa deu mais uma mordida na pizza e fez um sinal para que eu esperasse ela terminar de mastigar, pois precisava falar.

— Que bom. Você anda muito enfurnada em casa.

— Olha quem fala! Você quase não saía quando tinha minha idade, só quando a Rebeca te puxava pra cima e pra baixo – falei. Melissa ignorou meu comentário.

— Mas com que dinheiro você vai pagar o show?

— Eu guardei um pouquinho por causa do intercâmbio – falei e só então percebi em que ponto havia tocado. Tentei me consertar: – Sabe como é, não vou mais por causa do casamento, então tenho dinheiro para gastar em algumas coisinhas... E nem vai ser caro, então tá tudo bem. Não vou mexer em praticamente nada do que tinha separado.

A expressão de Melissa murchou.

— Você queria muito esse intercâmbio, não é?

— Querer, eu queria. Mas não vai dar, então eu me contento com o que tem por aqui. É por uma boa causa – disse, embora não tivesse tanta certeza disso.

Senti que ela queria pedir desculpas por *algo* relacionado ao casamento. Talvez por gastar todo dinheiro em um curto período de tempo e destruir a coisa que eu mais queria ultimamente? Provavelmente. Mas, depois disso, ela não abriu mais a boca.

Acho que Melissa deu graças a Deus quando o telefone tocou, a livrando do silêncio desconfortável que pairava entre nós duas. Era a melhor amiga dela, então as duas desataram a falar sem parar, e minha irmã se trancou no quarto. Era minha hora de me trancar também.

A parte mais chamativa do meu quarto era a minha parede de fotos. Eu perturbei minha mãe por meses para pintar uma das paredes com tinta magnética, assim poderia colocar todas as fotos possíveis com meus amigos. E eram muitas, um mural não dava conta! Mas, depois que eu simplesmente *perdi os meus amigos*, olhar para aquelas fotos todos os dias doía mais do que qualquer coisa.

Eu havia me livrado da maioria das fotos com o Eduardo, meu ex-namorado, e a Heloísa, mas minha antiga melhor amiga ainda aparecia em muitas delas. Não podia simplesmente tirar todas as fotos da parede e dizer que tinha cansado da decoração: minha mãe ia me matar por tê-la feito gastar uma grana "pra nada". Eu precisava pensar em uma solução para não precisar olhar aquelas lembranças fotográficas todos os dias.

Peguei meu notebook e fiquei horas na internet procurando pôsteres que pudessem ocupar aquele espaço preenchido por memórias que eu gostaria de evitar. Só encontrava imagens de filmes, séries e livros que eu não conhecia ou não era fã.

Precisava de algo que representasse o que eu era, mas nada parecia "certo". Até que, entre todas aquelas figuras, vi o pôster de um mapa-múndi. Era isso! Depois de checar as dimensões, valor e formas de entrega – chegaria em dois dias! –, fechei a compra com um sorriso de orelha a orelha.

Aquele mapa combinava comigo e eu sabia exatamente o que faria com ele.

Uma vez vi alguém dizer que gostava de marcar todos os lugares que viajou em um globo, para um dia ter o maior número de países e continentes cobertos. Meu sonho sempre foi conhecer o mundo – na verdade, era conhecer o mundo e fazer minha marca de roupas ser conhecida por aí, mas isso é outra história.

Se eu acordasse todos os dias e visse o mapa em minha parede, pensaria nas coisas que estão por vir, nos países que um dia irei conhecer e nas pessoas que vou encontrar pelo meu caminho. É um mundo de possibilidades, literalmente. Eu estaria me prendendo ao futuro, tendo uma motivação nova para me empenhar ainda mais a conquistar o que ainda não consegui.

Foi esse pensamento que me fez levantar e tirar todas as fotos da parede. Um mapa ocuparia o lugar delas – e, depois, fotos de momentos muito melhores seriam expostas ali.

5

— Meu aniversário está chegando! — gritou Carina do outro lado da linha, da forma estridente e empolgada de sempre.

Ouvir a voz da minha melhor amiga me encheu de alegria, pois havia vários dias que a gente não conversava — sua cabeça estava toda ocupada com o vestibular. Nina queria fazer engenharia química e sua mãe, professora universitária, era muito exigente com sua única filha. Passar no vestibular em uma faculdade conceituada era *obrigação*, e eu duvidava que a mãe dela desse parabéns, mesmo Carina sendo aprovada em primeiro lugar. Isso resultava em dias inteiros estudando ou fazendo atividades extracurriculares. Tempo para lazer? Isso não existia.

Eu estava morrendo de saudade da Nina e, naquele período complicado da minha vida, só ela conseguia me fazer sorrir.

— Chegando? Mas é só 20 de agosto!

— E daí? Preciso planejar! É logo, logo, Mari. Faltam só algumas semanas. Estava pensando...Agora que vou fazer 18 anos, eu poderia fazer uma superfesta em uma boate ou algo assim, mas aí você não poderia ir — lamentou. Não estava vendo, mas podia jurar que ela havia feito biquinho. — Além disso, tenho pouquíssimo tempo pra arrumar uma coisa dessas e mamãe nunca iria concordar. Então, acho que a gente vai ter que ficar com um churrasco mesmo.

— Já marcou o dia? — perguntei.

— Dia 25.

— Não dá.

— Como assim "não dá"? É *meu aniversário*. Tem que dar. Se arranja, nada pode ser mais importante que meu aniversário.

— Na verdade, pode sim.

— *O quê*? Mariana, você tem noção do que está falando? — perguntou ela, ofendida. — É o aniversário de sua única amiga, caso você não se lembre. Onde já se viu ousar insinuar que alguma coisa é mais importante que eu? Não tem amor à vida? — discursou.

— O aniversário da minha "única amiga" — frisei as duas últimas palavras, um pouco magoada com a "lembrança" —, caso você não se lembre, é dia *20 de agosto*, não 25. Então eu não marquei nada para o dia 20, só para o dia 25. Não dá, não tem como mudar. Isso não depende apenas de mim e é algo muito importante – expliquei. – Por favor, Nina! Marca pra outro dia, vai... Custa nada.

– Eu por acaso posso saber o que é mais importante que eu na sua vida? Não consigo pensar em nada no momento – pontuou.

– Show do Tempest – respondi.

– Show do Tempest? Mas nem marcaram a data ainda! – exclamou Nina. – Não me enrola, Mariana!

– Tenho minhas fontes – afirmei, triunfante.

– Ai meu Deus do céu, não acredito! – gritou Carina, eufórica. Ela era tão fã do Tempest quanto eu, só que talvez eu fosse um *pouquinho* mais desesperada por eles, afinal, eu fui a responsável por apresentá-la à banda. – *Desmarca tudo!* Vamos comemorar meu aniversário no show. *Melhor festa de todas.* Quando começa a venda de ingressos?

– Terça-feira que vem.

Contei para Carina tudo que sabia sobre o show – nada além do que o Moço das Covinhas me contou. A fiz jurar que não contaria a ninguém antes de anunciarem a venda de ingressos pelo site, pois tinha prometido a ele.

– E esse Moço das Covinhas, hein, Mariana?

– O que tem ele? – perguntei, me fazendo de desentendida.

– *O que tem ele?* Por favor, eu te conheço. Ele deve ser supergato e você deve estar com uma queda por ele.

– Ele é *supergato* sim – falei, frisando a palavra que ela também havia usado –, mas você tem cada ideia, Nina! Eu não tenho queda nenhuma pelo garoto, eu só achei ele bonito. E nunca mais vou vê-lo na minha frente. Agora a gente pode falar do show?

– Ih, tá bom, irritadinha. Vamos falar do show...

Passamos o resto da noite discutindo como seria maravilhoso ver ao vivo a nossa banda preferida e quantas coisas boas aquele show nos reservava.

Mas quando fui dormir, não pude deixar de sonhar com o Moço das Covinhas. Ele estava se tornando frequente nos meus sonhos, e eu não tinha certeza se gostava daquilo.

▶ ‖

Como eu já esperava, o anúncio da venda de ingressos foi postado no site da Lore naquela quinta-feira. No portal, já constavam os valores e o aviso de que as vendas começariam na próxima terça-feira. Vi isso, pela internet do celular, escondida durante uma aula chata de História do Brasil. Liguei para Carina no intervalo entre minhas aulas para acertar os últimos detalhes sobre como compraríamos os ingressos.

— Fala rápido, tô escondida no banheiro — disse ela ao atender o telefone. A escola dela era super-rigorosa quanto ao uso de celulares. Na minha escola também não deixavam que usássemos o celular em sala — como se alguém respeitasse isso —, mas não havia nada que nos proibisse de usá-lo durante o recreio.

— Eles começarão a vender os ingressos na terça-feira. No site estava dizendo que vão vender pela internet e na bilheteria, mas acho que não tem tanta graça comprar on-line. Topa ir comigo na Lore? — perguntei. Queria entrar na fila e comprar. Para mim, isso era mais empolgante e eu já podia começar a entrar no clima do show.

— Mari, terça-feira é dia de aula! — exclamou Carina, como se a ideia de matar aula para comprar ingressos para o show de nossa banda preferida fosse o maior dos absurdos. Na verdade, era. Especialmente com o vestibular chegando. Mas o que eu poderia fazer? Isso era uma oportunidade única! — Você não pode pedir pra alguém comprar pra gente?

— Ah, Nina! Não tem graça. A gente que tem que ir lá comprar.

— Mas minha mãe nunca vai me deixar faltar aula a pra isso. Você *sabe* como ela é. Acho que só vai me deixar ir ao show porque é meu aniversário. Não inventa, Mari.

— Sua mãe não precisa saber que você vai matar aula pra comprar o ingresso — sugeri. Sabia que a Nina ia enlouquecer com a ideia, mas ela me parecia tão tentadora!

— Calma aí... Deixa ver se entendi: além de faltar na escola, você quer que eu *mate aula de verdade*. Do tipo: fingir que vou pra escola, não aparecer por lá e ir fazer outra coisa, sem contar nada pra minha mãe?

— Isso aí.

— Você está louca! — afirmou minha amiga.

— E daí? A gente nunca faz nada de errado, que sem graça vai ser quando nossos filhos perguntarem o que a gente fez da vida — rebati. — Vamos, Nina! *Por favor*. A gente assiste as duas primeiras aulas, diz pra professora que está passando mal e fim.

— Não dá, aqui eles ligam pra casa pra avisar que estou voltando porque passei mal — respondeu ela, sempre colocando obstáculos em nossas aventuras. Mas que escola chata a que ela estudava, vou te contar...

Podia parecer bobo, mas eu realmente queria matar aula para comprar os ingressos. Faltar em dois tempos de Literatura Brasileira, em dois de Língua Portuguesa e em um de Redação não seria tão crítico assim para minha vida acadêmica.

E ultimamente as coisas andavam tão sem graça... Eu precisava ter uma experiência completa para ir àquele show, com uma pequena dose de loucura adicionada. Que experiência mais sem aventuras a que estava tendo no ensino médio: nunca matava aula, nunca havia sido expulsa de sala, nunca havia tirado nota vermelha e muito menos reprovado em alguma matéria. Minha vida estava muito monótona, precisava fazer algo diferente, por mais idiota que fosse.

— Faz o seguinte: eu vou aí na sua casa mais tarde e a gente combina, ok? Vamos dar um jeito.

— Não sei não, Mari — hesitou Carina. — Quero ir ao show, mas não quero matar aula. Por que a gente não compra pela internet? O ingresso vai chegar do mesmo jeito! Não tem necessidade de fazer isso. Você tem cada ideia doida! Isso não faz sentido e a gente ainda vai se meter em encrenca, estou sentindo.

— Já disse, pela internet não tem graça, além da taxa extra de entrega ser alta! Pensa direitinho, por favor! Deixe de ser toda certinha...

— Mari, eu vou pensar. Agora eu tenho que correr antes que a inspetora venha ver se eu caí dentro do vaso sanitário! Depois a gente conversa, sua louca. Beijos, até mais — despediu-se, desligando o celular sem esperar minha resposta.

Ao mesmo tempo em que eu guardava o celular no bolso, o sinal tocou, anunciando o fim do intervalo. Heloísa passou por mim parecendo um cavalo desembestado, nos esbarramos e ela quase derrubou a lata de Coca-Cola que eu segurava. Controlei-me para não puxar briga quando ela veio criar caso para cima de mim.

— Olha por onde anda! — reclamou, como se *eu* fosse a pessoa que andava por aí sem ter cuidado algum com quem estava pela frente.

Sem dizer uma palavra, saí do seu caminho e a vi subir as escadas. Bufei, irritadíssima, esfregando o lugar da minha blusa onde respingou refrigerante. Quando ia subir as escadas também, um menino segurou meu braço. Ao me virar, vi Bernardo. Ele estudava no São João havia alguns anos, mas a gente não se conhecia muito bem. Quer dizer, todo mundo sabia quem ele era — e todo mundo sabe quem eu sou, antes por ser apenas popular, depois por toda a história envolvendo Léo-Edu-Helô —, mas nunca fomos realmente amigos.

Bernardo também estava no terceiro ano, mas estudava em uma turma diferente da minha. Ele fazia parte da comissão de formatura — comissão que eu liderava antes do incidente, mas que abandonei depois daquilo tudo. Apesar de nos falarmos pouco, o Bernardo era um garoto muito legal, além de ser desejado por nove em cada dez meninas do São João.

— Mari, queria falar com você sobre a formatura! — disse ele, chegando ainda mais perto.

Bernardo tinha estatura mediana e cabelo cor de mel. Ele também parecia praticar algum esporte ou fazer academia, pois a blusa do uniforme ficava um pouco colada ao seu corpo e seus braços eram bem definidos. Não tinha como não reparar! Sua aparência realmente o fazia parecer um astro de cinema e não era difícil perceber por que quase toda a população feminina da escola se derretia por ele. Além de tudo, era simpático e carismático. Uma prima da Nina, que estava na oitava série, costumava escrever o nome dele várias vezes na última página do caderno.

— Sou toda ouvidos! — respondi, sorrindo mais do que o normal.

Mesmo que eu não fosse integrante do fã-clube do Bernardo Campanatti, não podia deixar de observar a beleza dele. Era uma beleza extremamente "certinha", daquelas de catálogo de modelo — mas a modelo da família era a irmã dele, Iasmin. Ele não fazia exatamente o meu tipo, pois parecia que o menino não tinha nenhum defeito (o que não me atrai muito), mas eu gostava de admirar.

— Você já decidiu sobre a formatura? — perguntou ele. — Quero muito que você participe.

— Ah, eu já te disse que não vou fazer isso — comentei pela milésima vez. — Sério, Bernardo, não tô no pique. Muita frescura, nem faz diferença.

— Mas Mari... Tá quase chegando, a gente tem até o meio do mês pra fechar todos os alunos participantes. A galera já tá pagando, mas eu queria tanto que você participasse! Poxa, você era a mais animada, não acredito que vai amarelar.

— Eu ia dizer que ia deixar para a próxima, só que não vai ter próxima — comentei. — Mas, infelizmente, não vai rolar festa de formatura para mim.

— E quem vai ser a alma da festa? — perguntou ele, brincando. — Você sempre animava o pessoal na pista de dança. Fala sério, você é a melhor.

— Animava, como você bem disse — comentei, tristonha. — Sério, Bernardo, acho que isso não é uma boa ideia. Eu não vou me sentir confortável. Além do mais, têm outros motivos, e eu acho melhor deixar isso pra lá.

— Não é por causa do... — começou ele, mas interrompi. Não queria trazer o assunto proibido à tona.

— Não tem nada a ver com isso, sério. É só porque minha irmã vai casar e eu não tô podendo gastar dinheiro com isso. A gente tá com tudo apertado e eu não quero pressionar minha mãe, senão ela vai se sentir culpada e tal, fazer esforço pra me dar essa festa, e eu nem quero.

— Mas formatura do ensino médio é só uma vez na vida! — argumentou ele.

— O casamento da minha irmã também. Ou pelo menos, é o que a gente espera — disse, tentando quebrar o gelo. Percebendo que ele estava meio chateado, menti: — Eu até gostaria, mas não vai dar mesmo.

– Essa parte do "gostaria" pareceu meio falsa – pontuou Bernardo. – Não desista disso só pelo que as pessoas falam.

–Você acredita no que quiser – respondi, preparando-me para voltar à sala de aula. – Mas agora eu tenho que ir. Tô atrasada pra próxima aula.

Bernardo segurou meu braço novamente.

– Eu também tô atrasado, mas não posso deixar de te dizer uma coisa: eu tenho certeza de que vai todo mundo sentir sua falta na formatura.

– Já eu, digo o contrário.

Com minhas palavras, ele recuou. Parecia prestes a ir embora, mas retornou, como se mudasse de ideia.

–Você sabe que só gente idiota acredita naquela história, não é? – perguntou. Quando disse isso, vi a irmã dele, Iasmin, se aproximar de nós. Um ano mais nova, ela estudava no segundo ano. Assim como toda a escola, ela me lançava olhares esquisitos desde que o boato começou a se espalhar pelos corredores. Bernardo continuou:

– É tudo mal contado, Mari. Não sei por que você não fala alguma coisa pra desmentir isso e...

– Sua irmã acredita – interrompi. – E ela não é a única. Se já é uma verdade, pra quê gastar meu tempo explicando?

Bernardo queria rebater e falar algo sobre a irmã, mas então olhou para trás e percebeu que Iasmin se aproximava acompanhada de uma das amigas. O nome da menina, se bem me lembrava, era Cecília. A amiga dela claramente era uma integrante do fã-clube do Bernardo, pois assim que viu o garoto, não conseguiu conter a expressão abobalhada.

– Ela pode ser bem idiota às vezes. Irmãos, sabe como é... – respondeu ele, antes da irmã chegar, e deu uma piscadela. – Tenho certeza de que se você contasse sua versão, ela iria acreditar. Você não deveria deixar se abalar por esse tipo de coisa.

Antes que eu pudesse responder, Bernardo deu meia-volta e foi falar com a irmã. Quando já tinha dado uns cinco passos, virou para trás e gritou:

–Você não me escapa, Mari. Vou te convencer a ir à festa!

– A esperança é a última que morre – gritei de volta, prestes a subir as escadas e voltar para a aula, mas não sem antes ver Bernardo se aproximar de Iasmin e falar alguma coisa para ela.

A menina morena, que eu achava que se chamava Cecília, estava ao lado da Iasmin e não parava de olhar para Bernardo enquanto ele gesticulava e ria. Estava claramente hipnotizada pelo irmão da melhor amiga – e eu não a culpava. Havia algo nele que tornava impossível parar de olhar, mesmo que não fosse exatamente o tipo de garoto que habitava meus sonhos. Talvez lhe faltassem covinhas.

Deixei de tomar conta da vida alheia e voltei correndo para a sala de aula, pensando no que Bernardo havia dito. Ele podia não acreditar, mas o resto da escola tinha opiniões bem fortes sobre o episódio. Se não tinha com quem comemorar, não fazia o menor sentido participar da festa de formatura, a não ser que quisesse me sentir um peixe fora d'água.

A festa de formatura no Colégio São João era bem tradicional e dividida em etapas. Havia um culto ecumênico e minha mãe tinha adorado a ideia. Recentemente, ela tinha começado a frequentar uma igreja e tinha dito que queria fazer um culto agradecendo, caso eu passasse no vestibular. Mas, primeiro, eu precisava saber para qual curso faria vestibular, depois ela tinha que pensar nesse tipo de coisa! Apesar disso, eu achava importante agradecer, mesmo que não frequentasse a igreja como minha mãe, acreditava em Deus e seria legal fazer um gesto de gratidão.

Mas além da cerimônia religiosa, que era opcional, havia uma espécie de colação de grau com várias homenagens no auditório da escola, seguido por um jantar de gala para a família. E no fim de semana seguinte, uma festa especial – a desse ano o tema era à fantasia. Nem precisa dizer que foi ideia da Heloísa, né? Nós já havíamos até combinado nossas fantasias, já que sempre fomos princesas no colégio, íamos de grandes vilãs, Malévola e Rainha Má. Antes parecia uma ideia divertida, hoje, eu sei que ela não precisa se fantasiar de bruxa, pode ir normal mesmo!

Lógico que não vou mentir: apesar de um tantinho brega, adoraria participar das cerimônias se ainda fosse amiga de todos. Mesmo com uma beca horrorosa e as inúmeras fotos que meu pai tiraria de mim, escolher um vestido de festa deslumbrante e fazer bagunça com os amigos valeria a pena. Mas agora eu nem estava ligando muito para moda, e os *amigos* nem estavam ligando muito para mim. Fazer o quê.

Se pelo menos a Carina ainda estudasse aqui! Mas tudo que restaria para mim seria ouvir meu nome na cerimônia e receber vários olhares tortos. Não, obrigada.

Você sabe que só gente idiota acredita naquela história, não é?, ficava ecoando na minha cabeça. Queria acreditar que outras pessoas além de Bernardo também pensavam assim, que não haviam se deixado levar por tudo que meu ex-namorado e seu amigo falaram sobre mim, mas não conseguia.

Os últimos minutos de aula pareceram uma tortura. Mas ainda faltavam muitos outros até o final do ano letivo e não sabia se conseguiria suportar até lá.

▶ ‖

À noite, Carina apareceu na minha casa vestindo uma bermuda jeans e a blusa do uniforme do colégio. O cabelo cacheado, geralmente solto e bem cuidado, dessa vez fora preso em um coque desgrenhado. Sua expressão era exausta, resultado de um dia inteiro dentro de sala de aula, decorando fórmulas e mais fórmulas e estudando milhares de assuntos para o vestibular. Por baixo da blusa superlarga do uniforme, ela estava mais magra do que a última vez que a tinha visto.

— Eu preciso de um sorvete! — anunciou ela. — Não aguento mais estudar, tô de saco cheio de passar o dia inteiro naquela escola — resmungou, assim que entrou no nosso apartamento. Quando viu meus pais sentados no sofá da sala, cumprimentou-os: — Oi, tios!

Nina era minha única amiga — bom, agora era literalmente minha *única* amiga — que gostava de chamar meus pais de "tios", e eles não pareciam se importar nem um pouco. Éramos amigas havia tanto tempo que praticamente formávamos uma família.

— Oi, Carina! Pensei que você tivesse sumido junto com as outras meninas também — comentou mamãe. — Nunca mais apareceu por aqui. Você emagreceu? — perguntou minha mãe, analisando a Nina dos pés à cabeça.

Quis enfiar a cara em um buraco quando minha mãe fez aquele comentário. Sabia que ela queria descobrir o que estava errado em minha vida, mas confiava na Nina para mudar o tema da conversa.

— Eu sou mais legal e sensata que as outras meninas. Nunca vou abandonar a Mari, tia — respondeu ela. Dei um beliscão de leve antes que Carina falasse demais. — Ai, Mariana! Tá vendo? Só muito amor pra aguentar tanta agressividade.

Percebi que ela ignorou de propósito a última pergunta que minha mãe fez. Eu também queria saber a mesma coisa, mas não ia comentar nada agora. Aquele assunto era desgastante demais.

Minha mãe deu uma risadinha e voltou a atenção para a televisão. Ainda bem!

— Mãe, vou ali fora com a Nina, tá? Já volto — disse, e logo em seguida peguei minha bolsa em cima da mesa da sala e saí, sem esperar alguma resposta.

Assim que entramos no elevador, fui logo perguntando:

— Você quer mesmo tomar sorvete?

Ouvir a Nina dizer que precisava de algo comestível era quase como música para os meus ouvidos. Ela era muito difícil quando o assunto era comida.

— É claro que não.

— Então por que você disse que queria tomar sorvete? — perguntei, confusa.

— Você é lerda mesmo, hein, Mari? Pra gente poder planejar como vamos matar aula na quinta-feira. Sua mãe não precisa ficar escutando os detalhes pelas paredes — disse ela. Bem que eu tinha estranhado... Novamente digo, Nina nunca está com vontade de nada relacionado à comida, nem mesmo sorvete!

— Então você mudou de ideia?

– É, acho que preciso ter umas coisinhas para contar aos meus filhos quando ficar mais velha – respondeu, dando de ombros.

Se eu pedisse para a minha mãe, tenho certeza de que ela daria um jeito de passar na Lore e comprar nossos ingressos, sem que Carina ou eu matássemos aula. Mas estávamos acostumadas a andar na linha, sem dar um passo em falso. Talvez isso tivesse nos motivado a armar nosso pequeno plano, que parecia bobeira para a maioria das pessoas, mas era uma grande coisa para nós duas.

Fomos até a sorveteria discutir nossos planos – eu me esbaldei em um sorvete, a Nina ficou com água gelada.

– Não vai comer nada? – perguntei.

– Não. Eu já comi em casa – disse. – E eu tô muito gorda.

– Não sei em que planeta! Eu acho que você está é mais magra – falei. – Até minha mãe comentou isso, você não viu? Você nem come direito, Nina. É só um sorvetinho, não faz mal a ninguém. E essa roupa aí... O defunto de quem você roubou o uniforme era muito maior, né? Que blusa larga!

– Eu já disse que não quero, Mari. Para de encher o saco com isso. Vamos continuar com nossos planos. E me conta essa história de vlog que você tinha comentado e eu ainda não entendi!

Sabia que ela queria mudar de assunto. Não insisti na história do sorvete, fiz o que ela pediu: contei um pouco sobre a ideia louca de fazer um vlog. Nina prometeu assistir aos vídeos em casa, assim que conseguisse entrar na internet, e falou que depois daria uma opinião. Passamos um pedacinho da nossa tarde conversando, já que cada uma precisou voltar para casa e estudar.

Eu estava morrendo de saudade de tardes assim com a Nina. Nossos planos estavam prontos e na terça-feira iríamos comprar os ingressos. Estávamos ansiosas para ir ao show e também para conhecer nossa banda favorita.

6

A terça-feira chegou tão rápido que, quando o despertador tocou, mal conseguia acreditar que estava cada vez mais perto de ver minha banda favorita ao vivo. Acordei no horário de sempre e vesti meu uniforme, agindo do mesmo jeito que agia todas as manhãs para ninguém desconfiar de nada. Só iria contar para minha mãe sobre o show quando estivesse com os ingressos em mãos. Era só dizer que comprei pela internet!

Sei que não teria grandes problemas com isso, especialmente por ser perto de casa, mas estava preocupada como a mãe da Carina iria reagir. Minha mãe iria dar graças por eu finalmente sair de casa, mas a mãe da Nina encarava tudo de um jeito bem diferente. Para ela, show e outras formas de diversão eram perda de tempo, e Nina não estava na época de se ocupar com isso. Mas se a mãe dela batesse o pé e recusasse o pedido, era só Carina fingir que dormiria na minha casa e a gente daria um jeito, mas ela não perderia o show do Tempest, especialmente no seu aniversário de 18 anos!

Animada com a ideia de comprar meus ingressos o mais rápido possível, fui até a cozinha sorrindo de orelha a orelha, animação que não passou despercebida pela minha irmã, acostumada a me ver de péssimo humor pela manhã.

— Quanta disposição! Tá rindo assim por quê? Nem é meio-dia ainda!

— Que nada. Impressão sua... — comentei, tentando disfarçar minha euforia. *Eu ia comprar ingressos pro show do Tempest!* Estava pulando por dentro.

Mamãe entrou na cozinha, apressada e foi despejando ordens:

— Mari, eu tenho que resolver umas coisas do casamento da sua irmã, então não vou estar aqui quando você voltar. Almoce naquele restaurante perto da sua escola, tudo bem?

Concordei. Saber que minha mãe passaria o dia fora era ainda melhor para meus planos, assim não precisaria fazer hora na rua, podia vir direto para casa.

Dei um beijo na bochecha dela e me despedi. Segui o mesmo caminho que fazia todos os dias. Porém virei na última rua antes da escola e me dirigi à padaria que ficava ali perto, meu ponto de encontro com a Nina. Antigamente, quando ela ainda estudava no São João, costumávamos tomar café da manhã por ali.

— Você demorou! — disse ela.

– Não tenho culpa se minha escola não faz os alunos madrugarem... – respondi. – Vamos trocar de roupa? A gente precisa correr.

No final da padaria, havia um banheiro para os clientes. Enquanto eu ficava do lado de fora, Carina trocava de roupa. Quando saiu da cabine, havia trocado a blusa amarela e azul da escola (uma coisa horrorosa e berrante) por uma camiseta do Tempest e, os cabelos, que antes estavam em um rabo de cavalo, agora estavam soltos. Ela continuava usando seu par de All Star branco e calça jeans. A camisa do Tempest – eu tinha uma igual, nós compramos juntas pela internet – estava larga. Tinha certeza que, quando Nina a comprou, a camisa não estava folgada daquele jeito. Além disso, ela ajeitava a calça a todo instante, mas guardei essas impressões para um momento mais pertinente.

– Isso é um disfarce? – perguntei.

– O quê? Você quer que eu coloque um daqueles óculos com nariz e bigode? – rebateu.

– Ok, o disfarce é seu e você faz o que bem entender com ele.

– Anda logo, se arruma e para de reclamar! – disse Nina, apressando-me.

Entrei no banheiro logo em seguida. Fechei a porta atrás de mim e coloquei minha mochila em cima do vaso sanitário. O chão estava sujo, a lixeira transbordava de papel higiênico e o banheiro estava fedendo. Não era o melhor lugar para trocar de roupa, mas não havia muitas opções no momento.

Percebi que não iria conseguir trocar minha calça jeans nem tirar meus tênis. Nem sonhando eu ia correr o risco de pisar naquele chão imundo! Era possível que contraísse todas as doenças do mundo só de respirar aquele ar. Ou seja: seria impossível usar o vestido que havia trazido.

Peguei uma blusa que havia colocado na mochila apenas por segurança e tirei meu uniforme. Meu braço bateu na parede do banheiro e senti uma crosta de sujeira. Eca!

– Tá tudo bem aí? – perguntou Carina, do lado de fora. – Anda logo, Mari!

– Já vou!

Tentei colocar a blusa o mais rápido possível, mas, quando percebi, havia vestido do lado avesso e precisei fazer tudo de novo. A blusa do uniforme caiu no chão imundo, e eu gemi de nojo. Coloquei-a dentro da mochila e, descabelada, fui para o lado de fora.

– Pensei que você tivesse fugido pela janela.

– Nem tem janela no banheiro, Nina.

– Isso explica o cheiro ruim.

Ela me ofereceu um elástico para prender meus cabelos e os amarrei em um coque mal feito.

— Vamos tomar café? — perguntei. Havia comido biscoitos em casa, mas as coisas que vendiam naquela padaria eram impossíveis de dispensar.

— Mari, me conta como é ter esse saco sem fundo? Você só serve pra comer.

— Você que não come nada... Me diz quando foi a última vez que você comeu? — questionei, deixando minha amiga em silêncio por alguns segundos. — Você tomou café da manhã?

Desde o final do ano passado, Carina e comida eram dois nomes que não se entendiam muito bem. Ela sempre desconversava quando eu tentava comentar sobre isso, mas era impossível passar despercebido, especialmente vendo quão magra ela estava.

Para calar minha boca, Nina pegou um suco de caixinha — *diet* — da geladeira e fingiu analisar o rótulo. Tirei o suco da mão dela.

— Nina, tô esperando uma resposta!

— Me devolve o suco, por favor. Eu vou levar.

— Quando foi a última vez que você comeu?

— Pare de dar uma de mãe pra cima de mim — pediu, um pouco revoltada. Apesar disso, a voz dela vacilou um pouco. Ela pegou outra embalagem do mesmo suco na geladeira.

— Pare de desconversar — ordenei, não me deixando intimidar pelo tom choroso na voz da minha melhor amiga.

— Eu comi ontem, tá?

— Que horas, Nina?

— Não lembro. Eu não fico controlando a hora que eu como — mentiu. Eu sabia que ela controlava tudo que comia, por isso estava olhando as descrições nutricionais na embalagem que segurava naquele momento. — E eu nem tô com fome!

— Não precisa ter fome, precisa alimentar seu corpo. Come alguma coisa, nem que seja uma barrinha de cereal — pedi e peguei uma barra de cereal de uma das prateleiras e dei pra ela.

— Credo, como você é chata! — exclamou, puxando a barra de cereal da minha mão e devolvendo a caixinha de suco à geladeira. — E esse negócio aqui é enganação pura. Engorda.

— Não senhora! Para de drama. Pega isso e o suco também — falei. — E nada de coisas *diet*!

Eu mesma me encarreguei de segurar o "café da manhã" da Nina, antes que ela se livrasse dele no caminho até o caixa. Como não sou boba e muito menos tenho medo de comida, comprei uma fatia de bolo de cenoura e um Toddynho.

Com nossas compras em mãos, nos dirigimos ao ponto de ônibus. Entreguei a barra de cereal à Nina e ordenei que ela comesse.

— Não tô com fome, Mari. Por favor, para com isso.

— Isso aí não mata fome de ninguém.

Não conseguia entender como a Carina hesitava tanto só para comer aquilo. Era nada comparado ao tanto de calorias que tinha no meu bolo de cenoura, mas a expressão dela era desesperada. O mais estranho de tudo era que Nina era e sempre foi magérrima.

Carina demorou minutos para comer a barra de cereal e em todo tempo que ela dava mordidinhas de passarinho — e tentava jogar fora o restante da barra sem que eu percebesse —, nosso ônibus não passou. Estava ficando preocupada, morrendo de medo que minha mãe ou a mãe da Nina passassem por ali e nos pegassem no flagra.

Depois de longos minutos, quando Carina ainda mordiscava sua barra de cereal — metade ainda pedia para ser devorada —, o ônibus finalmente parou no ponto. Assim que rodei a roleta, olhei para trás e vi que Nina não estava mais com a barra de cereal em mãos. Com certeza se livrara do pouco que restava antes que eu percebesse. Queria não me estressar com esse comportamento, mas era praticamente impossível. Ficava muito incomodada ao vê-la fazendo isso.

Pagamos nossas passagens e nos sentamos nos últimos bancos do ônibus. Era um caminho curto de onde estávamos até a Lore, mas isso não impediu que Carina ligasse o iPod e colocasse uma canção do Tempest para tocar. Enquanto ela cantava, eu comia meu bolo de cenoura. Quando percebemos, já havíamos chegado ao ponto da Lore.

A casa de shows ficava em frente ao ponto de ônibus, do outro lado da rua. Havia três meninas sentadas no meio-fio, em frente à bilheteria, que chegaram antes da gente. Só abriria às dez da manhã e o relógio acabara de marcar 08h10. Ainda tínhamos muito tempo para matar.

Começamos a puxar papo com as garotas. Estava um pouco enciumada, pois elas conseguiram chegar à Lore antes de mim. Sei que isso não significava nada, mas eu queria ser a primeira da fila, mesmo que a fila fosse minúscula. Provavelmente estava exagerando ao comprar os ingressos tão rápido, mas era melhor prevenir do que remediar.

As meninas eram fãs do Tempest havia um bom tempo, assim como eu, não apenas porque as músicas deles começaram a tocar nas rádios. Ficamos conversando sobre nossas canções preferidas, discutindo sobre qual membro da banda era nosso favorito e descobrindo afinidades naquele curto espaço de tempo. Todas elas costumavam postar no fórum do site da banda, e eu quase me arrependi por ter vergonha de interagir on-line.

Quando passava das nove da manhã, uma fila maior havia se formado e já estava dando a volta na esquina – o que não era muito difícil, já que a Lore ficava *praticamente* na esquina da rua.

Às 09h30, uma mulher de cabelo azul passou por nós e entrou pela portinha de serviço, o que estranhamente fez minha euforia aumentar. Às dez em ponto, a bilheteria ainda estava fechada. Apenas às 10h18 que a janelinha da bilheteria abriu e começaram a vender os ingressos. Quando a terceira menina se dirigiu para comprar o ingresso dela, eu estava pulando por dentro.

Ela saiu com dois ingressos na mão e deu um gritinho histérico ao se juntar com as amigas. A próxima era eu!

Carina segurou a minha mão e nós duas nos dirigimos à bilheteria.

– Dois ingressos pro show do Tempest, por favor – pedi. Minha voz estava trêmula, por causa da ansiedade. Imagina só como meu coração ia ficar no dia do show!

– Meia ou inteira? – perguntou a mulher. Era a mesma de cabelo azul que havia entrado mais cedo.

– Os dois são meia-entrada – respondi.

– Dinheiro ou cartão?

– Dinheiro.

Ela falou o valor total dos ingressos. Carina pegou o dinheiro dela e colocou na minha mão. As notas estavam mais amassadas que dinheiro de bêbado. Juntei com o meu e paguei. A mulher entregou o troco e os ingressos de uma só vez.

Entreguei o ingresso de Carina nas mãos dela e fiquei olhando para o meu, sem acreditar que no fim do mês estaria no show da banda que eu mais gostava. O papel moeda era azul, havia a data e horário do show estampados e o logotipo da banda era impresso em prateado.

– Não consigo acreditar que a gente vai no show do Tempest! – comemorei. Mas então senti a mão da Carina me beliscar.

– Se você sobreviver a isto...

Olhei para frente e, quando percebi, a minha mãe tinha se materializado. O carro estava estacionado do outro lado da rua, a porta do motorista ainda aberta e mamãe de braços cruzados, enfurecida.

– Você tem dois minutos pra me explicar o que está fazendo aqui em vez de estar na aula. Anda, Mariana...

Como ela foi parar ali?

Então eu lembrei. As coisas do casamento da Melissa! Provavelmente eram ali por perto. Agora eu estava numa encrenca gigante. Só de olhar para a expressão dela eu já podia perceber que o bom humor havia passado longe...

– Hum, acho que vou pegar o ônibus... – disse Carina, tentando fugir do problema.

– Não, senhora! Você não vai pegar ônibus algum, entra lá no carro que vou te levar em casa – disse minha mãe. – E de noite vou ter uma conversinha com a sua mãe – continuou dona Marta, virando-se para Carina. – Pensa que eu não sei? É época de vestibular e vocês duas matando aula em vez de estarem se matando de estudar... Já para o carro, as duas!

Atravessei a rua, em poucos segundos a alegria de estar com o ingresso na mão havia se dissipado e dado lugar ao medo do castigo que provavelmente teria pela frente.

Em vez de nos dar um sermão após entrarmos no carro, mamãe pegou o telefone e disse para a pessoa que atendeu que iria se atrasar para o compromisso, pois teve alguns "imprevistos". Ela dirigiu até a casa da Carina sem dar um pio, mas antes de ela descer do carro, deixou bem claro que de noite teria uma longa conversa com a dona Patrícia. Senti Carina tremer dos pés à cabeça. A mãe dela trabalhava o dia inteiro e era extremamente disciplinadora. Já podia prever um castigo que acompanharia minha amiga até o leito de morte.

Assim que Carina saiu do carro, parecia que uma tempestade violenta atingiu o ambiente. Só ouvia minha mãe berrar, e no fim das contas não entendia nada do que ela queria dizer, apenas palavras entrecortadas.

– ... confiança... não sei o que está acontecendo... e essa menina?... nunca vi você... não acredito que... por uma banda, sério?

– Mãe, calma!

– Calma uma ova, Mariana Santana Prudente! – repreendeu, usando meu nome todo, em um tom especial que ela aplicava apenas quando queria brigar comigo. – Melissa nunca me deu esse tipo de trabalho... – lamentou ela.

Respirei fundo e tentei não rebater. Não estava em uma posição favorável e tudo que eu dissesse poderia ser usado contra mim no futuro, mas não *tinha como* ficar calada diante daquilo. Sempre existia essa comparação entre mim e minha irmã – como se nós duas tivéssemos que seguir os passos uma da outra. Mas eu não era Melissa e ela não era Mariana.

Não me controlei.

– Talvez por que eu não seja a Melissa?

O rosto da minha mãe se inflou de raiva. Sabia que havia passado dos limites, mas não teria coragem de dizer isso em outra ocasião – e algumas coisas precisavam ser ditas, mesmo que sofresse as consequências da minha língua sem freios logo em seguida.

— Você não está em condições de reclamar, Mariana — respondeu. Ela respirou fundo e continuou: — Por que você simplesmente não disse que queria ver o show dessa banda? Eu compraria os ingressos. Seria uma atitude muito mais honesta da parte de vocês.

Como eu poderia explicar o que aquilo tudo representava para mim?

— Você nunca fez uma loucura quando era adolescente, mãe?

— Fiz várias, Mariana. Várias. E elas são isso aí que você falou: loucuras. Depois a gente percebe que aquilo só prejudica. Você está de castigo.

— Mas mãe...

— Sem "mas" por aqui. Você não vai ao show e nem vai acessar a internet. E eu mesma vou levar e buscar você na escola, porque percebi que não posso confiar em você. Não sei o que vem acontecendo, mas desde que terminou com aquele garoto estranho lá, você vem piorando. Pensei que fosse melhorar, mas tô vendo que não...

Eu quis chorar, mas segurei o choro até chegar em casa. Não tinha a ver com Eduardo. Minha mãe não podia jogar aquilo na minha cara. Logo *aquele assunto*, que me magoava mais do que qualquer coisa. Minha mãe estacionou o carro em frente ao nosso prédio e só foi embora quando me viu passar pelo portão.

Entrei enfurecida no meu quarto e tranquei a porta. Em poucos minutos, minha euforia tinha se transformado em tristeza. Encostei a cabeça no travesseiro e chorei até dormir, porque aparentemente era a única coisa que eu ainda tinha permissão para fazer.

7

Varrer o chão, lavar a louça, colocar as roupas na máquina, tirar pó, lustrar os móveis... Em uma semana, eu exerci todas as funções de uma empregada doméstica. Minha mãe insistia em dizer que aquilo não era castigo, apenas tarefas que eu deveria aprender, mais cedo ou mais tarde, e, nos padrões dela, estava tarde demais para eu não assumir algumas responsabilidades dentro de casa.

Assim como eu, Carina também estava de castigo. Minha mãe não perdeu tempo: telefonou para dona Patrícia na mesma noite, contando toda a história. A mulher enlouqueceu ao saber que a filha estava matando aula a poucos meses do vestibular, ainda mais para comprar ingressos para assistir ao show de uma bandinha qualquer. A mãe dela foi mais radical: rasgou o ingresso e, além de ficar sem o show, Carina ficou sem festa de 18 anos.

Não consegui evitar ficar triste e frustrada comigo mesma, afinal, a ideia de tudo foi minha. Se eu tivesse simplesmente comprado os benditos ingressos pela internet, a situação seria bem diferente: ninguém estaria de castigo e a Nina teria o aniversário mais perfeito de todos. E ela precisava daquilo. Eu só havia piorado a situação, pois sabia quanto o relacionamento complicado com a mãe piorava ainda mais os *outros* problemas dela.

Minha mãe também se sentiu um pouco culpada ao perceber como a mãe da Nina reagiu, mas ela só disse para mim que era "bom pra gente aprender". Ela nunca ia dar o braço a torcer.

— Eu não acredito que você fez isso! — disse Melissa, deitada no sofá da sala após voltar do estágio. — Por que você não pediu pra gente comprar pra você ou comprou pela internet?

— Não enche o saco, Melissa.

— Bom, pelo menos agora você aprendeu a não fazer esse tipo de coisa.

Eu não aguentava mais todo mundo me dizendo que aquilo era um aprendizado. Como se depois disso a minha vida fosse mudar e eu fosse ser um ser humano melhor. Por favor! Eu não queria aprender porcaria nenhuma, eu queria ir ao show! Todos os dias eu olhava para o ingresso na minha escrivaninha, esperando que algum milagre fizesse minha mãe mudar de ideia, mas ela parecia irredutível.

Pensei que ela fosse acabar com o meu castigo quando entrou no meu quarto alguns dias depois, dando batidinhas leves na porta e pedindo licença.

– Ah, esses dias chegou uma encomenda pra você, mas você não estava em casa e eu peguei. Acabei esquecendo de entregar.

– Meu pôster! Tinha até esquecido... – exclamei.

– Que pôster? – quis saber, mas estava tão empolgada que nem respondi. Corri até ela e peguei o embrulho. Nem lembrava mais do mapa que havia encomendado para colocar em minha parede. – Agora que eu vi... Você tirou as fotos da parede. Algum motivo?

– Acho que preciso de uma mudança de ares – desconversei. Tirei o pôster do canudo no qual veio enrolado e estiquei. – Acho que vai ficar muito melhor na minha parede, não acha?

Ela olhou para o mapa, quase podia ver o sinal de interrogação aparecer acima da sua cabeça, como um desenho animado.

– É pra marcar os lugares que já visitei. E lembrar que ainda tenho muita coisa para ver pelo mundo – expliquei.

A expressão de confusão foi substituída pela compreensão. E, de repente, o rosto dela mudou, como se tivesse lembrado do intercâmbio que foi trocado pela festa de casamento da minha irmã.

– A gente vai conseguir mandar você para um intercâmbio, Mari. Você vai ver. É só ter um pouquinho de paciência – ela comentou baixo.

Algo na voz de minha mãe me deu um aperto no coração.

– Ué, pensei que estivesse de castigo – comentei, brincando, com esperanças de mudar o rumo da conversa.

– Mas não vai durar para sempre, não é? – Ela respondeu, sorrindo. – Não vai ser agora, mas depois que resolvermos tudo da Mel, a gente começa a pensar em um curso de férias fora do país para você. Sei que você quer muito.

– Obrigada, mãe – agradeci.

Ouvir aquilo me fez bem. Às vezes, achava que ela tinha simplesmente esquecido a história do intercâmbio ou achava que não fazia muita diferença para mim. Mas, ao vê-la falar comigo, percebi que ela ainda se entristecia por não poder realizar meu sonho e o da minha irmã ao mesmo tempo. Deve ser muito difícil ser mãe.

– Também estou orgulhosa de você. A casa está um brinco e você nem tem reclamado por arrumar as coisas – acrescentou. O olhar dela dirigiu-se rapidamente para o ingresso em cima da escrivaninha.

– Bem que você podia reconsiderar o castigo...

– O show ainda não está em negociação, ok? – disse, depois respirou fundo.

Por um momento, pensei que ela falaria algo mais, mas nada. Toda minha esperança murchou por dentro. Minha mãe me deu um beijo no topo da cabeça e saiu do meu quarto em silêncio.

▶ ❚❚

A escola continuava um inferno. O que só piorou quando encontrei o Leandro pelos corredores.

Desde que as aulas voltaram, eu permanecia dentro de sala de aula o maior tempo possível, com medo de encontrá-lo do lado de fora. Por algum milagre ou pelo universo estar com um pouco de piedade de mim – até parece! –, eu havia conseguido evitá-lo até então. Já era o suficiente ser *obrigada* a conviver com o Eduardo e a Heloísa. Mas eu sabia que era impossível fugir dele para sempre, mesmo que fôssemos de turmas diferentes.

O vi perto da cantina quando fui comprar meu lanche. Ele conversava com Alba – e ela não parava de rir de alguma piada qualquer. Enquanto Léo falava, ela acariciava o braço dele, forçando um contato físico. Ela tinha uma queda pelo Leandro há muito tempo, uma das coisas que a fez se voltar contra mim quando o boato começou a correr pela escola.

Fazia tanto tempo que não o via que tinha até esquecido o efeito que a presença dele provocava em mim. Saber que estávamos no mesmo lugar me deixava desesperada, com vontade de fugir dali o mais rápido possível. Olhar para Léo era como uma passagem direta para todas as memórias ruins e, por causa disso, quase desisti de comprar meu lanche. Mas não podia deixar o medo me paralisar. Minha vontade era de chorar, mas não iria demonstrar fraqueza.

Ao me notar, Léo puxou Alba pelo braço. De repente, ele pareceu nervoso.

– Alba, você vai comer alguma coisa?

– Não, já comprei meu lanche, Léo. Você não... – começou ela, mas ele a interrompeu com um beliscão. Fingi que não vi. – Ai, o que foi? Você viu que...

Depois de um segundo beliscão e uma esticada de pescoço, Alba me notou. Eu percebi a boca dela formar um "ahhh", como se finalmente tivesse entendido.

– Então vamos? – pediu ele, ansioso.

Alba concordou e o seguiu, como um cachorrinho sem dono. Estava claro, para quem tivesse o mínimo de cérebro, que Leandro ficara nervoso ao me ver. Ele morria de medo que eu contasse a verdade.

O que eu não entendia era como a escola inteira pôde ter ficado revoltada comigo e continuou a agir do mesmo jeito com ele, como se – considerando que a história do Eduardo fosse verdade – só eu estivesse errada ali. Se soubessem o que realmente tinha acontecido, acho que ninguém iria agir daquele jeito. Mas como iam me escutar? Eu sempre seria a errada.

Meu celular começou a tocar. Era minha mãe.

— Mari, eu passei mais cedo na sua escola para resolver umas coisinhas e a coordenadora comentou que você é uma das únicas que não vai participar da formatura. Por que você não me falou nada?

Lá vamos nós...

— Não faço questão, mãe. E você está toda enrolada com o casamento da Melissa, então...

— Eu fechei a formatura.

— Você o quê? – perguntei, quase engasgando com o refrigerante.

— Não o pacote completo, você sabe que eu não tenho dinheiro pra isso. Estou gastando um monte com esse casamento... Mas eu fechei a cerimônia. Pelo menos isso você tem que ter, tirar uma foto para mostrar para família. Sua irmã teve, por que você não?

— Mãe, sério... Eu *não quero* – afirmei. – Juro, isso não faz a menor diferença para mim.

— Não faz agora, mas no futuro vai fazer. Já era, já paguei a entrada – sentenciou. – Me deixe fazer isso por você, já que não posso te dar o intercâmbio agora! Me sinto tão culpada...

— Pelo quê? Mãe, você não tem culpa de nada, pare com isso!

— Eu tinha prometido uma coisa e não consegui cumprir. Tenho certeza que é por isso que você anda meio estranha. Enfim, eu preciso desligar. Beijo, filha.

— Mãe...

Mas ela já havia desligado o telefone, sem me dar chance alguma de rebater e dizer que aquilo era uma grande palhaçada.

▶ ❚❚

— Mari! – chamou Bernardo, na hora da saída. – Então quer dizer que sua mãe mudou de ideia?

Como as notícias corriam rápido no São João! Eu estava crente que conseguiria reverter a formatura, mas, agora, aparentemente, já era tarde.

— Mesmo que seja só a cerimônia, já é ótimo – continuou ele. – Mas bem que eu queria que você fosse às festas...

— Você só está cumprindo seu papel de presidente da comissão de formatura e tentando levar o maior número de pessoas para o lado negro da força, mas não estou tão empolgada com essa perspectiva.

— Você costumava ser mais bem-humorada – reclamou ele, mas em tom de brincadeira.

— São seus olhos... Enfim, já que não tem mais volta, você conseguiu o que queria.

— Se você quiser, aparece em uma das reuniões da comissão. Suas ideias são sempre bem-vindas.

— Pra ser comida viva? Não, obrigada.

— Deixe de drama, Mari — pediu. Bernardo suspirou e voltou a falar: — Eu estava pensando... Quer ir ver o filme novo do Tarantino que estreou?

— Tarantino é *tipo* aquele cara que só tem filme com sangue, mentirada e palavrão?

— Eu prefiro Tarantino *tipo* aquele cara que só tem filmes com trilhas sonoras incríveis e referências ótimas, mas é... Esse que você falou serve também — disse. Devo admitir que ri com a resposta dele.

— Eu até queria, mas nem vai dar. Tô de castigo — falei. Em seguida, olhei para o relógio. — Além disso, eu preciso voltar pra casa e tô de papo com você. Tenho que ir.

— De castigo? — perguntou, surpreso. — Que tipo de pessoa fica de castigo aos 17 anos?

— Pessoas tipo eu... Até te contaria a história, mas...

— ... ela é longa e você precisa ir pra casa. — completou. Assenti. — Tudo bem, mas da próxima você não me escapa. Tchau, Mari.

— Tchau, Bernardo. Pode deixar que qualquer dia desses a gente conversa e vemos o tal filme do Tarantino.

— Eu vou cobrar, hein.

— Pode cobrar — provoquei. — Agora tenho que ir mesmo — disse antes que ele pudesse me prender ali por mais um segundo.

▶ ❚❚

A Carina não dava sinal de vida desde que a mãe a tinha colocado de castigo. Como computador era item proibido para mim — para ela, então, nem se fala —, precisei recorrer ao bom e velho telefone para saber como minha amiga estava.

— Finalmente você lembrou da prisioneira aqui!

— Quanto drama! Você nem está na prisão, está na escola — comentei. Se bem que, no caso dela, dava no mesmo. — Não era para você estar na aula?

— Horário de almoço. Mas essa escola é pior que qualquer castigo ou prisão. E olha que ultimamente ando aprisionada e com castigos suficientes para uma vida inteira! Sua mãe, hein?

— Desculpa... — disse me sentindo culpada. — Não tive como controlá-la.

— Eu sei. Minha mãe ia fazer a mesma coisa. Agora estamos sem show, e eu sem aniversário. Por que eu fui te ouvir mesmo?

— Aventuras, lembra?

– Ô, se lembro! Tive aventuras o suficiente por mil vidas – Carina riu alto. –
Me lembre de nunca mais seguir as suas ideias malucas, ok?

–Você gostou, nem vem. Não tenho culpa se deu um *probleminha*...

– Probleminha? Foi um problemão, isso sim! Ah, como eu queria ir ao show...

– Nem me fala... Mas não dá mais pra chorar agora, né? – comentei, chateada.

– É, vamos deixar esse assunto pra lá, antes que eu fique deprimida – pediu
Nina e eu concordei imediatamente. – E o vlog?

– Desisti, né. Nem posso mais entrar na internet. Nem tem graça. Quem
sabe eu volto depois? Aquilo não vai dar em nada mesmo.

– Que pena! Tava crente que você ia virar webcelebridade.

– Até parece, Carina. Você tem cada ideia...

Conversamos mais um pouquinho, até que a Nina teve que desligar o celular
para e ir às aulas do período da tarde. Argh, horário integral é um horror mesmo!

8

Não aguentava mais ficar presa em casa! Já que minha mãe não ia dar mole, disse que ia na papelaria comprar canetas e papéis para estudar. Antes uma voltinha pelo quarteirão do que nada.

Assim que entrei na papelaria, me senti no paraíso! Eu também precisava comprar pequenos ímãs para marcar os pontos no meu mapa, mas quem disse que a tarefa era fácil? Escolhi 20 ímãs coloridinhos e alguns *post-its* em formato de bichinhos. Sou dessas pessoas que amam uma papelaria! Sempre que entro em uma, saio dela, pelo menos, com uma caneta diferente. O problema é que, dessa vez, sairia com cinco! Com glitter, colorida, com cheirinho... E também peguei um apontador em formato de sorvete. Era tão bonitinho! Não resisti. Me dirigi ao caixa para pagar minhas compras – e pagar muito mais do que deveria.

Me distraí olhando alguns caderninhos numa prateleira ao lado do caixa (cada um tinha uma frutinha diferente na capa, muito fofo!) e fechei a passagem sem perceber. Uma menina esbarrou em mim. Sem graça, pedi desculpas, mas logo quis retirá-las quando percebi que a pessoa era a Jéssica, uma das amigas da Heloísa.

– Tinha que ser... – disse ela, me olhando dos pés à cabeça com desdém.

– Desculpa – pedi de novo, sem saber o que mais poderia dizer.

– Da próxima vez, tente não ficar no meu caminho – completou. Havia uma ameaça velada na voz dela e eu me senti pressionada. A mesma sensação de desespero que havia sentido quando encontrei o Léo na cantina se apoderou de mim. Queria pagar o que escolhi e ir embora naquele instante. Ou melhor: queria deixar tudo ali mesmo e voltar para casa. Sair tinha sido uma péssima ideia.

– Ela já pediu desculpas! – assinalou uma voz masculina atrás de mim. Olhei para ver quem havia me defendido e levei um susto: era o Moço das Covinhas. – Mas pelo visto você não conhece essa palavra.

Em vez de responder, Jéssica bufou, virou as costas e seguiu para o balcão. O Moço das Covinhas me olhou, mas, pelo seu olhar, não me reconheceu.

– Conhece ela? – perguntou. Eu assenti. – Menininha mal-educada, hein? O que você fez pra ela ser tão idiota?

– Ela é assim desde que a conheci... um poço de educação – respondi. – Obrigada.

– Hum... de nada? Eu não fiz nada, na verdade – disse. Então, um sinal de reconhecimento atravessou seu rosto. – Ei, eu já te vi!

— Niterói tem três pessoas: você, eu e alguém que a gente conhece — falei meio rápido demais, repetindo a frase que já tinha escutado milhares de vezes. Não queria dar a impressão de que já sabia quem ele era logo de primeira.

—Você é a menina do restaurante? A que perguntou sobre o show do Tempest, né?

Quais eram as chances dele se lembrar de mim? Ainda por cima, lembrar do que a gente tinha conversado? Talvez ele não fosse abordado por estranhas desesperadas por informações da sua banda preferida com tanta frequência... Eu me lembrava dele, mas era completamente diferente. Difícil esquecer um cara bonitinho daquele jeito.

— Ah, sim! Sou eu — respondi, fingindo me lembrar apenas naquele instante.

— E aí, conseguiu ingressos para o show?

— Consegui — respondi sem animação. — Mas acho que não vai dar pra ir...

Por que eu completei a frase? Ele não precisava saber que *com toda certeza do mundo* eu não iria ao show. Pelo amor de Deus, Mariana, não comece a contar para ele que o motivo de você não poder ir ao show é estar de castigo, pois matou aula para comprar os ingressos. Você não quer escutar "quem fica de castigo aos 17 anos?" de novo, certo? Controle-se, Mariana, controle-se!

— Ué... Comprou e não vai? Como assim?

— Castigo. Envolve matar aula e esse tipo de coisa — respondi. Eu e minha língua grande! O que eu tinha acabado de pensar em não falar? Ai, como eu sou burra!

E ele riu! *Riu*. Maldita língua solta.

— Próximo! — chamou a atendente do caixa. Era minha vez, mas percebi que ele queria falar alguma coisa, por isso continuei parada.

— Ainda faltam alguns dias. Quem sabe você não convence seus pais do contrário?

—Acho difícil.

— *Próximo da fila, por favor*! — gritou a mulher mais uma vez, já irritada. Percebi que as pessoas atrás de nós não estavam muito contentes.

— Bom, se conseguir fazer seus pais mudarem de ideia, me procura por lá! — disse ele, sorrindo e mostrando aquelas covinhas fofas. Uau.

— *Próximo, por favor*! — berrou a mulher, dessa vez muito mais irritada que na anterior.

—Tão chamando o próximo! — avisou alguém na fila, visivelmente estressado. — Anda logo.

— Acho que tenho que ir. Tchau...

— ...Tuca.

– Mariana!

– *Próximo*!

E eu fui até o caixa, antes que mais alguém quisesse me matar ou me expulsar da fila. Só que eu não me importava... Não estava levando apenas itens de papelaria comigo – agora tinha um nome, ou melhor, um apelido.

▶ II

Televisão era o único item permitido pela minha mãe em sua enorme lista de restrições, ainda por cima, só na hora do almoço! E, além disso, tinha que ficar ouvindo o quão errado era comer no sofá, fora da mesa... Com certeza ela diria que, se eu reclamasse, não teria televisão *nunca*.

Na TV, passava uma reportagem sobre pessoas que ganhavam dinheiro com conteúdo on-line: vídeos, textos e outras coisas postadas na web. Um dos meninos postava vídeos sobre seu dia a dia e a renda dos anúncios de seus patrocinadores tinha virado seu ganha-pão. Outra menina escrevia textos sobre amor, dicas de moda e comportamento num blog, o que lhe rendeu um guarda-roupa recheado das últimas tendências, muita maquiagem e até viagens pelo Brasil e pelo mundo!

Imagina que sonho... Fazer algo tão legal – que eu já fazia sem ganhar um tostão, apenas por gostar – e ainda conseguir viver disso.

Fiquei pensando que, se Melissa tivesse sido esperta, seria a pessoa mais popular na internet. Antes de conhecer o Mateus, minha irmã namorou meio mundo e levou cada pé na bunda mais hilário que o outro. Se ela tivesse contado aquilo on-line, seria o novo hit da web.

Com certeza era muito mais fácil – e mais legal – ganhar dinheiro e ficar famoso daquele jeito. Ainda era uma fama seletiva, sem *paparazzi* te seguindo por aí, só se ficava com a parte boa – ou ao menos, era isso que a matéria dava a entender. Eu adoraria ganhar dinheiro com meu vlog!

Mas, se continuasse de castigo, eu não teria sequer computador acessível, que dirá vlog. Por isso, escolhi fazer o mais sensato: juntei meu material e fui estudar para o vestibular. A vida off-line não era tão simpática, e se eu quisesse viajar para algum lugar, precisaria estudar muito para um dia ganhar dinheiro!

9

Em cinco dias, seria o show do Tempest, o que significava que o dia do aniversário da Nina havia chegado. Até agora não tinha pensado em nada que fizesse minha mãe voltar atrás no castigo e me deixar ir ao show.

A melhor ideia que me ocorreu foi me oferecer para arrumar meu quarto, lavar a louça, varrer a casa e colocar a roupa na máquina todos os dias, até o fim dos séculos. Mas eu já estava fazendo isso, então não tinha diferença. Enquanto isso, tentava ser a melhor filha possível, lavando meu prato sem que ninguém pedisse, estudando assim que chegava do colégio ou qualquer outra coisa do gênero.

Meu quarto estava tão arrumado que eu sofria do efeito contrário: sequer conseguia encontrar algo nele! Por que é sempre mais fácil encontrar o que se precisa em um local que aparenta ter sido devastado por um furacão? Eu me entendia muito bem com a minha bagunça! Quando tudo estava no lugar, eu estranhava. Mas, ao mesmo tempo, estava orgulhosa de mim mesma, por saber que conseguia manter um quarto arrumado ou lavar a louça sem que ninguém pedisse, ainda que isso tivesse uma motivação maior: convencer minha mãe que eu merecia ir ao show do Tempest.

Mesmo tentando não transparecer, eu estava desanimada. Sonhei tanto com o show e tudo indicava que não poderia ir. Eu também não podia entrar na internet, por isso, passava meu tempo livre deitada, admirando o teto do meu quarto. O que não era nada bom para a minha cabeça, que insistia em pensar em tudo que tenho evitado o ano todo.

Como, por exemplo, a conversa que havia escutado na escola.

Eu não conseguia parar de pensar na imagem de Heloísa na manhã anterior. Eduardo não tinha ido à aula, o que significava que, ao menos, não haveria demonstrações públicas de afeto no pátio ou quando o professor virasse as costas para a turma. Como sempre, ela sentou-se próxima a mim para contar vantagens sobre seu namoro e sua vida bem alto para eu escutar, como forma de mostrar que estava muito melhor que eu – até parece que precisava de muito para provar isso!

O carro da professora de geografia quebrou, e ela não chegou a tempo para a aula. Sem nada para preencher o horário, a inspetora ficou nos vigiando, apenas para se certificar de que a gente não ia colocar fogo na sala. Logo todo mundo se arrumou em rodinhas para conversar, enquanto eu peguei minha revista *Superteen* e comecei a folhear.

Com o olho na revista e o ouvido na conversa alheia, escutei o que minhas ex-amigas falavam. De início, senti a mesma saudade que tomava conta de mim toda vez que escutava elas conversarem, a vontade de estar inclusa, comentar um fato ou outro. Alba falava algo sobre um menino que conheceu em uma festa no fim de semana. Festa! Há tanto tempo eu não ia em uma, que a palavra até soava estranha quando eu pensava nisso.

Todo dilema girava em torno do Léo não dar atenção suficiente para a Alba, então ela não sabia se investia ou não no menino que conheceu na tal festa. Ao escutar o nome de Léo, meu estômago revirou.

— Esquece esse traste — ralhou Heloísa. — Ele é um filho da mãe, Alba. Você sabe disso.

— Mas a gente estava tão bem semana passada... Te disse que ele me levou em casa? — perguntou ela.

— Disse mil vezes, não aguento mais escutar a mesma ladainha! — resmungou Helô em resposta, do jeito agressivo de sempre. — Mas eu já te falei: um cara que transa com a namorada do melhor amigo não é flor que se cheire.

Senti um formigamento na nuca e tive certeza que elas olhavam na minha direção, mas não tinha coragem de virar para conferir. Meus olhos se encheram de lágrimas ao escutar aquelas palavras grosseiras. Eu não queria mais escutar uma palavra. Tudo o que eu queria era mudar de sala, de escola, de país! Não aguentava mais aquilo, ainda mais sabendo que, no dia seguinte, ela ia se sentar atrás de mim mais uma vez e provocar do mesmo jeito.

Durante anos, ouvi a Helô falar daquele jeito sobre as pessoas, sem se preocupar em averiguar a verdade. Mas, quando ela falava de alguém, geralmente era uma pessoa que eu não gostava e eu entrava na onda. Ao ouvir os comentários serem dirigidos a mim, o peso das palavras era insuportável. Agora eu tinha uma ideia de como era estar do outro lado — e isso me fez pensar em todas as pessoas que havia julgado antes sem conhecer todas as versões da mesma história.

A vida para Heloísa sempre funcionou no esquema: julgue antes, pergunte depois — isso quando ela se dava ao trabalho de perguntar. Geralmente ela permanecia apenas na área do julgamento, soltando comentários ácidos nas costas e na frente das pessoas. Ela parecia uma personagem de série de TV, daquela turma das populares e sem coração, mas a pior parte era que ela existia em carne e osso — e veneno.

Meu corpo estava congelado, segurei a revista tão firmemente que ela quase rasgou. Um silêncio desconfortável entre as duas foi quebrado por Alba:

— Mas ela deu em cima dele, né? Só pode! — comentou.

– Os dois estão errados, não tente justificar – respondeu Heloísa, esquecendo-se de quem era a errada ali.

–Você também... E você sabe disso – alfinetou Alba.

Não havia percebido que estava prendendo a respiração até ouvir esse comentário. Soltei todo ar preso em meus pulmões lentamente. Algo me dizia que elas tinham plena consciência de que eu as escutava.

– Não tem comparação! Eu só fui consolar o Edu em um momento difícil e acabou rolando.

Eu não conseguia mais ficar ali, me levantei, pedi permissão para ir ao banheiro e fiquei lá sem coragem de me mexer, trancada em uma das cabines, chorando. Perdi a noção do tempo. Sabia que estava sendo fraca, mas não suportava mais as fofocas ou o modo como as pessoas inventavam coisas. Tudo que mais queria era desaparecer para sempre.

Eu tinha amado o Eduardo. Ele foi meu primeiro namorado, me apresentou minha banda favorita e deitou no sofá várias tardes de domingo para assistir a filmes ao meu lado. Por pior que tenha sido o fim, eu ainda guardava boas lembranças dele. Talvez, lá no fundo, eu ainda gostasse dele do mesmo jeito que gostava quando o beijei pela primeira vez.

A Heloísa conhecia tudo a meu respeito: meus sonhos, meus medos e todos os meus planos. Era muito triste ouvi-la falar de mim daquele jeito, pois, durante muito tempo, ela foi uma das pessoas mais importantes da minha vida. Como era possível que tudo tenha mudado tão drasticamente e que ela usasse aquelas palavras para se referir a mim?

Por mais que conhecesse cada detalhe da história que tinha me levado até aquele ponto, eu ainda não conseguia entender como cheguei até ali. Por qual motivo tudo tinha acontecido, eu não fazia ideia. Muito menos, por que tinha acontecido comigo.

E, um dia depois, as palavras delas continuavam me machucando. Não percebi que estava chorando mais uma vez até minha mãe entrar no quarto e me ver abraçada ao travesseiro.

– O que foi, Mari? – perguntou ela, visivelmente preocupada.

– Nada – respondi, enxugando as lágrimas.

– Ninguém chora desse jeito por nada – disse ela.

Mamãe tinha muita experiência com os dramas de Melissa: sempre exagerada, lamentando por um cara que a beijou uma vez e não telefonou no dia seguinte. Ela gritava, batia portas, esperneava e comia uma tonelada de porcarias. Todo mundo sabia quando Melissa estava mal, ela sempre se fazia presente com seus dramas.

No fim das contas, acho que meus pais nem se importavam muito quando minha irmã chegava em casa com o rosto inchado e dizendo que queria morrer.

Nós tínhamos certeza de que, dois dias depois, ela estaria sorridente, de braços dados com a Rebeca e indo a caça de mais um cara para se apaixonar e desapaixonar tão rápido quanto um cometa. Melissa externava seus problemas e transformava seus ataques em assuntos de família, mas eu sempre fui o contrário.

Apesar de extrovertida, nunca gostei de falar sobre meus sentimentos. Em dois anos de namoro com Eduardo, eu contava poucas coisas para as minhas amigas, que viviam reclamando que eu era um túmulo e não confiava nelas. Mesmo para Carina, que havia se aproximado muito de mim nos últimos meses, eu não tinha contado a história completa. Se ela soubesse de toda a história, tinha certeza que daria na cara do Léo, da Helô e do Eduardo. Na verdade, Nina daria um chute nas bolas do Léo, depois cuspiria na cara dele e daria um jeito de castrá-lo.

Por isso, quando minha mãe insistiu para saber o motivo do meu choro, eu apenas aproveitei o momento para implorar por uma segunda chance:

— Eu tô triste porque hoje é aniversário da Nina e a mãe dela nem quis fazer um bolinho pra comemorar. A Nina se mata de estudar, a gente nem tava pensando nas consequências quando matou aula... — disse. Minha mãe fez sinal para interromper, mas eu impedi. — Às vezes as pessoas fazem umas coisas idiotas assim, mas eu posso falar por mim: estou arrependida. Eu queria tanto ir ao show e agora vou ficar em casa, mofando. A Nina queria a festa dela e nem isso ela tem. Eu nem posso ir até lá porque estou de castigo...

Minha mãe me olhou por alguns segundos e suspirou.

— Mari, você tem que entender que tudo que a gente faz, de bom ou ruim, tem uma consequência. E você precisa aprender a lidar com elas.

— Eu acho que já entendi o recado, mãe — respondi.

— Já eu, acho que você ainda não entendeu direito sobre do que se trata... — rebateu ela. — Não tem a ver *só* com matar aula. Tem a ver com responsabilidades. Você poderia ter feito aquilo de mil formas diferentes, mas escolheu a mais irresponsável. É isso que quero que você entenda. Por enquanto, você continua de castigo.

— Você pode me deixar sozinha? — pedi sem esperanças. Não tinha nada mais para acrescentar.

Minha mãe levantou e saiu do quarto, mas voltou pouco depois.

— Você quer sair pra comprar um presente para a Nina? — perguntou. Olhei para ela, que estava aparentemente esperando uma resposta.

— Querer eu quero, mas...

— Liga pra sua irmã. Diz que eu pedi para ela te levar depois do estágio. Ela pode te ajudar a escolher alguma coisa.

— Obrigada, mãe.

Não era o que eu esperava, mas ainda assim era algo. Um pouquinho de liberdade. Seria bom sair de casa, mesmo que fosse na companhia da Melissa. Eu sabia que minha irmã e nada eram a mesma coisa no quesito "ajuda para escolher presentes" e que ela reclamaria todos os minutos do passeio, mas pelo menos eu não estaria trancada no meu quarto.

Peguei meu celular e disquei o número da Mel. Ela atendeu apenas ao sexto toque.

— O que foi? — perguntou antes mesmo de me cumprimentar. — Fala rápido antes que minha chefe apareça!

A chefe de Melissa era uma carrasca. Minha irmã estagiava em um jornal, daqueles que você espreme e sai sangue de tanta notícia trágica. Volta e meia ela ia para frente de alguma delegacia e ficava horas por lá, apenas para escrever uma notinha de duas linhas no Word sobre algum batedor de carteiras ou algum equivalente — e esses eram os dias mais empolgantes em sua vida de estagiária.

Quando não era isso, passava o dia andando para lá e para cá na redação, tirando xerox, fazendo telefonemas, buscando cafezinho e digitando e-mails. Havia outros estagiários que realmente faziam algo interessante — ou pelo menos, interessantes no padrão da minha irmã —, mas Melissa sempre ficava com o trabalho que ninguém queria — e nunca podia atender o celular, pois a sombra dela, conhecida como chefe, farejava toda vez que o aparelho vibrava.

— Mamãe pediu pra você me levar no shopping pra comprar um presente pra Nina — disse.

— Ah, mas eu tenho que sair com o Mateus hoje de noite pra gente resolver umas coisas do casamento...

— Por favor, Mel! Eu nunca te peço nada. Prometo que vai ser rapidinho e vai dar tempo de você fazer o que bem entender — pedi, usando meu melhor tom suplicante.

Melissa suspirou, vencida, e cedeu. Combinamos que, quando ela chegasse em casa, eu já estaria arrumada, para ninguém perder tempo.

— Preciso ir. Minha chefe está me gritando! Você conhece a figura...

— Olha, conhecer eu não conheço... Só de ouvir falar.

— Não enche, Mari. Você entendeu. Agora fui! — falou, e desligou logo em seguida.

▶ ‖

Duas horas depois, minha irmã passou em casa para me buscar. No trajeto até o shopping, lembrei que Melissa sabia falar de outros assuntos além de casamento — e lembrei do quanto era bom conversar com ela. Especialmente quando o assunto era o meu favorito: Tempest!

— Uma prima do Mateus vai nesse show — disse minha irmã. — Se mamãe mudar de ideia, você pode ir com ela.

— Mas duvido que ela vá deixar... — comentei.

— Deixe comigo, Mari. Vou dar meu jeito — afirmou ela, dando uma piscadela para mim. Fiquei surpresa ao ver minha irmã pretendendo mexer os pauzinhos para me ajudar.

Nossas vidas sempre foram diferentes, mas ultimamente não tínhamos nada a ver uma com a outra. Ouvi-la dizer aquilo me fez lembrar que ela era a única que sempre estaria ao meu lado.

— Acho que a gente pode ir naquela loja de decoração no primeiro piso. Tem um monte de coisas fofinhas e você vai encontrar algo legal pra Nina — sugeriu minha irmã ao entrarmos no shopping.

— Você só quer ir até essa loja pra saber como faz pra montar a lista de casamento por lá, confesse — pressionei.

Até parece que eu não conhecia minha irmã! Nascemos do mesmo ventre e nos criamos no mesmo lar. Dezessete anos me ensinaram muita coisa a respeito das táticas da Mel.

— Também, mas você sabe que vai encontrar alguma coisa legal, então não reclame e vamos lá!

Escolhi uma almofada colorida que eu sabia que Nina iria adorar, dessas bem molinhas e fofinhas para dormir abraçado. Mas enquanto eu consegui escolher o presente em dois segundos, minha irmã passou mais de uma hora dentro da loja, enchendo um carrinho com utensílios para a cozinha, artigos para banheiro e mais uma porção de cacarecos, pedindo a minha opinião a todo segundo — ou estrelando monólogos sobre a importância da combinação das cores para manter a harmonia do ambiente ou qualquer coisa sem sentido assim. Ela andava lendo muitas revistas sobre *feng shui*.

— Eu acho que esse espelhinho não combina com aquelas miniaturas de poltrona que eu comprei para colocar na sala... E será que verde e rosa fica muito escola de samba? Eu gostei dessa fronha, mas o lençol dela é meio estranho. Não sei, tô pensando em vir aqui com o Mateus pra gente escolher a nossa cama. Ele vai querer aquela marrom escura, mas eu gosto de branco...

Ela não parava de falar! Sempre fazendo uma pergunta atrás da outra e quando eu pensava em dar a minha opinião, ela já respondia para si mesma e engrenava em outra dúvida. Eu mal conseguia acompanhá-la! Depois de uma hora, infinitos artigos no carrinho e aparentemente sem previsão de sair dali, eu já estava de saco cheio.

— Mel, você vai se atrasar. Você não ia sair com o Mateus? — perguntei, tentando trazê-la de volta ao planeta Terra.

— Ai, me deixe! Tem tanta coisa aqui que eu preciso comprar... — comentou ela, puxando mais um prato.

— Mas isso tudo você coloca na lista de casamento! — exclamei. — Vamos, vamos... Senão, seus convidados não vão ter nada pra te dar de presente.

— Mas e se ninguém me der nada?

— Que ideia! Lógico que vão te dar um monte de coisa. Ainda tem chá de panela. Anda, vamos embora antes que você leve a loja inteira — comentei, empurrando minha irmã rumo ao caixa enquanto ela se queixava.

Quando voltamos para casa, Mateus já estava estirado no sofá, como se fizesse parte da decoração. Mamãe vivia reclamando que o Eduardo era um namorado folgado, mas o Mateus era muito mais!

— Amor, olha só o que comprei! — exclamou minha irmã, tirando uma colher de pau, que custou mais do que valia, de uma das sacolas.

— Hum... legal? — disse ele, sem saber como reagir. Afinal de contas, era uma *colher de pau*! Que tipo de reação é adequada quando sua noiva diz que comprou uma colher de pau?

— Como assim "legal"? Você nunca se empolga com as coisas que eu mostro! É pra nossa casa, amor...

— Mas Mel, é uma colher de pau...

— E é a colher de pau que vai mexer nossos almoços e jantares! Você não se importa com ela? — exagerou minha irmã.

— Amorzinho, você tá endoidando.

— O quê? A colher de pau não vai me ajudar a cozinhar pra você? Aliás, Mateus, você está me chamando de louca?

Os dois continuaram discutindo, mas eu não tinha mais pique para tanta insanidade. Ainda podia escutar os dois batendo boca no corredor enquanto esperavam o elevador.

Eu estava assustada, mas minha mãe ria.

— Eles vão ficar bem? — perguntei. — Sei não, acho que a Mel vai avançar nele ou sei lá.

— Eles estão melhores do que nunca — comentou mamãe.

Eu não entendi nada — e nem quis entender. Peguei o presente da Nina e pedi para minha mãe me levar até lá. E foi assim que ela fez.

10

A mãe da minha melhor amiga era um tanto assustadora. Nove anos mais nova que o marido, mas quem tinha espírito de velha era ela. Tanto que, antes de me deixar na casa da Nina, mamãe fez questão de ligar para dona Patrícia e perguntar se não havia problemas em me levar até lá. E com razão: nós duas estávamos com medo de sermos expulsas a vassouradas. Mas a conversa entre as duas ao telefone estava demorando demais. Estava vendo a hora que dona Marta, também conhecida como minha mãe, ia virar a melhor amiga da dona Patrícia. Nem queria imaginar as duas de conchavo!

— Eu vou deixar você lá e a mãe da Nina disse que vai levar as duas numa pizzaria. Mais tarde ela vai te trazer para casa — informou minha mãe assim que desligou o telefone.

Eu quase caí para trás com a notícia, mas achei que seria melhor pular no pescoço da minha mãe e dar um beijo nela. A Carina ia morrer com a surpresa e, principalmente, na leve brecha no regime militar que sua mãe tinha imposto. Não era o melhor aniversário que ela teria, mas aquele era o melhor presente que eu poderia dar, especialmente depois de toda situação ter se formado por minha culpa.

Já que iríamos à pizzaria, resolvi me arrumar um pouquinho. Quando cheguei na casa da minha melhor amiga, foi a mãe dela quem abriu a porta.

— A Nina está no quarto. Não contei nada pra ela, é uma surpresa — comentou, sorrindo. Eu até estranhei ver um sorriso no rosto dela, sempre tão sério.

Ela era muito diferente da mãe da Helô, tentando ser nossa melhor amiga e dizendo que se sentia velha quando a chamavam de tia, ou da mãe da Alba, que fazia questão que a gente a chamasse de tia e recebia todo mundo com um superabraço. Nunca tive coragem de chamar a mãe da Nina pelo primeiro nome ou de tia, a presença dela intimidava. Acho que até a Carina tremia na base ao chamar a própria mãe de "mãe".

A deixei conversando com a minha mãe e segui direto para o quarto da minha amiga, um caminho que eu percorria de olhos fechados.

— Alô, tem alguma aniversariante aí? — perguntei, batendo na porta.

Carina estava tão concentrada nos estudos que deu um pulo assustado ao ouvir minha voz. Só mesmo ela para estudar para o vestibular em pleno aniversário de 18 anos.

Ela correu até mim e quase me derrubou no chão – se ela não fosse tão magra, com certeza teria me esmagado.

– Eu não acredito que você está aqui!

– E você acha que eu ia abandonar minha melhor amiga no dia do aniversário dela? Se arruma, nós vamos sair. E esse é seu presente – falei, esticando o pacote que eu tinha em mãos. – Feliz aniversário, melhor amiga do mundo!

– Como você conseguiu isso? – perguntou. Expliquei o telefonema da minha mãe e a história da pizza. Nina não conseguia acreditar.

– Só não estou gostando que ela e mamãe estão ficando unha e carne... Sei não, hein! Daqui a pouco sua mãe está enchendo a cabecinha da dona Marta de ideias malucas... – comentei e nós duas caímos na gargalhada.

Carina tirou os livros que estavam espalhados em cima da cama e abriu espaço para que eu me sentasse. Nos maquiamos enquanto conversávamos, rindo e conversando.

Quando Carina colocou um vestido, pude perceber o quão magra ela estava. As camisas folgadas que ela vestia escondiam toda magreza e eu estava ficando cada vez mais preocupada. Queria tocar no assunto, mas o aniversário dela não parecia a melhor ocasião. Mas quando seria esse momento?

A mãe da Carina não proferiu uma palavra durante o jantar e o pai dela ficou até mais tarde no trabalho. Estranhei o clima na mesa, pois se fosse com a minha família, seria muito diferente: minha mãe estaria falando sem parar, minha irmã reclamando do tanto que eu estava comendo, o Mateus comendo mais ainda – e a Melissa reclamando que ele nunca ia entrar no terno daquele jeito – e meu pai contando alguma piada ruim. Me acostumei tanto à barulheira dos Prudente, que estar na mesa com a Nina e a mãe dela chegava a ser desconfortável.

Carina recusava todas as pizzas que passavam. Quando eu a olhei torto, ela finalmente aceitou uma fatia. De mozarela de búfala e manjericão. Eca!

Enquanto nós duas conversávamos, ela cortava a pizza em pedaços cada vez menores. Ela pensava que eu não estava reparando no que ela fazia, mas eu tinha visto episódios de *Skins* o suficiente para saber que ela usava a mesma técnica da Cassie: Carina estava tentando me distrair para que eu não percebesse que ela não tinha comido nada. Se ela comeu três pedacinhos daqueles, foi muito.

Ela gesticulava, falava, mexia o garfo em minha direção, fingia que o levava até a boca, espalhava alguns pedaços no canto do prato e, quando o garçom passou de novo, pediu outra fatia, com mais da metade da anterior ainda ocupando o prato.

– Nina, coma e pare de falar! – pedi. A mãe dela só tinha olhos para o iPhone. Não me admirava que minha amiga estava daquele jeito. Em nenhum momento vi dona Patrícia prestar atenção no que acontecia à mesa. Ela cobrava demais, mas cuidava de menos.

Então Nina comeu metade da pizza que estava dançando no seu prato há algum tempo, falou mais cinco palavras e pediu licença para ir ao banheiro – sem pedir que eu a acompanhasse. E todo mundo sabe que mulher não sabe ir ao banheiro sem companhia.

Tinha ideia do que ela queria fazer, mas não me mexi. Deixei minha melhor amiga ir e voltar minutos depois, abatida, e não tocar no prato nenhuma vez. A conversa ficou mais estranha, como se ela me pedisse, com o olhar, que não fizesse perguntas.

O ar não passava pela minha garganta. Eu estava sufocada, tentando controlar a vontade repentina de chorar. O olhar da minha melhor amiga estava vazio, triste e um pouco desesperado. Naquela hora, eu tive certeza do que vinha desconfiando há meses e só conseguia pensar em como confrontá-la para poder ajudar. Ela sabia que eu desconfiava e, por mais que tudo estivesse estampado em seu corpo que ficava cada vez mais pele e osso, eu havia fugido da certeza por muito tempo.

Foi um olhar dividido na mesa daquela pizzaria que me fez ter certeza do que ela estava passando, um olhar cheio de dúvida, medo e tristeza. E agora tudo que eu queria era ajudá-la, mas não sabia como.

Nós duas suspiramos aliviadas quando a mãe da Nina perguntou se já podia pedir a conta. Eu precisava ir para casa, organizar meus pensamentos.

Não era uma noite como aquela que Carina esperava para seu aniversário. Ela sempre falou sobre como queria uma superfesta em seus 18 anos, mas foi tudo diferente de como havia planejado. No fim das contas, aquela noite era culpa minha. Se não fosse por minha ideia maluca, minha amiga teria o aniversário que sempre quis.

No caminho de volta, Carina insistiu para que a mãe me deixasse dormir na casa dela. Por dentro, eu estava torcendo para dona Patrícia recusar o pedido. Eu precisava de espaço para pensar.

– Eu só abri uma exceção pra você sair hoje porque é seu aniversário – explicou Patrícia. – Mas sem essa de festinha do pijama, você está de castigo.

– Mas mãe... eu já sou maior de idade! – argumentou Carina.

– É assim? Nem um dia com 18 anos e acha que pode tudo porque mudou de idade? Minha querida, enquanto você viver sob meu teto, você pode ter 18 ou mil anos, se fizer besteira, eu coloco de castigo.

– Só hoje, por favor – suplicou Carina, tentando pela última vez.

– Não senhora! Se eu não me engano, a Mariana também está de castigo e a mãe dela me fez prometer que eu deixaria essa menina em casa hoje. Vamos logo.

Se continuar reclamando, eu nunca mais abro exceção! – sentenciou ela, o que foi suficiente para que Nina se calasse. Era muito estranho ver como ela parecia ter medo da mãe, nada mais que isso.

– Obrigada pela carona! – agradeci quando dona Patrícia estacionou em frente ao meu prédio.

– De nada, Mariana – respondeu a mãe da Carina, sorrindo. Foi o primeiro sorriso que ela abriu a noite inteira, eu já estava até desconfiando se a mãe dela sabia como sorrir. – Mande um beijo pra sua mãe!

– Pode deixar!

Quando entrei em casa, ninguém estava lá. Encontrei um bilhete em cima da mesa, avisando que minha mãe havia saído com meu pai e que eles chegariam tarde. Também havia outro bilhete, com a letra da minha irmã, dizendo que ela não dormiria em casa. Eu estava sozinha!

Meu primeiro instinto foi ir até o quarto dos meus pais, procurar o modem e ligar a internet, mas minha mãe tinha sido mais esperta que eu e trancou a porta do quarto. Eu queria pesquisar um pouco mais sobre transtornos alimentares. Eu tinha certeza de que era por isso que a Nina passava. Mas, como não tinha nenhum computador disponível, resolvi dormir.

Naquela noite, sonhei com minha melhor amiga recuperada, milagres e bandas de rock.

11

Minha mente estava tão exausta que não ouvi o despertador tocar na manhã seguinte. Acordei assustada e atrasada, troquei de roupa na velocidade da luz e corri para a escola, passando pelo portão e levando uma advertência na caderneta por causa do meu atraso.

Precisava esperar o segundo tempo de aula, então me sentei em uma das mesinhas do pátio até que finalmente fosse minha hora. Foi nesse instante que Bernardo cruzou o portão da escola, esbaforido.

De longe, pude observá-lo conversando com a inspetora. Provavelmente estava pedindo para relevar o atraso, mas ela nunca cedia. Com um sinal de desaprovação, pegou a caderneta dele, colou uma advertência e marcou o papel com o terrível carimbo vermelho de atraso. Bernardo suspirou, pegou a agenda e entrou na escola. Ao me ver sentada entre os atrasados, foi até o lugar onde eu estava.

— Não sabia que você era do tipo que perde a hora da escola — comentou ele, sentando-se ao meu lado.

— Sempre fui desse tipo, ultimamente que tenho andado na linha — respondi.

— Tô sabendo... O que um castigo não faz, né? Aliás, o que você fez pra ficar de castigo?

— Eu matei aula — confessei. Bernardo caiu na gargalhada.

— Você está de castigo por ter matado aula? Se fosse assim, coitado de mim...

— Não ria! É que eu matei aula pra comprar ingressos pro show do Tempest, e minha mãe me encontrou na fila e foi uma confusão... — expliquei, mas só fiz Bernardo rir mais ainda.

— Meu Deus, Mariana! Não sei se você lembra, mas internet existe para esse tipo de coisa... — disse, ainda rindo muito. — Aliás, a Iasmin vai no show com as amigas dela. Acho que toda população feminina do São João vai nesse show.

— Menos eu. Eu ainda estou de castigo.

— E quando esse castigo acaba para você ir ao cinema ver o filme do Tarantino comigo? Do jeito que tá, provavelmente vai sair de cartaz e você ainda não vai poder sair.

Eu não sabia se queria ir ao cinema com ele. O Bernardo era legal, bonito e simpático, mas com certeza estava me chamando para ir ao cinema com intenções diferentes das minhas. Mas fui salva pelo gongo, ou melhor, pela inspetora da escola, que tocou o sinal e mandou todo mundo subir *o mais rápido possível e em silêncio* para a sala de aula.

— Eu te aviso quando o castigo acabar, pode deixar.

— Vou ficar esperando — respondeu Bernardo, seguindo para outra direção. Ao vê-lo sair, fiquei pensando se ele iria esperar por muito tempo.

▶ ‖

A última aula do dia não era realmente uma aula, mas um tempo livre com uma psicóloga, chamada Adriana, mas todo mundo chamava de "professora" do mesmo jeito. Geralmente, a turma pegava os celulares do bolso e ficava na internet, jogando ou trocando SMS. Esse tempo livre teoricamente servia para tirarmos dúvidas sobre profissões, conversarmos sobre drogas, sexo ou qualquer outra coisa que os adultos consideram assuntos de "adolescente".

Eu sabia que drogas viciavam e faziam mal, mas se alguém tivesse me dito antes que algumas amizades eram maléficas, eu teria me preparado melhor. Nem todos os assuntos que os adultos acham que são pertinentes aos jovens são o que precisamos escutar no momento. Não que os outros assuntos fossem menos sérios, mas os piores perigos são aqueles que você menos espera.

Ninguém na turma gostava muito daquela aula, os menos interessados achavam que poderiam sair mais cedo e ir para casa ficar de pernas para o ar e os mais neuróticos com vestibular achavam que aquele último tempo poderia ser aproveitado com algum simulado mais importante. A gente não prestava atenção, e eu nunca fazia ideia do que ela falava.

Porém, seria difícil esquecer aquele dia.

Quando entrou na sala, Adriana pediu que fizéssemos um círculo com nossas cadeiras e distribuiu uma folha A4 para cada um. A turma fez o que ela pediu, não sem antes resmungar. Era irritante quando havia dinâmicas em grupo, porque elas geralmente significavam que a gente tinha que se mover, prestar atenção ou demonstrar interesse no que Adriana estava fazendo. A contragosto, colocamos nossas cadeiras formando uma roda. Não sei se foi proposital ou não, mas Heloísa e Eduardo sentaram-se de frente para mim, de mãos dadas.

Eu sabia que não deveria me abalar com aquele tipo de coisa, porque só mostrava o quanto eles também se incomodavam com minha presença e precisavam se reafirmar a cada minuto, exibindo-se na minha frente. Ou pelo menos, assim eu achava. Mas isso não era suficiente para que eu conseguisse ignorar a presença dos dois.

— Vocês sabem o que falam de vocês pelas costas? — perguntou a professora para a turma.

Senti vontade de levantar a mão e dizer que eu sabia muito bem o que falavam de mim pelas costas – e que as pessoas não hesitavam em falar pela frente também.

– Hoje nós vamos fazer uma dinâmica sobre isso! Eu preciso que vocês colem essa folha nas costas e vou dar uma caneta para cada um. Vocês têm dez minutos para escrever na folha o maior número possível de adjetivos que defina aquela pessoa, de preferência com uma letra que não identifique quem escreveu aquilo – explicou.

Antes mesmo de ela terminar a explicação, eu já sentia que algo daria errado.

– Não tirem o papel das costas até que eu peça! E tentem não ficar olhando quem está escrevendo nas costas de vocês. Sejam sinceros, ok? – pediu. – Valendo!

No segundo seguinte, toda turma estava de pé, um escrevendo no papel do outro. Me aproximei de uma das meninas que não era muito falante, mas muito inteligente, e escrevi "inteligente" na folha. Então, senti que alguém estava escrevendo no meu papel, mas não olhei para trás para conferir, por mais que a curiosidade estivesse me dominando.

Enquanto escrevia adjetivos genéricos em um ou outro colega de classe que mal conhecia, pois nunca fizeram parte do meu círculo de amigos, percebia as pessoas escrevendo nas minhas costas. Todo mundo era muito rápido, e eu estava sempre tão concentrada escrevendo os adjetivos em outras pessoas que não via quem escrevia em mim.

Eu tinha medo do que poderia encontrar quando puxasse o papel, por isso me mantive longe dos meus ex-amigos. Sabia que algum deles provavelmente tinha escrito nas minhas costas, mas não me dei ao trabalho de atribuir adjetivos a ninguém do meu antigo círculo. Aliás, não precisava saber o que eles tinham a dizer sobre mim – a escola inteira já sabia.

– Acabou o tempo! – anunciou Adriana. – Não tirem o papel das costas – pediu, pois os meninos já queriam puxar sua folha e olhar o que haviam escrito sobre eles. – Todo mundo de volta aos seus lugares no círculo que nós vamos para a próxima etapa.

Ela explicou como a segunda parte iria funcionar: a pessoa da esquerda leria o que estava escrito nas costas da pessoa da direita. Nós não deveríamos emitir nenhum comentário sobre o que estava escrito em nossos papéis até o fim da aula, mas deveríamos refletir sobre o que escreverem a nosso respeito e pensarmos em como aquilo poderia nos ajudar a ser alguém melhor.

Eu não achava que a opinião dos meus colegas de classe fosse me tornar alguém melhor, muito pelo contrário. Era só olhar a que ponto tínhamos chegado para perceber que os insultos de cada um deles tornou minha vida muito pior. A vida que costumava ser quase perfeita.

Jéssica foi a primeira a ter a lista de adjetivos lida em voz alta. Maurício, o menino ao seu lado esquerdo, listou os defeitos e qualidades apontados pelos alunos da turma, que incluíam palavras óbvias como "bonita" ou verdadeiras como "metida". Deu para perceber claramente como Maurício ficou envergonhado ao ler isso em voz alta, mas a turma toda caiu na gargalhada, enquanto Jéssica não parecia nem um pouco satisfeita.

A lista de adjetivos do Eduardo incluía mais de um "lindo", o que era justo se você considerasse apenas a aparência física dele, sem o conhecer de verdade. Quem não gostou nem um pouco disso foi Heloísa, que amarrou a cara ao ouvir a menina ao lado dele ler a sequência de elogios . Em meio a palavras como "amigo" e "divertido", havia um "safado".

Instintivamente, Heloísa olhou para mim, seus olhos me fulminando, mas eu não tinha nada a ver com aquilo. Sequer escrevi no papel do Eduardo!

Ele leu em voz alta todos os defeitos e qualidades de Heloísa. Assim como Jéssica, mais de um "metida" constava na lista. Havia até mesmo um "enigmática", embora eu tivesse a ligeira impressão que quem escreveu aquilo não soubesse muito bem o que a palavra significava, pois meus colegas de classe não eram conhecidos pela perspicácia.

E assim a turma continuou lendo, rindo em alguns momentos e ficando séria em outros, pois algumas pessoas pegaram pesado na hora de escolherem as melhores palavras para definir o colega de classe.

– Carol, você pode ler a lista da Mariana? – perguntou Adriana para a menina que estava ao meu lado, como havia feito com todos os outros alunos até então. Eu me virei de costas e a menina pegou o papel.

Carol era completamente invisível em sala de aula. Todo mundo sabia que ela pertencia àquela turma apenas por serem poucos alunos, mas, provavelmente, dois anos depois da formatura, ao cruzar com ela na rua, não a reconheceríamos. Ela falava vez ou outra, não era brilhante nem um desastre completo para que alguém prestasse atenção. Na lista dela, constavam palavras de quem não a conhecia bem: "silenciosa", "tímida" e outras variações.

– Eu prefiro não ler em voz alta, professora – disse ela, a voz trêmula.

Minha primeira reação foi suspeitar da timidez. Carol raramente falava e, quando o fazia, sua voz soava distante e acanhada.

– Você precisa ler, Carol. Todo mundo venceu a timidez e fez isso – encorajou Adriana.

– Mas não é timidez...

– Carol, todos os seus colegas leram. Leia também. É um desafio, você consegue – continuou a professora. Carol engoliu a saliva e leu em voz alta.

– Metida, inteligente, nojenta, antipática, calada, falsa, safada, mentirosa... – enumerou ela, falando tão rápido que era praticamente impossível escutar o que ela estava dizendo. – Desculpa, professora, não posso continuar.

Não percebi a princípio o peso daquelas palavras e como elas eram agressivas. Tirando uma ou outra amenidade, as palavras eram cortantes e faziam clara alusão ao que havia acontecido.

Aos poucos, um sentimento horrível tomava conta de mim. Eu não sabia como reagir: meus reflexos estavam lentos e meu cérebro custava a processar as palavras que foram ditas. Eu tomei ar e olhei de um lado para o outro, as lágrimas finalmente se acumulando. De repente, todos os rostos na sala de aula pareciam um só: o rosto do Leandro e todo horror que se sucedeu.

Então a ficha caiu. Ninguém iria superar aquela história – muito menos eu. Ela me acompanharia todos os dias, como risos e sussurros debochados ao pé do ouvido, me lembrando a pior sensação de todas. Mais uma vez, eu ouvia todos cochicharem sobre mim, alguns até mesmo rirem. Um ou outro parecia chocado, talvez até mesmo arrependido. Todas as faces se acusavam: quem não disse, quis dizer.

Eu não fiz nada para nenhum deles, mas todos agiam como se eu fosse a pior pessoa naquele lugar. Ninguém conseguia ver que a pior parte de mim morava dentro deles, naquela visão deturpada que tinham da minha vida e do que havia acontecido alguns meses atrás.

Minha vontade era jogar minha carteira longe – e de preferência em cima do Eduardo. Mas tudo que eu fiz foi puxar o papel da mão da Carol e sair covardemente da sala, antes que começasse a chorar.

Adriana me encontrou alguns minutos mais tarde, sentada na escada do almoxarifado. Gostava de ir para lá porque era um lugar da escola onde ninguém passava, onde eu sabia que poderia ficar sozinha e em silêncio sem ser perturbada.

Ela se sentou ao meu lado enquanto eu desabava em lágrimas, mas não fez perguntas. Em vez disso, Adriana me deu um lenço de papel – que provavelmente carregava no bolso para eventuais emergências estudantis – e esperou que eu secasse minhas lágrimas.

Quando me acalmei, ela me chamou para uma conversa e avisou que tinha dispensado mais cedo o restante da turma.

No caminho até a sua sala, ela passou os braços em volta do meu ombro, o que me ajudou a parar de chorar. Ou quase, pois quando estava a poucos passos da sala dela, Léo apareceu descendo as escadas e me lançou um olhar cortante o suficiente para que minhas pernas fraquejassem. Provavelmente, ele se divertia com aquilo. Escondi o rosto no peito da professora, tentando fugir dele, como se aquilo fosse capaz de me esconder de todos na escola, mas era impossível. Quando eu fechava os olhos, tudo voltava para a minha cabeça.

Entrei na sala e me sentei na cadeira, o peso de tantas coisas em cima dos meus ombros. Eu sabia que ela me forçaria a falar o que eu não queria, mesmo que fosse com toda sua psicologia e de um jeito que eu me sentisse à vontade. Existem coisas que é melhor guardar, porque compartilhar é muito mais dolorido.

— Mariana, se você quiser falar alguma coisa...

— Eles não sabem de nada — falei, tentando amenizar o que se passava dentro de mim. — O Eduardo e o Léo inventaram coisas e aí... e aí todo mundo acredita neles dois, porque é mais fácil assim. E ninguém se importa comigo, ninguém quer saber meu lado da história e agora todo mundo me odeia. Eu *não fiz nada* — gritei. Despejei antes mesmo de perceber que estava colocando tudo para fora.

— Você não fez o quê, Mari? Se você me falar, eu posso te ajudar, a gente pode tentar fazer alguma coisa...

Por mais que ela quisesse, não havia solução possível. Era fácil plantar uma mentira, regá-la e fazê-la vingar, se espalhando como erva daninha. Quando o mundo acreditava em uma história, era difícil convencê-lo a respeito da verdade. Reconstruir castelos após duras batalhas sempre seria mais difícil que destruí-los e, após um ataque, eles nunca mais seriam os mesmos. Transformaram meu castelo em um amontoado de pedras quebradas e eu não sabia como reerguê-lo.

— Eu só quero ir pra casa — pedi. — Obrigada mesmo pelo lencinho e tudo mais, mas isso é o tipo de coisa que preciso lidar sozinha. Só queria saber o motivo de tanto ódio... — desabafei.

Adriana parecia prestes a rebater, mas fiz um sinal para que não me respondesse. Não era uma pergunta para qual eu esperasse resposta, era apenas meu pensamento em voz alta.

— Nós ligamos para sua mãe, ela está vindo te buscar.

Só me faltava essa! Eu não acredito que ela fez isso.

— Não precisava. Agora ela vai ficar superpreocupada, achando que alguma coisa terrível aconteceu e...

— Eu quero falar com ela, Mari. Você se importa em ficar aqui mais um pouco enquanto espera sua mãe? — perguntou Adriana.

A verdade é que eu me importava — e muito —, mas não tinha coragem de falar isso. Minha mãe chegou pouco depois, desesperada, querendo saber o motivo de ter recebido uma ligação da escola. Provavelmente estava pensando que eu havia feito alguma outra besteira, pior que matar aula para seus padrões. Quando ela chegou, Adriana pediu que eu saísse da sala e conversou com minha mãe a sós.

Quase uma hora depois, quando eu não aguentava mais esperar e tudo que queria era voltar para casa e dormir — e talvez esquecer que a escola e as pessoas dela existiam —, minha mãe saiu da sala. A expressão dela era cansada, mas certamente não era pior que a minha.

12

Dentro do carro, minha mãe sequer mencionou sua conversa com a Adriana. Mas ela me surpreendeu ao me levar a um dos meus restaurantes preferidos, onde nós duas almoçamos juntas. Ao contrário de todas as outras vezes, minha mãe não quis puxar assunto nem reclamou quando tirei meu iPod do bolso e comecei a escutar as músicas do Tempest, que me trouxeram uma paz instantânea em meio àquele dia insuportável.

Mas ouvi-los tocar era ruim, porque o que mais queria no momento era assistir o Tempest ao vivo. Eu merecia alguma coisa boa!

— Mari, eu estava pensando... — começou mamãe, enquanto parecia brincar com a sobremesa. — Depois do que conversei com a Adriana, de escutar que você é uma boa aluna e outras coisinhas a mais... Bem, eu pensei: "Será que não estou sendo muito dura com ela?"

Eu não estava prestando muita atenção no que ela dizia, em parte pela música, e também pelos meus pensamentos estarem distantes dali. Mas a última frase saltou diante de todas as outras palavras e tirei os fones do ouvido para poder escutar melhor.

— Tem tanta coisa e eu não pensei nisso até agora: o intercâmbio que eu não pude te dar, o casamento da sua irmã está deixando todo mundo maluco, seu término no namoro. Isso não justifica matar aula, mas...

— Mãe, se você quer saber, eu estou muito arrependida. Eu não precisava de mais um problema, nem fazer nada para te deixar chateada. Foi burrice, eu sei. Eu podia ter esperado...

— Eu estava pensando se você ainda tem aquele ingresso para o show.

— Ai meu Deus! Tenho, eu tenho o ingresso, eu olho pra ele *todos os dias* — vibrei, me permitindo ficar empolgada por alguns minutos.

— Se você não se importar que seu pai te leve e te busque, eu acho que posso abrir uma exceção para você ir ao show. Mas você precisa estudar em dobro e vai continuar sem computador até o fim do ano de vestibular — disse ela, tentando compensar sua flexibilidade e manter sua autoridade de mãe.

De repente, todo cansaço e desânimo deram lugar a uma empolgação genuína. Eu iria ao show do Tempest. Ao menos algo havia dado certo, afinal de contas. Mas ainda tinha a Carina...

— Mas não tem a mesma graça sem a Nina! — resmunguei. Ela queria e merecia aquele show tanto quanto eu.

— Mari, eu não posso responder pela filha dos outros. Você faz o que eu deixo você fazer. A mãe dela sabe o que é melhor pra filha dela, eu não quero mais colocar meu dedo onde não fui chamada. Já quebrei um galho para vocês duas aquele dia... — argumentou minha mãe, provando mais uma vez que, apesar de tudo, era a melhor mãe do mundo.

— Eu sei, mãe. Só queria que ela tivesse isso também — respondi. A imagem da minha amiga na pizzaria me perturbava desde a noite anterior. — Muito obrigada, eu não sei como posso agradecer!

— O maior agradecimento que você pode me dar é ser feliz.

▶ ‖

Ao chegar em casa, fui direto dormir. Dona Marta tinha me dado folga: depois do que havia passado na escola, eu não teria cabeça para mais nada além de fechar os olhos e esquecer do mundo. Mas, em vez de dormir, eu só conseguia pensar em todas as coisas horríveis que escutei ao meu respeito nos últimos meses. As palavras na dinâmica de grupo foram apenas a gota d'água que faltava para transbordar.

Apesar de não haver um pingo de verdade em nenhuma delas, havia algo muito pior: uma raiva descabida. Lidar com isso era muito mais do que eu poderia. Fechei os olhos e chorei até cansar e finalmente pegar no sono.

Sonhei com o show do Tempest, e, na versão do meu sonho, Carina estava ao meu lado. Nós duas cantávamos todas as músicas, pulávamos e terminávamos o show suadas e sorridentes.

Depois, estávamos nos bastidores, dentro do camarote do Tempest. No sonho, Carina beijava o vocalista da banda, o Deco. Se aquele sonho fosse realidade, Carina teria morrido ali mesmo, já que o Deco era a paixão platônica da vida dela. Depois disso, não lembro de muita coisa, só sei que acordei desejando que ela estivesse ao meu lado nesse fim de semana. E em todos os outros.

▶ ‖

Contei para Nina que iria ao show apenas um dia antes. Não sabia como falar isso sem magoá-la, mesmo sem querer, pois sabia que ela ia ficar sentida por ser abandonada sozinha em casa enquanto eu me divertia. E não saía da minha cabeça que tudo era minha culpa, pois a Nina nunca mataria aula se eu não a convencesse.

Não era algo para se contar por telefone. Era nossa banda favorita, isso era muito importante! Essa coisa típica de fã, sofrer por não ir ao show da banda preferida e fazer algumas loucuras para estar mais perto de quem diz tanto sobre a gente com tão poucas palavras.

Demorei a convencer minha mãe de que era necessário ir até a casa da Nina para falar sobre isso.

— Tem telefone pra quê? Ah, vai gastar seu tempo estudando, Mariana. Não invente que senão eu mudo de ideia e não deixo você ir a show algum! — ameaçou mamãe, tocando na ferida.

Depois de muito choramingar e explicar que era importante — especialmente por que eu me sentia em dívida com a Nina — ela acabou deixando, mas mandou eu voltar no máximo em duas horas, nada de ficar enrolando enquanto deveria usar meu tempo estudando para o ENEM.

Praticamente troquei meus pés por foguetes, porque voei até a casa da Nina. A mãe dela estava na faculdade, dando aula, e o pai também não estava. A faxineira me atendeu e disse que Carina estava no quarto, estudando.

— Olha, eu não aguento mais ser a única a vir até aqui te visitar. Tá muito difícil essa coisa de relacionamento em mão única — disse, brincando, assim que entrei no quarto dela.

Nina, mergulhada em livros de matemática e com os cabelos castanhos desgrenhados de tanto estudar, levantou o rosto das folhas de exercício e sorriu para mim.

— Assim que essa porcaria toda acabar, eu vou te visitar tanto que você vai querer me expulsar da sua casa! — comentou ela, levantando-se para me abraçar. — E aí, o que fez sua mãe deixar você sair de casa pra vir aqui?

— Uma boa notícia, que pode ser péssima também.

— Ih, conta logo! Fiquei curiosa.

— Mamãe me deixou ir ao show! — anunciei de uma só vez, esperando a reação dela.

— Traidora! Você que coloca as ideias malucas na minha cabeça, eu vou atrás, me ferro e no final você ainda vai ao show — reclamou Carina, com uma nota de ressentimento que podia ser sentida atrás do tom brincalhão. — Mas isso não é uma má notícia pra você...

— É, mas eu queria que você fosse comigo — confessei. — Não vai ter a mesma graça sem você.

— Deixe de drama, Mari! — exclamou. — Eu já me conformei que não dá para fazer minha mãe mudar de ideia.

— Vai ser uma droga ir sozinha, mas pelo menos eu vou.

— Espera aí um segundo! — pediu ela, e foi correndo para a sala, me deixando sozinha.

Carina voltou pouco depois segurando uma foto. Ela a entregou para mim: era um retrato dela, sozinha, em alguma viagem com a família — mas na foto ela usava uma camisa do Tempest.

— Pronto! Leva pro show que você não vai ficar sozinha! Eu vou estar com você. De qualquer jeito, mamãe não ia me deixar ir mesmo. Quando eu cheguei em casa, ela disse que nem se eu tivesse pedido como presente de aniversário, sem matar aula nem nada, ela me deixaria ir. De acordo com dona Patrícia, em ano de vestibular não tenho tempo pra me preocupar com show e essas coisas. Só foi chato porque eu não tive festa de aniversário, mas deixa pra lá. Outros shows virão. Aproveita por mim...

— Nina, desculpa, mas sua mãe é chata pra caramba, hein!?

Carina caiu na gargalhada com o meu comentário.

— Ela só é meio neurótica com essas coisas de escola... Eu nem sei mais se quero fazer engenharia, como ela quer que eu faça, mas vou fazer de qualquer jeito, depois eu penso no que eu realmente quero. Pelo menos eu sou boa em matemática.

— Mas você não pode fazer um curso *só* por que seus pais querem que você estude aquilo... Você tem que fazer o que gosta, Nina!

— Eu não descobri o que gosto, então eu vou fingir que gosto da opção mais fácil. Dá muito trabalho pensar no que eu quero e ainda convencer minha mãe de que é o melhor pra mim — confessou.

Fiquei surpresa com a revelação da Carina, pois, para mim, ela sempre quis fazer engenharia química. Nina me fazia acreditar que aquela era uma decisão dela, não algo imposto pela mãe. Mas era óbvio que não... Conhecendo a mãe dela como eu conhecia, deveria supor que ela não esperava menos que o melhor de sua filha. E o melhor era aquilo que *ela* achava ideal, não o contrário.

— Isso é tão estranho... No meu mundo, ninguém precisa convencer os pais que a faculdade que vai fazer é a escolha certa, porque é algo que diz respeito a nós. É o que você vai fazer pelo resto da vida, ninguém mais. Não importa o que a gente escolhe, mas o quão bom somos com aquilo e o quanto gostamos e nos esforçamos para fazer algo. Aí você vai ser o melhor, o mais requisitado e vai unir o útil ao agradável — filosofei. Ao menos, era aquilo que meus pais viviam me dizendo.

Para uma parte da minha família só existiam três profissões no mundo: médico, advogado e engenheiro; como se nada além disso prestasse. Minha tia vivia reclamando que a minha irmã fazia jornalismo, e iria morrer de fome e ser explorada para sempre. Lógico que as coisas não seriam fáceis no primeiro minuto, mas se ela fosse esforçada e desse sempre seu melhor, conseguiria vencer. Afinal, me diz com qual profissão é fácil de se estabelecer logo de cara? Todo mundo tem dificuldades no início da vida profissional, é só não desistir.

Para mim, essa decisão é algo pessoal, ninguém mais precisa interferir. Orientar e ajudar a tirar dúvidas são obrigações dos pais, mas na hora da escolha, cabe apenas aos filhos.

— Sua filosofia é muito bonitinha, Maricota, mas não funciona aqui em casa! Você sabe como minha mãe é... — desabafou.

—Você precisa se impor, Nina! — falei, mesmo sabendo o quanto isso era difícil. Para Carina, era mais fácil acatar a decisão dos pais do que contrariá-los e dar margem a possíveis aborrecimentos.

Eu entendia o modo como ela agia, mas não achava certo. Mas quem era eu para opinar no modo como as outras famílias agiam?

Quando olhei para o relógio, percebi que o tempo havia voado! Eu tinha poucos minutos para ir embora se quisesse chegar em casa antes do prazo estipulado pela minha mãe, senão, eu teria que dar adeus ao show definitivamente.

— Eu tenho que ir! Se eu chegar atrasada em casa, aí mesmo que eu não vou ao show amanhã.

—Ai, preciso confessar que estou com um pouco de inveja! Queria tanto ir ao show e conseguir um autógrafo do Deco ou uma foto com ele... — fantasiou Nina.

Instantaneamente, lembrei-me do meu sonho. Como ainda não contara para a Carina?

—Você não sabe o que eu sonhei! No sonho que eu tive esses dias, a gente estava no show do Tempest e você dava um beijão na boca do Deco.

— E você me esconde um sonho desses? Poxa, bem que esse sonho podia se tornar realidade. E nem tô pedindo um beijo do Deco não... Lógico que eu não ia reclamar se ganhasse um beijo, mas já ia ficar feliz só com um autógrafo! — disse Nina, suspirando pelo vocalista.

— Cadê aquela sua blusa do Tempest? — perguntei, pois, de repente, eu havia tido uma ideia. Ela abriu o guarda-roupa e tirou de lá uma camisa roxa, com o nome Tempest escrito em branco e um raio cortando o título. Eu peguei a blusa da mão dela.

— Pra quê você quer isso?

— Não te prometo nada, mas eu vou tentar fazer de tudo pra trazer uma parte do show até você — respondi.

Carina pulou em cima de mim e me deu um "abraço de urso" e me fez prometer que telefonaria para ela quando eles cantassem *Pacto*, a música preferida dela. Promessa feita, me preparei para voltar para casa antes que minha mãe fosse até a casa da Nina me buscar pelos cabelos.

— Nina, eu amo você – falei, parando na porta da sala antes de sair.

— Eu também te amo, muito.

—Você me promete uma coisa? – perguntei.

— Fala, gata!

— Promete que você vai cuidar de você e ouvir mais seu coração. Por favor...– pedi.

— Um pedido desses, do nada? – rebateu ela, claramente desconfiando.

— É que eu fico pensando às vezes e... Eu não consigo imaginar uma vida sem você.

— Ih, que papo doido é esse, Mariana? Você está bem? Sonhou que eu tinha morrido, é?

— Na verdade, não. Eu só estou preocupada com você. É que eu te amo muito. Você é a minha melhor amiga. A única que eu tenho. E naquele dia na pizzaria eu...

Eu não consegui completar a frase, mas, pelo olhar da Nina, percebi que ela conseguiu completar a frase oculta pelas minhas reticências.

— Não se preocupa comigo, Mari. Eu sei me cuidar.

— Eu morro de medo de perder você – confessei.

Nina me puxou para um abraço e ficamos em silêncio por alguns segundos. Podia sentir os ossos dela enquanto a abraçava, quase nenhuma carne para segurar. Ela beijou minha testa de um jeito que só melhores amigas fazem, como se tentasse me convencer que nunca iria sumir de perto de mim. Mas, enquanto a segurava, sentia ela desaparecer aos poucos.

— Eu vou estar aqui pra sempre, Mari. Eu prometo.

— Promete?

— Prometo.

E com essa promessa, eu voltei para casa.

13

Era difícil acreditar que o dia do show havia finalmente chegado. Foram poucos dias entre a compra do ingresso e o show propriamente dito, mas parecia uma eternidade por causa do castigo sem fim.

Minha irmã, que tinha uma ou outra banda que gostava, mas nunca foi fã de nada, entrou no quarto enquanto eu me arrumava.

– Hum, está bonita, hein? Vai procurar algum gatinho no show? – perguntou ela.

Eu não acredito que ela disse *gatinho*! Isso era tão anos 1990...

Não entrava na cabeça da Melissa que as pessoas pudessem ir a um show *só* para ver a banda, porque ela sempre saía para três propósitos: arrumar namorado, sair com o atual namorado ou esquecer o ex-namorado. Sair para escutar boa música, ver seu ídolo de perto e ao vivo? Isso ficava em segundo plano, era um bônus.

– Que gatinho o quê, garota! Eu vou é ver a banda que eu gosto – respondi. Mal-humorada, minha irmã saiu do quarto e bateu a porta.

Prendi meu cabelo castanho e escorrido em um rabo de cavalo, coloquei um relógio para conferir a hora do meu toque de recolher e não me enfeitei com bijuterias, apenas um brinco era suficiente. A palavra de ordem era conforto! Como não gostava de sair com a "cara limpa", passei um rímel à prova d'água – nos meus cílios já enormes! – e um hidratante labial.

– Tô pronta! – anunciei na sala. Meu pai levantou e pegou as chaves do carro, mas então tive aquela sensação que estava me esquecendo de alguma coisa. – Ai, espera aí... Lembrei que prometi uma coisinha pra Nina, já volto.

Corri até meu quarto, peguei a blusa dela e coloquei numa bolsa que eu usava a tiracolo. Também peguei a foto da Nina. Se eu tivesse esquecido, teria ganhado o prêmio Nobel de pior amiga do mundo!

Olhei para a minha mesinha e encontrei minha câmera. Quem sabe eu não tirava fotos e filmava um pouquinho para o vlog, mesmo que aquilo só fosse ao ar mil anos depois? Pendurei a bolsa e coloquei meu ingresso dentro. Também peguei uma caneta permanente, no caso remoto de conseguir falar com o Deco e pedir um autógrafo para a Nina. Precisava estar preparada para tudo!

Na sala, meu querido cunhado já estava espalhado no sofá, com o controle remoto em mãos. Mateus tirou os olhos da partida de futebol que estava assistindo e me olhou.

– Ih, está bonitona, hein? Vai assim pra onde?

Me aproximei e dei um beijo na bochecha dele.

— Eu vou pegar todos os caras mais gatos de Niterói essa noite, não ficou sabendo? — brinquei.

— Tô de olho na senhora, hein dona Mariana? Não vai ficar igual a sua irmã e pegar todos os caras bonitões que ver pela frente...

— Mateus! — gritou Melissa. — Isso foi antes...

— Se bem que até você começar a me pegar, só arrumava homem feio.

— Larga de ser metido! — Minha irmã jogou uma almofada na cabeça do noivo.

Podia ver as bochechas da Mel ficarem vermelhas. Mateus caiu na gargalhada ao ver como ela ficou desconcertada. Como eram amigos há muitos anos, ele acompanhou todas as desventuras amorosas da minha irmã e sabia cada detalhe da longa lista de ex-namorados dela.

Ela nunca poderia imaginar que os dois acabariam juntos, mas só alguém cego não perceberia aquilo. Mateus fazia brincadeira com as coisas que passaram, mas dava para perceber que Mel sempre ficava um pouco incomodada. O que ela mais queria era que Mateus fosse o único.

— Relaxa, amorzinho! — disse ele, puxando-a para si. — Agora você é só minha — completou, beijando-a.

— Ai, eca! O nível de açúcar aqui está além do que eu aguento. Dá licença que eu tenho um show pra assistir... — resmunguei, saindo de perto. Os dois começaram a rir.

Mamãe surgiu do quarto e deu algumas instruções para meu pai, que me levaria até o show. A mais absurda delas era que ele deveria me esperar do lado de fora o show *inteirinho*.

— Eu posso telefonar, mãe! Não tem necessidade disso.

— Não, não. Vocês podem se perder um do outro, não quero que nenhum imprevisto aconteça. Acabou a última música, você vai embora. Entendeu, Mariana? E não se esqueça: juízo! — orientou mamãe. — Não beije o primeiro carinha que aparecer na sua frente, por favor.

— Mãe, eu não conheço nenhum garoto que curta o Tempest — respondi, embora fosse mentira. Muitos meninos gostavam do Tempest, mas a maior parte do público era feminino porque as meninas se derretiam pelo Deco. — E você e a Melissa acham o quê? Eu vou ao show pra curtir a banda!

— Mas não custa nada avisar... — disse ela, me dando um beijo na bochecha e me dispensando.

Saí de casa e apressei meu pai, pois o show começaria em pouco mais de duas horas. Era ótimo sair com meu pai, porque ele não era do tipo que fala pelos cotovelos, muito pelo contrário, só acrescentava algo quando era necessário. Em meio à tagarelice da minha mãe e minha irmã, um pouco de silêncio fazia bem às vezes. Não sei como ele não enlouquecia com tanta mulher tagarela em volta!

– Eu não vou ficar te esperando na porta não... – disse ele, assim que entramos no carro. Eu ri, pois já imaginava que ele faria isso. – Marquei com uns amigos e a gente vai naquele bar que fica perto desse lugar aí que você vai. Quando acabar, você me liga?

– Valeu, pai! Ia ser um *mico enorme* você ficar em frente à Lore a noite toda. Já disse que te amo?

– Já, sua interesseira.

Seguimos para a Lore, e eu não poderia estar mais feliz.

▶ ‖

A porta da casa de shows estava lotada. A maioria da fila era composta por meninas, mais novas ou pouco mais velhas que eu, mas também havia muitos meninos, alguns deles acompanhando suas namoradas. A última categoria era corajosa, pois assistir a um show inteiro com sua namorada chamando outro cara de lindo era habilidade para poucos.

Entrei na fila, que estava andando rápido, contagiada pelo clima. Eles já haviam aberto os portões para que todos se acomodassem dentro da casa de shows. Todas as pessoas ao meu redor usavam camisas do Tempest, algumas meninas usavam até mesmo aquelas bandanas horrorosas. A cada pessoa que entrava, minha ansiedade ficava ainda maior e eu só conseguia pensar que finalmente veria o Tempest ao vivo.

Tomei o maior susto quando, faltando umas três pessoas para que eu entrasse, vi o Tuca, também conhecido como o Moço das Covinhas, na porta, recolhendo ingressos. Ele não me notou quando entreguei o meu e o rasgou em duas partes, mas olhou para mim quando falei seu nome.

– Tuca?

– Você conseguiu vir, afinal de contas! – exclamou.

– Sim! Eu nem acredito que consegui, já estava conformada em ficar só na vontade... – comentei.

Algumas meninas na fila começaram a reclamar por causa da demora. Só então percebi que eu bloqueara o caminho.

– Acho que é melhor você entrar, senão elas vão te bater – alertou Tuca. – Bom show!

Agradeci a ele e entrei. Ele era tão simpático! E fofo! E lindo! E eu não conseguia pensar em defini-lo sem que os adjetivos viessem acompanhados de infinitas exclamações.

A Lore era pequena, por isso, por mais longe que você ficasse do palco, ainda assim estava perto. Me espremi entre a multidão e cheguei o mais próximo possível da grade, tão perto que se me esticasse um pouco, era capaz de tocá-los. O show nem havia começado e as pessoas já estavam empurrando para alcançarem a frente, mas ninguém me tirava dali, só se eu desmaiasse! Eu podia sentir a agitação a minha volta me contagiar, mal podia esperar para o show começar.

Pareceu uma eternidade até que um som de guitarra surgiu ao fundo. As luzes se apagaram e todo mundo começou a gritar, eu inclusive. Peguei o celular e disquei o número da Nina. Não queria saber se ia gastar todos os meus créditos! Ela merecia ouvir o show inteiro.

Assim que ela atendeu, não dei explicação alguma.

— Só escuta isso! — gritei, por causa do barulho, e segurei o celular em direção ao palco.

Por ser um show pequeno, não havia nenhuma banda de abertura, eles entrariam direto. Quando os meninos subiram ao palco, todo mundo foi à loucura. O Deco foi o primeiro a entrar e várias garotas — e alguns garotos — gritaram os mais variados elogios. E ele era realmente lindo... Estava tão pertinho de mim que tinha a sensação que podia ver até as espinhas dele!

Eles começaram o show com *Pacto*, a música que Nina tanto queria ouvir. Conferi se a ligação estava mesmo funcionando e deixei que ela escutasse, enquanto todo mundo cantava junto com eles.

A voz do Deco era suave, com um leve sotaque paulista ao fundo, sem negar suas raízes. Assim que a música acabou, levei o telefone até a orelha e ouvi os gritos da Nina do outro lado da linha.

— Ai meu Deus, você é a melhor! MELHOR! — esgoelou-se, ou pelo menos foi o que entendi.

A ligação caiu na segunda música e não consegui telefonar novamente. Queria filmar e mostrar tudo para Nina quando chegasse em casa, mas minha mão cansou depois de gravar duas músicas seguidas. O melhor era aproveitar o show.

Sempre tive a sensação de que eles cantavam minha vida, mas a cada música que escutava ao vivo, tinha mais certeza disso. Não percebi que estava chorando de emoção até escutar eles cantarem a minha música preferida, sobre uma menina abandonada por todos que ela confiava e se viu sozinha, de uma hora para outra. Eu tinha certeza de que aquela canção era para mim.

— Nós somos o Tempest e estamos muito felizes de estar com vocês — anunciou Deco no microfone. — Eu sou o Deco. Aquele cara ali na bateria é o Saulo — apresentou ele. Saulo praticamente espancou a bateria e todo mundo enlouqueceu, inclusive eu. — No baixo, Luca! Nos teclados, Vítor. E na percussão, Caleb — completou. Cada um tocava um pouco do seu instrumento ao ser apresentado, e todo mundo vibrava a cada nota musical.

Foi nesse meio tempo que, do outro lado da grade, Tuca se materializou na minha frente. Ele usava o uniforme da Lore e na parte de trás da camisa havia a palavra "EQUIPE".

– Vem comigo! – chamou ele.

– Hein?

– Pula a grade – explicou. Olhei para um lado e para o outro, as meninas ao meu lado provavelmente pulariam atrás. Ele notou meu olhar hesitante. – Não precisa ficar com medo, eu dou um jeito.

Coloquei o pé na grade e pulei para o outro lado. Ele me segurou. Uma menina fez sinal de me imitar, mas Tuca a impediu e falou com o segurança. Vi que a menina estava prestes a fazer um escândalo, mas o segurança a conteve. Ele puxou a minha mão e me arrastou para o outro lado.

– Aonde você vai me levar? – perguntei.

– Você vai ver!

Passamos por outros seguranças e entramos por uma portinha. Comecei a ficar assustada quando entramos em um espaço minúsculo e escuro, mas então percebi que tinha uma escadinha.

– Suba aí – orientou ele. Quando eu subi os degraus e abri a outra porta, me vi ao lado do palco. Não pude conter um gritinho de empolgação ao perceber que estava mais perto do que nunca da minha banda preferida. Eu estava no *backstage*!

– Ai meu Deus, eu não acredito, eu não acredito!

Eu não conseguia parar de gritar, tão empolgada. Olhei para trás e vi Tuca rir à toa. Mesmo com minha euforia, eu não parava de me perguntar por que ele tinha me levado até ali, já que a gente só tinha se visto duas vezes, além de hoje, e nem sabia direito quem eu era. Mas aquela não era hora para encher minha cabeça com essas perguntas. Era hora de aproveitar! Peguei a câmera da minha bolsa e comecei a fotografar a banda de perto. Com o celular, enviei várias fotos para minhas redes sociais. Mesmo que não tivesse amigos por lá, eu encheria meus ex-amigos de inveja com todas as minhas fotos – e a Nina ia enlouquecer. Tuca se ofereceu para tirar algumas fotos, e eu fiz diversas poses com o Tempest tocando ao fundo. Aquilo era um sonho!

Assistir ao show dos bastidores era uma sensação completamente diferente e mais envolvente do que estar ao lado da grade. Não tinha o calor da multidão, mas você se sentia especial, cada vez mais perto.

Quando o Tempest tocou a última música, eu olhei para o Tuca e só consegui dizer:

– Obrigada.

14

Eu ainda não conseguia acreditar no que tinha acabado de ver. Minhas mãos tremiam, não de nervosismo, mas de emoção. E, então, antes que eu me desse conta, os meninos do Tempest estavam passando ao meu lado.

— Oi! — chamei, mas não percebi que o fiz. Só depois de falar, me dei conta. Ai, meu Deus, eu falei com os meninos da minha banda preferida! Olhei para o Tuca, que ria. Do que ele estava rindo?

Eu me surpreendi quando Deco, Saulo, Vitor, Luca e Caleb se viraram para mim e sorriram.

— E aí, curtiu o show? — perguntou Saulo, meu favorito. Apesar de tocar bateria, era ele quem fazia as letras junto com Deco. As letras que faziam parte da minha vida! Além disso, ele era menos disputado que o vocalista — e homem que toca bateria é sempre *supersexy*.

— Eu amei! Meu Deus, foi *demais* — respondi, mas logo me repreendi por estar extremamente eufórica. *Controle-se, Mariana, controle-se*, eu ordenava ao meu cérebro. Mas era impossível me controlar. — Vocês podem assinar minha blusa? — perguntei, enquanto fuçava minha bolsa, puxando também a blusa da Nina. — E essa aqui? É da Carina, minha melhor amiga, ela não pode vir porque está de castigo, mas ela ouviu o show pelo celular e...

Eu não parava de falar! Mas a melhor parte foi que os meninos do Tempest nem ligaram para minha tagarelice. Provavelmente estavam acostumados com aquele tipo de assédio, mas para mim era tudo tão surreal! Eu mal podia acreditar que aquilo estava acontecendo.

O produtor da banda chamou os meninos para o camarim, pois um jornalista os esperava. Pensei que eles iam embora sem assinar minha camiseta, o que nem importava tanto para mim — *pelo amor, eles falaram comigo!* —, mas fiquei pensando que a Nina precisava daquela camisa autografada.

— Vem com a gente, eu assino lá dentro — disse Deco. Quase desmaiei com o convite! Quando eu pensava que não podia amá-los mais!

Eu não parava de repetir mentalmente: "Estou indo para o camarim do Tempest, estou indo para o camarim do Tempest!". Estava prestes a gritar de alegria.

Quando entramos no camarim, o espaço parecia pequeno demais para todos nós. Tuca estava atrás de mim. Entreguei a camisa da Nina e, enquanto uns assinavam a camisa dela, outros assinavam a minha, nas costas. Depois que todos assinaram, tiramos uma foto em grupo e uma com cada um. Tirei a foto da Nina da bolsa, e pedi que o Deco posasse segurando-a. Ele deu uma gargalhada, mas acatou meu pedido.

Olhei para a jornalista sentada numa poltrona no canto, impaciente, provavelmente louca para voltar para casa e fugir daquela entrevista com uma banda que ela provavelmente não gostava. Nem me importei. Abracei e beijei todos os meninos, querendo prolongar aqueles minutos para sempre.

— Sei que eu tô abusando, mas posso pedir *mais uma coisinha*? — insisti, mesmo com o olhar mal-humorado do produtor da banda sobre mim. Os meninos pareciam não se importar. Saulo olhou para o produtor da banda e fez sinal para que ele esperasse.

— Lógico que pode!

— Eu tenho um canal no YouTube e vou postar sobre o show no meu vlog! Vocês podem gravar alguma mensagem? — pedi. Os meninos concordaram, gravaram um "oi" genérico e no fim mandaram até um beijinho pra Nina.

— Depois manda o link do seu vlog por Twitter! Eu quero dar uma olhada — falou Saulo, me matando do coração. E daí que era só por educação? — É só me lembrar que conheci você aqui em Niterói e que você é a menina do camarim.

— Pode deixar. Nossa, isso é um sonho. Nem acredito! Adorei conhecer vocês! O show foi demais — disse, enquanto saía pela porta. Se demorasse mais um segundo, acho que o produtor me chutava dali.

— Tchau, Mariana! Valeu — disseram os meninos, pois àquela altura, não sabia mais definir quem disse o quê.

Quando fechei a porta, minhas pernas estavam tremendo. Tudo que havia acontecido parecia coisa de outro mundo. Além de ter ido ao show do Tempest, eu havia conversado com eles, tirado fotos e tinha tido minha camisa autografada! E graças ao Tuca, que estava na minha frente.

Antes de agradecer, eu gritei como forma de extravasar tudo que estava sentindo, pois nenhuma palavra era capaz de definir minha alegria.

— Ahhhhhhh! Eu nem sei o que dizer... Nossa, você é demais, sério! Nem tinha motivos para fazer isso por mim e...

— Eu fui com a sua cara — respondeu ele. — Senti que você ia gostar. Hoje eu estava me sentindo bonzinho — argumentou.

Instintivamente, dei um beijo na bochecha dele como forma de agradecimento. A quem eu queria enganar? Poderia abraçá-lo para sempre!

— Mas na próxima não vou poder quebrar seu galho... Mas dava para ver pela sua cara que você estava enlouquecida com o show — disse ele.

– Enlouquecida? Eu achei que fosse morrer no meio. É o máximo assistir a tudo dos bastidores! Foi a melhor noite do ano, de longe. Eu estava precisando disso – confessei. Olhei para o relógio e vi que estava na hora de ligar para o meu pai e ir embora. – Preciso ir! Muito obrigada, nem sei como agradecer a você.

– A gente deve se cruzar por aí. Três vezes em menos de um mês deve significar alguma coisa... Aí você pensa em um agradecimento – respondeu.

Ele me lançou um belo sorriso, suas covinhas marcadas. Eu só podia estar sonhando para viver uma noite como aquela! Estava tão eufórica que não consegui me conter: o abracei e me despedi. O que tinha acontecido era surreal, se alguém me contasse, jamais acreditaria. Quase me esqueci do terror que vivi nos últimos meses, pois só conseguia pensar no que tinha acabado de experimentar.

Fui para o lado de fora da Lore e, quando ia pegar o celular para ligar para o meu pai, o vi parado do outro lado da rua. Corri em sua direção.

– Você demorou a ligar, eu vim direto! – disse ele, claramente preocupado. – Já ia telefonar pra você.

– Pai, você não sabe o que aconteceu... Eu entrei no camarim tirei fotos, eles autografaram tudo e eu não consigo acreditar que eu assisti a tudo dos bastidores é tão mágico e eu nem sei – falei, em um só fôlego.

– Calma, Mariana! Respira... Entra no carro e me conta tudo, mas dessa vez com vírgulas e pontuações – pediu.

Entrei no carro, meu corpo estava elétrico, ainda energizado. Contei tudo que aconteceu para o meu pai enquanto ele nos levava de volta para casa. Seu Oscar pareceu genuinamente feliz ao perceber minha alegria.

Cheguei em casa pulando e gritando. Minha mãe veio até a sala, mandando que eu calasse a boca antes que os vizinhos reclamassem. Repeti a história mais uma vez e até minha mãe pareceu animada com minha euforia.

– E quem é esse tal de Tuca, hein? É bonito? Aliás, Tuca é nome? Que apelido feio!

Expliquei as circunstâncias que nos encontramos das outras duas vezes e minha mãe ergueu a sobrancelha, desconfiada. Quanto ao nome, respondi que não sabia qual era o nome de verdade, só conhecia o apelido – e nem era como se nós dois fôssemos nos encontrar mais vezes depois disso.

– Eu quero ver as fotos! – pediu minha mãe, já contagiada pela minha história.

– Espera, primeiro vou telefonar pra Nina.

Peguei o telefone da sala – pois não ia gastar mais créditos aquela noite – e disquei o número dela. Provavelmente, Nina estava fazendo plantão ao lado do telefone, pois atendeu no segundo toque. Em vez de "alô", escutei um grito estridente que quase me deixou surda.

— Eu não acredito! Eu vi as fotos pelo celular, porque minha mãe ainda não me deixou usar o computador. Tudo tão lindo, você é muito sortuda. Me diz como conseguiu fazer isso? Estou morrendo de inveja, não acredito que perdi tudo! Pegou autógrafo na minha camiseta? — disse ela em uma só voz. Eram tantas afirmações, perguntas e relatos empolgados que eu não conseguia me concentrar.

— Espera, fala uma coisa de cada vez! — pedi, tentando recomeçar nossa conversa.

Ficamos falando do show do Tempest até três da manhã. Minha mãe acabou desistindo de me esperar mostrar as fotos e foi dormir. Quando desliguei, fui procurar meu celular e minha câmera para reviver aquela noite. Foi então que percebi que meu celular não estava nos bolsos da minha calça e nem na bolsa.

Olhei em cima da mesa, mas nem sinal de celular por ali. Eu jurava que havia colocado no bolso, só que, pelo visto, eu tinha perdido o celular ou me roubaram. Só de imaginar em ficar sem parte das minhas fotos, eu já sentia vontade de chorar.

Fui até o telefone e disquei o número. Se tivessem me roubado, com certeza já tinham retirado o chip, mas quem sabe uma boa alma encontrou e só estava me esperando entrar em contato? Pedi aos céus que minha bateria aguentasse firme e disquei meu número.

Meu alívio foi enorme ao ouvir o sinal da chamada. Mas depois de cinco toques, ninguém atendeu. Já ia desistir e tentar novamente no dia seguinte quando uma voz sonolenta atendeu o telefone.

— Alô? — disse a pessoa do outro lado

— Oi, tudo bem? Esse é meu celular, você provavelmente o encontrou, então eu queria saber como eu posso pegar de volta...

— Mariana? — perguntou a pessoa do outro lado.

Quem encontrou o aparelho me conhecia?

— Hum... Quem é? — perguntei.

— É o Tuca! Eu encontrei seu celular no camarim, quando estava indo embora. Mas como estava tarde, só ia procurar um número de casa na sua agenda de manhã, avisando que encontrei — respondeu, bocejando. — Pelo menos tenho uma desculpa para te encontrar de novo — completou e eu quase podia vê-lo sorrindo do outro lado da linha.

Até quando pensei que era o que faltava para estragar minha noite perfeita, a situação se reverteu a meu favor. Pela primeira vez em meses, parecia que o universo havia feito as pazes comigo.

— Você pode me encontrar na Califórnia amanhã? — perguntei. A Califórnia era uma lanchonete de comida natural, tipo sucos, crepes, saladas e sanduíches, e ficava pertinho da minha casa. — Três da tarde. Qualquer coisa eu ligo pro meu número pra confirmar.

Tuca concordou, mas provavelmente precisaria telefonar no dia seguinte e combinar tudo outra vez, porque ele parecia tão sonolento que com certeza não iria se lembrar de nada que eu dissesse. Desliguei o telefone, pensando quão atípico tinha sido aquele dia. Eu fui ao show da minha banda favorita, conheci todos os integrantes, fiquei nos bastidores e, no final do dia, ainda marquei um "encontro" com um cara lindo. Era impressão minha ou minha sorte havia mudado de um dia para o outro?

Fui para a minha cama, mas isso não significou que consegui dormir. A adrenalina ainda era muita e, por incrível que pareça, estava mais ansiosa que no dia anterior, quando não conseguia pegar no sono devido à expectativa do show. Mas a falta de sono não estava realmente ligada à ansiedade, mas sim por ainda não acreditar no que acabara de acontecer.

Queria estar com meu celular em mãos naquele momento, pelo menos poderia jogar paciência e tentar pegar no sono enquanto me distraía com aquilo, mas nada feito. Olhei para o teto, rolei na cama e só consegui dormir quando o sol já queria aparecer.

▶ ||

Acordei com minha mãe chamando meu nome.

– Mariana, levanta! – gritou. – Já são onze da manhã.

– Mãe, ainda é de manhã – respondi, afundando minha cabeça no travesseiro. Percebi que estava rouca de tanto gritar e cantar na noite anterior. – Me deixe dormir!

Puxei o edredom para me esconder, como se aquilo fosse o suficiente para eu desaparecer do mundo e minha mãe esquecer que eu estava ali, assim eu poderia dormir mais. Meu corpo estava exausto por causa do show, meus ossos e músculos reclamando por causa do tempo que passei esmagada contra a grade.

Por acaso aquilo era hora de acordar alguém no domingo?

Cruel, minha mãe puxou as cobertas de uma só vez.

Já disseram que essa é a pior forma de acordar alguém? Tão ruim quanto desligar o ar-condicionado no verão, mais eficaz que despertador. Ainda tentei segurar o edredom, mas ele escapou pelos meus dedos.

– Nem mais cinco minutinhos, você tem que se arrumar porque a gente vai almoçar na casa da sua tia.

– Eu não posso! Tenho que pegar meu celular com o Tuca!

– Mais uma vez esse Tuca... Posso saber o que ele está fazendo com seu celular? – perguntou minha mãe, claramente irritada.

– Eu esqueci no camarim do Tempest e ele encontrou – esclareci. – Marquei com ele na Califórnia às três horas pra pegar o celular de volta.

Minha mãe me olhou, desconfiada.

— Vá tomar banho. A gente vai almoçar na casa da sua tia e depois você encontra esse tal de Tuca pra pegar seu celular. Esse garoto não tem nome não?

— Lógico que tem, mas eu não perguntei! Ai mãe, nem tava com cabeça pra isso — resmunguei, me colocando de pé e fuçando o guarda-roupa atrás de alguma coisa.

— Abre teu olho, hein Mariana? — alertou e depois saiu do quarto.

Não entendia minha mãe: quando era a Mel, ela nem ligava com quem ela ia se encontrar. E minha irmã saiu com muito desconhecido, viu. Talvez pela idade ou por saber que, na maioria das vezes, as paixões da Mel eram fogo de palha, raramente via mamãe falar daquele jeito com minha irmã quando ela avisava que iria encontrar algum rapaz diferente do anterior.

Mas de uma coisa mamãe tinha razão: Tuca é um apelido péssimo. Precisava tirar a dúvida sobre se o nome dele era Arthur mesmo, como eu desconfiava, porque me recusava a chamá-lo assim.

▶ ❚❚

Minha tia Olívia, irmã do meu pai, também conhecida como a mulher mais insuportável da família. Já estava me preparando psicologicamente para ouvi-la dizer como meu cabelo estava feio, perguntar se eu havia engordado ou criticar a escolha da minha roupa para a ocasião (vê se pode, minha roupa! Ela que precisava ter noções de moda comigo, não o contrário). Além disso, Antonieta, minha prima, era uma velha de espírito e chata como a mãe.

Em compensação, a Mel e eu adorávamos o Luís, o filho rejeitado daquele lado da família. Parecia que ser legal era motivo para ser excluído naquela casa.

Agora Melissa não sofria tanto com os comentários maldosos da minha tia, já que ela estava noiva e parecia finalmente ter se encaminhado na vida — ah, se tia Olívia soubesse a verdade! —, então tudo sobrava para mim. E como a Mel ainda arrastava Mateus para os almoços de família, eu não tinha com quem conversar, era um tédio completo.

— E os namoradinhos, Mariana? — perguntou minha prima Antonieta ao nos encontrar no portão, comprovando que sua idade mental era de 60 anos. Afinal, para mim, uma pessoa com pouco mais de 20 anos não deveria fazer uma pergunta dessas para a prima mais nova.

Simplesmente ignorei, não era obrigada a responder dignamente.

— Cadê o Luís? — perguntou Mateus.

Como o resto da família, Mateus tinha sido conquistado pelo membro mais simpático daquele lar.

— Meu irmão foi almoçar na casa da namorada. Hoje somos só mamãe e eu..

Não precisava ler mentes para adivinhar o que todo mundo estava pensando: que o almoço seria um martírio. Nem papai aguentava a própria irmã.

Tia Olívia estava na cozinha, esquentando a comida que a empregada havia preparado no dia anterior. Porque é lógico que ela não correria o risco de quebrar as unhas fazendo algum trabalho doméstico!

— Ah, finalmente vocês chegaram! — exclamou ao nos ver. Ela se dirigiu primeiro a mamãe e a brindou com um abraço apertado. — Marta, querida... Quanto tempo! — disse, cheia de exclamações e euforia fabricada.

Mamãe sabia muito bem driblar o desconforto de estar ao lado da cunhada, mas, por dentro, ela provavelmente estava morrendo. Elas trocaram duas ou três frases amigáveis até que a bola passou para papai. Depois de perguntar como ia a vida, o trabalho e todas essas "banalidades" — não sem fazer um ou outro comentário ácido no meio —, as atenções voltaram-se para minha irmã.

Conhecendo bem Melissa, ela já estava suando por dentro só de vislumbrar minha tia à sua frente.

— Está gordinha, hein Mel? Cuidado, senão não cabe no vestido de noiva! — comentou tia Olívia, educada como sempre.

Isso foi o suficiente para minha irmã perder o ar. Ela emagreceu cinco quilos em um mês, tinha parado de comer todas as besteiras do universo e vivia neurótica com a ideia de não entrar no vestido. A nutricionista dela provavelmente estava louca, tentando fazê-la emagrecer de forma saudável! Até andava bem controlada nas últimas semanas, mas isso lá eram horas dessa mulher comentar sobre isso?

Mateus, com toda sua sabedoria — e paciência e medo de aguentar mais um surto vindo de sua futura esposa —, interveio.

— Acho que a Mel está melhor do que nunca! Tenho certeza de que vai ficar linda no vestido — comentou e deu um sorriso para minha irmã, que se derreteu.

Minha tia deu de ombros, como se o que ele pensasse não importasse para ela. Lógico, a opinião do noivo é inválida! Tia Olívia trocou mais algumas farpas com minha irmã, até Melissa convidar Antonieta para ser sua madrinha de casamento, quase como se levantasse uma bandeira branca.

— Família é a única coisa que teremos para sempre — bajulou minha irmã. — E a gente precisa valorizar, não é? Eu quero muito que a Antonieta e o Luís sejam meus padrinhos, por isso vim aqui hoje. Mas o Luís não está... Uma pena! O que você acha, Antonieta?

Eu sabia que minha irmã não estava com a mínima vontade que Antonieta ficasse ao seu lado no altar no dia mais importante da vida dela, mas, por educação, tinha chamado apenas porque não poderia deixar de convidar Luís – e se chamasse apenas um dos seus filhos, tia Olívia teria um ataque do coração. Minha tia ficou empolgada no lugar da filha e começou a dizer como tinham que comprar um vestido maravilhoso e como as pessoas não iriam tirar os olhos da Antonieta – até parecia que a estrela da noite seria a madrinha, não a noiva.

O bom de toda a ladainha de casamento era que ninguém percebeu que eu estava ali. Até minha mãe se empolgou e falou sobre detalhes da festa e, durante o almoço, parecia até que éramos uma grande família feliz e que todos amavam tia Olívia. Papai, Mateus e eu comemos em silêncio, felizes pelo breve momento de trégua – e mais felizes ainda por nos ignorarem.

Aproveitando que ninguém prestava atenção em mim, peguei o celular da minha irmã e disquei para o meu número. Tuca atendeu rapidamente.

– Alô, quem é? – perguntou ele.

– É a Mari, Tuca. Alguém me ligou desde ontem?

– Só umas mensagens de uma tal de Carina...

– Ah, depois eu respondo. Você me encontra na hora combinada lá na Califórnia, então?

– Lógico! Te vejo mais tarde.

– Até mais.

Voltei para a mesa, comi as últimas garfadas do meu almoço e inventei uma desculpa qualquer para tia Olívia, dizendo que precisava voltar para casa e estudar. Já tinha combinado tudo com minha mãe. Depois do castigo, aprendi minha lição: nunca mais fazia nada sem avisar ou pedir permissão!

15

Quando cheguei à lanchonete, o Tuca já estava me esperando. Ele acenou para mim e sorriu. O sorriso do Tuca era lindo: a boca dele se curvava apenas em um dos cantos, acentuando suas covinhas.

— O que foi? — perguntou Tuca ao perceber que eu o analisava. Fiquei vermelha como um pimentão, mas ele simplesmente fingiu que não tinha percebido. — Curtiu o show ontem?

— Nossa, foi o máximo! Eu nem acredito que estava tão pertinho... — disse e comecei a divagar sobre o show. Enquanto eu comentava, ele ria e dizia uma coisa ou outra. — Muito obrigada por tudo que você fez. E ainda tô te devendo outra, você achou meu celular e tudo. Meu Deus, acho que te devo uma vida inteirinha de favores.

— Não foi nada.

— O quê? Me colocar nos bastidores ou resgatar meu celular? Porque, para mim, as duas coisas foram tudo! — respondi.

Respira, Mariana, enviei os comandos para meu cérebro, percebendo que estava *empolgada demais* outra vez. Assim ele ficaria pensando o quê de mim?

— Quer alguma coisa? — perguntou ele, abrindo um sorriso que fez minhas bochechas queimarem.

— Só um suco de maracujá com morango! Acabei de almoçar...

Ele chamou a garçonete e pediu *dois* sucos de maracujá com morango. Só por repetir meu pedido, me senti especial.

— Eu não tô com pressa. Você está? — perguntou. Abanei a cabeça em negativa, rápido demais. Ai, eu precisava me controlar! — Ótimo, então temos bastante tempo pra conversar!

— Então eu vou começar: qual seu nome? Não o apelido, nome mesmo.

— Sou o Tuca, ué. Precisa de mais do que isso?

— Precisa. Eu detesto seu apelido! — falei antes de me dar conta do que havia dito. Logo me arrependi. E se ele ficasse ofendido? Mas, ao contrário do que esperava, ele caiu na gargalhada.

— Não fala assim... Minha mãe que me deu esse apelido quando era criança — comentou, fingindo ter levado meu comentário para o lado pessoal, mas ele não se controlou e voltou a rir.

Nossos sucos chegaram, mas nenhum de nós se atreveu a tocar neles.

— Ok...Você ainda não me disse qual o seu nome. Arthur?

Ele fez uma careta, mas depois balançou a cabeça, confirmando. Bebi um gole do meu suco e continuei a falar:

— Então só vou te chamar de Arthur daqui pra frente!

— Mas ninguém me chama de Arthur, todo mundo me chama de Tuca.

— Eu não sou todo mundo, eu sou a Mariana. Eu vou te chamar de Arthur e fim de papo — respondi.

—Você é cabeça dura, hein? — implicou. — Mas tudo bem, fazer o quê? Agora é sua vez: me conta mais sobre você.

Comecei falando coisas óbvias: minha idade, o que eu gostava de fazer e o ano que estava na escola. Quando falei isso, ele me interrompeu.

— Eu esqueço que você está na escola! Você parece tão mais velha...

—Você tá dizendo que eu tenho cara de velha? — perguntei, ofendida.

—Velha, não! Mas você não tem cara de 17 anos — respondeu.

— E você é muito mais velho, por acaso?

— Na verdade, sou sim. Tenho 20 anos.

Três anos de diferença! Eu nunca tinha saído com caras seis meses mais velhos que eu.

Desviei o assunto, enquanto meu cérebro tentava assimilar as coisas.

— Então você já tá na faculdade, né? — perguntei. Provavelmente, ele estava prestes a se formar.

— Eu fiz um ano de música e desisti. Agora tô no segundo período de arquitetura — disse.

Eu tentava me concentrar no que o Arthur dizia, mas seus olhos castanhos estavam brilhantes e me distraíam. Me esforcei para manter a conversa, perguntando sobre a faculdade de música — e foi então que eu descobri que, na verdade, o Arthur não era um simples funcionário da Lore, mas sim filho de um dos donos da casa.

— Então por que você estava na porta recolhendo ingressos?

— Ah, eu gosto desse tipo de coisa. Meu pai não gosta muito, já que eu trabalho na produção, mas eu nem ligo. E não vou mais trabalhar entrando em contato com bandas ou agendando shows acústicos, porque agora vou começar meu estágio numa empresa de arquitetura. Música não é bem o que eu quero pra vida, mas eu achei que era por um tempo. Sabe quando não se faz ideia do que fazer pelo resto da vida? — perguntou ele.

— Ah, e como eu sei! Não faço ideia do que fazer na faculdade...

Sem perceber, estava comentando quantas dúvidas tinha sobre o que fazer no vestibular, contando sobre meu intercâmbio que deu errado e minha irmã surtada com o casamento. Só então me dei conta que estava abrindo meu coração para alguém que poderia ser considerado um desconhecido e que provavelmente não se interessava pelos meus dramas. Mas como ele não me interrompeu, continuei falando. E ele falava também. A gente ria, conversava e eu nem percebi a hora passar.

— Preciso ir! Vou pedir a conta... — informei.

— Não, deixa que eu pago — ofereceu-se ele.

— Não precisa! Eu tenho dinheiro, eu pago.

— Da próxima você paga — falou. — Quero te ver de novo, adorei conversar com você.

Talvez ele estivesse falando isso só para me agradar, mas ia esquecer de mim assim que virasse a esquina.

— Ok. Mas se a gente se encontrar de novo, o suco é por minha conta — falei. — Ah, você não me deu o celular... — pedi, quase esquecendo o real motivo do nosso encontro.

— Se você esquecesse, tinha uma desculpa para te encontrar de novo — disse ele, enquanto me entregava o aparelho. Abri as mensagens e li os surtos que a Nina havia enviado. Todas estavam marcadas como não lidas. — Pode ficar sossegada, eu não fuxiquei nada!

— Obrigada. — Estava realmente agradecida. Imagina se outra pessoa encontrasse meu celular e levasse embora? Aí sim minha mãe me mataria!

Na hora de me despedir, não sabia bem o que fazer — se dava um abraço, beijo na bochecha ou aperto de mão. Pela primeira vez, estava um pouco confusa com relação a um garoto. Percebi que ele também não estava muito confortável. No fim das contas, nos decidimos por um abraço e um beijo na bochecha. O abraço demorou mais do que seria considerado apenas "amigável".

— Tchau, a gente se vê!

Segui andando até minha casa com as pernas um pouco bambas, sem saber exatamente o motivo do nervosismo.

Quando saí do elevador e abri a porta do meu apartamento, meu celular vibrou, anunciando uma nova mensagem de texto. Peguei o aparelho e vi "TUCA" na tela. "*Oi!*", era a única coisa escrita na SMS. Não pude conter um sorrisinho enquanto digitava a resposta.

Ele me respondeu. Eu o respondi. E nossa troca de SMS durou mais tempo do que eu poderia imaginar.

▶ ||

Com a passagem dos dias, minha mãe se tornou mais flexível com o castigo. Nós fizemos um trato para eu me dedicar cada vez mais aos estudos, o que eu achava muito justo: faltava pouco para o vestibular. Só de poder ir e voltar da escola sozinha já era um grande alívio!

Ela também limitou a internet a duas horas por dia, o que já era suficiente para mim. Editei logo o vídeo do Tempest e coloquei no vlog – e mandei o link para os meninos da banda em seguida. O canal ainda não havia chegado a marca de 1.000 assinaturas, mas eu estava adorando postar os vídeos – mesmo que durante aquelas semanas, estivesse parado um pouquinho.

Na segunda-feira depois do show, várias pessoas no colégio vieram falar comigo, empolgadas com as fotos que viram no meu perfil. Eu não sabia como lidar com aquilo. Como aquelas pessoas podiam me desprezar na sexta-feira e na segunda agirem como se nunca tivessem me odiado, fingindo serem minhas amigas só para que eu contasse como foi estar ao lado da minha banda preferida?

Como não fui atingida pela mesma amnésia que eles, simplesmente ignorei. Lógico que Heloísa, Jéssica e Alba não se aproximaram para saber as novidades, mas podia apostar que elas estavam se contorcendo para saber como fora.

Eu não bloqueei nenhuma delas nos meus perfis nas redes sociais. As únicas pessoas que havia bloqueado foram Léo e Eduardo, assim não caía em tentação para saber nada sobre os dois. Mas volta e meia eu navegava na página de Heloísa, e eu sabia que era apenas por que, por ali, eu conseguia ter um pequeno vislumbre de como andava a vida deles. E o que o perfil dela me dizia era que estava mais feliz do que nunca. Ela até mudou a imagem de exibição para uma foto em que aparecia beijando o Eduardo. Que brega!

Não vou negar que já fiz esse tipo de coisa quando tinha uns 14 anos (e ainda era época do Orkut!), mas não faço mais. Primeiro, eu não tinha mais namorado. Segundo, porque no meio do caminho adquiri algo chamado: "noção do ridículo", uma coisa que aparentemente o tempo não havia trago para a Helô. Uma foto fofinha de vez em quando, uma declaração ou outra de amor, tudo bem. Mas transformar seu perfil virtual em um mural de exibição do seu relacionamento era algo que dava um pouco de pena. Frequentemente eu tinha a impressão de que as pessoas faziam isso apenas para afirmar ao mundo que as coisas estavam perfeitas, quando, na verdade, não estavam. Claro que havia exceções, mas só servia para comprovar a regra.

Fora que isso atraía olho grande e outras negatividades. Mamãe vivia dizendo que contar a vida na internet só servia para atrair sequestrador. Não sei quanto aos sequestradores, mas com certeza ajudava a movimentar a inveja alheia, porque várias pessoas ficavam sabendo sobre a vida dos outros on-line, o que dava origem a vários sentimentos negativos – e de coisas ruins, eu já estava cheia.

Tudo bem que eu andava contando um pouco sobre minha vida no vlog, mas era diferente...

Por isso, todo mundo, ao me perguntar sobre o show, só escutou um sem graça "foi legal", inclusive a Iasmin, irmã de Bernardo, que chegou toda empolgada falando sobre as minhas fotos na internet e "*a-do-rou. Meniiiiina, como você conseguiu?*", assim, sibilado e com sílabas prolongadas.

Mas o próprio Bernardo me encontrou mais tarde, no intervalo, e veio perguntar como foi o show. Como era a única pessoa legal comigo nos últimos dias, conversei com ele e contei detalhe por detalhe. Apesar disso, notei que todas as vezes que conversamos naquelas semanas, ele parecia ter uma segunda intenção: a formatura ou, no caso, o show do Tempest eram apenas uma desculpa. Talvez estivesse sendo neurótica e afastando uma das poucas pessoas que realmente estava se propondo a ser meu amigo recentemente.

– Poxa, minha irmã viu as fotos na internet depois e ficou morrendo de inveja de você, porque ela estava no show também – comentou ele. – Ela disse que você é muito sortuda.

–Você não falaria isso se me conhecesse melhor...

– Ah, mas até eu fiquei com inveja, pô. Os caras mandam muito! Eu só não fui porque tô estudando que nem um louco pro vestibular e sábado tenho cursinho até tarde.

– Cada vez que vejo as pessoas estudarem mais e mais pro vestibular, *eu* que fico desesperada. Tô achando que nunca vou passar e nunca estudo o suficiente.

– Relaxa! Você vai conseguir – disse, me tranquilizando. – Então você não está mais de castigo... Acho que a gente pode ir no cinema!

O Bernardo estava pedindo isso há tanto tempo que não recusei. Eu seria idiota se recusasse!

– Ok, mas eu só posso no fim de semana. Minha mãe não vai permitir durante a semana por causa dos estudos – expliquei.

– Ok, Mari. No fim de semana a gente se vê – confirmou, assim que combinamos os detalhes.

Aos poucos, talvez minha vida estivesse voltando ao normal.

16

Quão normal a vida de alguém pode ser quando um vídeo tem mais de dez mil visualizações no YouTube?! Como assim esse tanto de gente tinha descoberto meu canal, o *Marinando*, da noite para o dia?

Meu vídeo com o Tempest havia bombado, tudo porque os meninos postaram em suas redes sociais. Havia um monte de gente comentando meus vídeos e pedindo que eu fizesse mais! Mais de cinco mil assinantes e visualizações. Aquilo era muita coisa para mim, estava tonta com tantos comentários.

Quis morrer quando li o primeiro comentário negativo. Uma menina disse que minha voz era chata e irritante! O que eu podia fazer? Era a única voz que eu tinha. Não era meia dúzia de anônimos com seus comentários idiotas que iriam me desanimar – eu já ouvi xingamentos ruins o suficiente para me importar com alguns "você é chata". A pessoa tinha que ser muito sem vida própria para comentar no vídeo de um desconhecido falando mal de algo tão bobo!

No momento, só uma coisa importava: os vídeos estavam indo bem. *Muito* melhor do que o esperado. Talvez fosse a hora de fazer mais alguns. E então eu peguei minha câmera e filmei vários vídeos.

Eu deveria gastar meu tempo estudando para o vestibular!

▶ ❚❚

Setembro chegou tão rapidamente que nem me dei conta de que a minha primeira prova de vestibular estava se aproximando. Minha tensão aumentava numa escala astronômica, e tudo relacionado aos cálculos me deixava desesperada, pois meu cérebro não processava nem quanto era 2+2. Para piorar a situação, como se meu desespero com a proximidade do vestibular não fosse suficiente, Melissa surtava cada dia mais com os preparativos do casamento e enlouquecia a família inteira.

Houve um acontecimento em especial que só ajudou a provar que, se a Mel não tomasse cuidado, iria do altar diretamente para o hospício, pois os preparativos para o casamento estavam acabando com sua sanidade de vez.

Minha mãe e eu fomos com ela até o estilista, para mais uma prova do vestido. Eu não aguentava mais aquilo! Já dá para imaginar o drama que minha irmã armou assim que colocou os pés no ateliê?

Quando Charles abriu as portas com seu jeito descontraído e sorridente de sempre, Melissa não foi muito simpática ao cumprimentá-lo, estava claramente uma pilha de nervos. Não parava de repetir como o casamento estava chegando e *nada* estava pronto ainda. Quase um ano com os preparativos do casamento, até o vestido já estava fechado, e a menina tinha a audácia de dizer algo assim? Me poupe!

Tudo aconteceu muito rápido: Charles colocou o vestido para que ela provasse – agora bem mais parecido com um vestido do que apenas um amontoado de tecidos – e perguntou o que ela estava achando. Estava lindo, igualzinho ao desenho no papel. Mas é claro que Melissa não achava a mesma coisa!

– Está horroroso! – gritou minha irmã, se olhando no espelho.

Havia sacado o celular para filmar a prova do vestido, a pedido da Mel, pois tudo iria passar no telão da festa – brega, mil vezes brega. Fiquei tão sem reação com o grito dela, que mantive o celular na mesma posição e continuei filmando.

Ela desceu do pequeno pedestal que precisava subir para provar o vestido e deu meia volta, aproximando-se mais ainda do espelho.

– Esses bordados estão esquisitos, eu não queria a saia desse jeito, essa renda pinica e esse branco não é branco! Socorro, você não conhece nem as cores? – informou, sacudindo as mãos em gestos sem muito sentido. – Será que vocês não sabem fazer nada certo? Tudo que eu peço vocês fazem errado. O cara da decoração não entende a diferença de azul-celeste e azul-turquesa, você faz um desenho e me entrega um vestido completamente diferente, eu falo que não pode ter recheio de chocolate no bolo e a boleira pergunta "o que você acha de recheio de brigadeiro?" – disparou, bufando e parecendo um urso feroz com os olhos esbugalhados.

– Ôh querida, faz favor de descer do salto e arrancar esse vestido, que não tô aqui pra ouvir desaforo não – reclamou Charles, com a voz mais afetada que o normal. – Cansei de gastar meu tempo com noiva neurótica. Foi isso que você me pediu, se não quer mais, vamos sentar e tentar dar um jeito, mas dar ataque de pelanca pra cima de mim não rola!

E, então, minha irmã começou a chorar. Do nada! E a chorar de soluçar e fazer barulhos estranhos com a boca. Eu sabia que ela estava maluca, mas não nesse nível.

– *Vocês não entendem!* – bradava ela, de modo ininteligível, entre um soluço bizarro e outro. Quando percebi que ainda estava filmando, desliguei o celular e corri em socorro daquela louca que compartilhava meu sangue.

Enquanto mamãe acariciava as costas da minha irmã, eu mandava ela parar de drama e dizia que o vestido estava igualzinho ao croqui, se ela não enxergava isso, precisava de óculos de grau. O que rendeu um "Cala boca, Mariana" da minha irmã e um olhar de "deixe de ser insensível" partindo da minha mãe.

— Tá mais calma agora? Então a gente pode continuar — disse Charles, entregando um copo de água com açúcar para minha irmã, que diminuiu a choradeira.

Simples assim! E, quando eu pensei que minha irmã fosse surtar para cima dele mais uma vez, ela limpou as lágrimas e conversou *como uma pessoa civilizada*. Eu realmente não queria entender aquilo.

Após duas horas muito chatas, recombinando ajustes no vestido-da-discórdia, saímos do ateliê e Melissa até abraçou e beijou Charles na saída.

Depois eu falo que ela enlouqueceu e ninguém acredita...

▶ ‖

O filme do Tarantino estava prestes a sair de cartaz, mas o Bernardo conseguiu me levar para assisti-lo depois de tanta insistência. Não que fosse um sacrifício sair com ele, mas não estava nos meus planos.

O resultado final daquela tarde já era esperado, apesar disso, não me arrumei muito. Mesmo adorando a companhia do Bernardo, eu não tinha segundas intenções com ele. Mas, se algo tivesse que acontecer, aconteceria. Coloquei um vestidinho fofo, uma sapatilha, deixei o cabelo solto, passei perfume e fui encontrá-lo no shopping.

Bernardo fez tudo conforme o figurino: não me deixou pagar minha entrada (o que sempre me deixava ligeiramente irritada, mas pelo menos me fazia economizar dinheiro), bancou minha pipoca e não se importou em me avisar quando as cenas de sangue ficavam nojentas demais.

Mesmo com todos esses bons modos, era de se esperar que o garoto escolhesse um filme mais romântico para um primeiro encontro. Eu não suportava todas aquelas cenas violentas! O filme até que era divertido, mas não fazia o meu tipo — embora a Rebeca, melhor amiga da Mel, amasse filmes assim.

Lá para o meio, quando a pancadaria e cabeças cortadas deram uma trégua, ele levantou o braço da poltrona, passando-o em volta de mim. Hum, vai ver que essa era sua estratégia: fazer a menina se sentir amedrontada com o filme e depois tentar acalmá-la com abraços e beijos. Garotos são tão previsíveis.

—Você está com frio? — perguntou ele, afinal, eu estava sem casaco no cinema.

— Não, tá tudo bem — assenti. Mas ele continuou com o braço onde estava.

Com o decorrer do filme, ele foi se aproximando mais e mais. Não era como se eu não soubesse o que vinha a seguir, mas fiquei um pouco nervosa. Bernardo Campanatti, o garoto mais bonito do Colégio São João, queria ficar comigo! Em que planeta esse tipo de coisa acontecia?

— Mari, eu já te disse que você é muito especial? — perguntou ele, com a voz baixa perto do meu ouvido. — Eu ia dizer que você é diferente das outras meninas, mas eu *odeio* essa frase.

Eu ri, sentindo minhas bochechas esquentarem. Também odiava quando alguém dizia isso. Quer dizer... Alô, Capitão Óbvio! Todas as meninas eram diferentes uma das outras. Ele ganhou um ponto.

— E o que isso quer dizer? — perguntei, embora soubesse a resposta.

— Quer dizer isso... — falou, antes de me puxar para um beijo.

Acho que eu tinha perdido o costume. Quando senti os lábios do Bernardo tocarem os meus, lembrei dos meus beijos com Eduardo e como eles eram diferentes daquilo.

Não era um beijo ruim, mas também não era o beijo certo. Alguma coisa não encaixava. Talvez por ser a primeira vez que a gente se beijava, ou por estarmos meio tortos nas cadeiras do cinema, mas eu simplesmente não senti nada demais. Era só alguém com quem estava trocando saliva.

Quando nos afastamos e eu olhei para ele, já sabia o que queria.

Bernardo passou o resto do filme acariciando meu cabelo e me roubando beijinhos. Deixei que ele fizesse isso — depois a gente conversava em paz.

Quando saímos do cinema, de mãos dadas, ele perguntou se eu queria sair com ele na semana seguinte. Não pude deixar de reparar na expressão surpresa quando recusei o convite.

— O que foi? Não gostou?

— Não é isso! Foi um dia ótimo. Muito bom mesmo. Eu adorei sair com você, mas acho que da próxima vez a gente podia sair como amigos...

Bernardo me olhou e deu um sorriso meio triste.

— Mari, eu te acho uma garota incrível. Só um imbecil como o Eduardo não percebe isso — falou ele, tirando uma parte da minha franja que caía sobre meu olho.

— Por favor, podemos não falar sobre isso? Não tem nada a ver com ele ou qualquer outra pessoa. Eu que não tô me sentindo à vontade. Gosto muito de você, mas como amiga mesmo — confessei, um pouco nervosa. Será que Bernardo ficaria chateado? Já passei por experiências ruins demais com garotos que não sabem receber não como resposta.

Ele me olhou com compreensão. Não, Bernardo não era desse tipo de garoto.

— Eu queria que a gente tentasse ser um pouco mais que isso, mas posso me acostumar a ser só seu amigo. Mas acho que a gente tinha que marcar uma maratona Tarantino qualquer dia desses. Você precisa aprender a apreciar a boa arte tarantinesca!

Eu ri e concordei. Até que o banho de sangue tinha sido bem legal, no fim das contas.

▶ ‖

Não foi tão difícil reencontrar Bernardo na escola. Ele sempre me surpreendia: conhecia vários garotos que teriam uma reação oposta à dele depois de uma menina dizer que só queria amizade. Boa parte dos garotos morria de medo da tal inexistente *"friendzone"*, como se amizade fosse o maior castigo possível. Felizmente, Bernardo não era um desses garotos. Ele entendeu muito bem o que aquele beijo esquisito no cinema representou e continuou falando comigo normalmente. Menos mal! Estava tão acostumada com minhas (ex-)amigas comentando como ficar com um amigo pode estragar o relacionamento, que já estava com medo de algo mudar entre nós dois.

Bem que eu queria sentir alguma coisa pelo Bernardo! Ele era muito fofo, mas ultimamente só o Arthur fazia meu coração perder um pouco o compasso durante uma conversa. Na verdade, ele não perdia o compasso: ele batia em ritmo de bateria de escola de samba!

Conversava todos os dias com Arthur pela internet, telefone ou SMS. Um viva para as ligações baratas para celulares da mesma operadora e pacotes de mensagem de texto, porque, se não fosse isso, ganharia um novo castigo só por causa da conta do celular. Mas não o via pessoalmente desde que peguei meu aparelho de volta.

Entre nossas conversas diárias, mencionei minha pequena dificuldade – na verdade, minha grande deficiência – em matemática e qualquer matéria envolvendo números. Eu tinha poucos dias para aprender o básico sobre o assunto, para ao menos não zerar a parte de exatas no vestibular e pedir a Deus por um milagre que me fizesse acertar todas as questões de humanas.

Quando mencionei isso, Arthur instantaneamente se ofereceu para me ajudar a estudar as equações principais, que eram imprescindíveis para conseguir resolver qualquer questão.

– Você sabe somar, subtrair, dividir e multiplicar? – zombou ele ao telefone quando se ofereceu para me ajudar.

– Do jeito que as coisas andam, provavelmente até isso eu faço errado! – confessei, mostrando minha total falta de sintonia com a parte lógica do meu cérebro.

– Se você sabe isso, de resto a gente dá um jeito.

Combinamos o seguinte esquema: todos os dias, entre sete e oito da noite, ele viria à minha casa para me ensinar algum assunto relevante. Para mim, parecia exploração, mas ele fez questão de repetir que não era incômodo algum. Se ele dizia isso, quem era eu para contradizer?

Nas palavras dele: "Tem que ser na sua casa, pra sua mãe ficar de olho e não achar que eu sou algum maluco ou algo do tipo", o que provavelmente tinha passado pela cabeça da minha mãe em algum momento, enquanto ela nos ouvia conversando sobre todo tipo de assunto ao telefone.

– Hoje que aquele seu amigo vem aqui, Mariana? – perguntou mamãe, desconfiada por me ver sair do banheiro um pouco mais arrumada do que costumava ficar em casa. – Você não acha que está muito emperiquitada? – comentou, tirando essa palavra do fundo do baú.

Eu tinha colocado um vestido branco, rendado, com manguinhas e saia ampla, que ficava um pouco acima do joelho. Meus cabelos castanhos estavam soltos e molhados. Confesso que talvez o vestido fosse um *pouquinho* além da conta, arrumado demais, mas para contrabalançar, estava de Havaianas.

Confesso que passei um batom clarinho, coloquei brincos de pedrinhas e caprichei no perfume. Talvez eu realmente estivesse tentando chamar atenção...

– Não entendo você! Se eu não me arrumo, reclama, se eu me arrumo, reclama. Se decide... Eu sempre gostei de ficar bonitinha, você sabe – respondi.

– É, mas nos últimos tempos você anda bem molambenta – observou ela.

– Mãe! – exclamei. – Isso lá é jeito de falar?

– Ah, filha... De vez em quando mãe tem que dizer umas verdades, né? É melhor que eu fale do que alguém de fora. Mas você está lindinha hoje, arrumadinha como eu gosto de ver – disse ela, aprovando meu visual. – Só por causa desse tal de Tuca, né? Ainda não sei se gosto dele, vamos ver...

Era melhor ignorar! Deixei pra lá e, às 18h55, me coloquei ao lado do interfone, esperando o porteiro interfonar e anunciar a chegada do Arthur. Talvez eu estivesse um *pouquinho* ansiosa.

– Ih, tá fazendo plantão? – perguntou Melissa assim que entrou na cozinha, às 19h01, procurando algo na geladeira. Ela olhou primeiro para o interfone, depois para mim.

– Não enche, Mel – rebati e fiz cara de poucos amigos. Minha irmã deu de ombros, virou de costas e voltou para o quarto, mastigando uma maçã.

Às 19h16, eu já estava achando que ele tinha se perdido ou desistido de vir. Quando o interfone tocou, às 19h21, eu pulei assustada e atendi imediatamente.

– Dona Mariana? – perguntou o porteiro, ao ouvir minha voz. – Tem um rapaz aqui... Como é seu nome mesmo? – disse, afastando o fone da boca. – É um tal de Tuca? Ai, sei lá, nome esquisito. Ele quer subir. Pode deixar?

– Tá esperando o quê? Manda ele subir! Não precisa perguntar da próxima vez – informei, só então percebendo que tinha soado extremamente ríspida.

O porteiro pediu desculpas e desligou. Abri a porta do apartamento e corri para a frente do elevador, esperando Arthur aparecer. O elevador apitou, as portas se abriram e ele veio em minha direção. Me deu um beijo na bochecha para me cumprimentar e só isso já me deixou um pouco aérea. O que estava acontecendo comigo?

Eu sabia o que era – ou pelo menos, tinha ideia. Talvez fossem as conversas sobre frivolidades ao telefone, os SMS em momentos entediados ou o simples fato de ele ter sido completamente legal comigo no dia do show – e em todos os outros dias. Eu conhecia aquele sentimento, mas há muito tempo não o sentia. Mas não queria pensar naquilo, afinal, da última vez que senti borboletas no estômago, o Eduardo entrou na minha vida.

– E aí, demorei?

– Não, imagina – menti. Para um padrão normal, ele não demorou. Mas para mim, pareceu uma eternidade. – Vamos entrar? – convidei, percebendo que estávamos parados ali, eu sem fazer nada, há pelo menos alguns segundos.

O levei até a mesa da sala, onde estavam espalhados meus cadernos e livros. Minha atenção deveria estar voltada apenas para a matemática.

– E aí, no que você tem dúvidas? – perguntou ele. Mas eu só conseguia prestar atenção em como ele estava vestido: bermuda xadrez, sandálias de couro – que ele insistiu em tirar antes de entrar, mesmo que minha mãe dissesse que não precisava – e uma camiseta bege. A barba por fazer e o cabelo meio despenteado davam um aspecto natural, desleixado, mas no bom sentido. – Eu não sei muita coisa, tem pouco de matemática em arquitetura, mas eu peguei algumas matérias optativas dessa área e sempre fui bom nisso no ensino médio.

– Eu tenho dúvidas em tudo, *tudo*! Nada disso entra na minha cabeça – confessei, desesperada.

– Calma! Eu não sou milagroso, mas vamos ver se a gente encontra um ponto de partida – disse Arthur, rindo.

Ele vasculhou meus cadernos e as provas dos vestibulares passados que eu imprimira pela manhã. Fiquei envergonhada ao vê-lo ler todas as minhas interrogações ao lado das questões, meus cálculos que nunca chegavam a resultado algum e meu garrancho, que piorava à medida que a questão ficava mais complicada.

– Essa daqui é fácil... – constatou ele, apontando para uma das questões que eu mais havia me descabelado para fazer. – Mas é uma pegadinha, então você precisa substituir esse número e...

Em uma hora e meia, consegui tirar mais dúvidas do que em um ano inteiro. Não sei se queria impressionar meu professor, mas Arthur explicava muito bem e me esforcei para compreender o que ele dizia. Nem percebi a hora passar, mas quando olhei para o relógio da sala, chamei atenção de Arthur.

– Olha a hora! Eu abusei de você...

– Que nada, foi bom. Eu até relembrei umas coisinhas que havia esquecido. Terminei a escola há tanto tempo!

Depois de me ensinar todas aquelas equações malucas, Arthur foi obrigado por mamãe a ficar para comer pastéis – que ela não preparou, é claro: comprou tudo na padaria da esquina.

Tenho certeza de que ela simpatizou com Arthur, especialmente porque ele parecia bem comportado, sem nenhuma intenção escondida, para minha tristeza. Mas eu podia sentir, pela forma como minha mãe o olhava, que a diferença de idade entre nós dois a deixava com uma pulga atrás da orelha.

— Eu te falei? — perguntei.

— Falou o quê?

— Do chilique que minha irmã deu esses dias na hora de experimentar o vestido de noiva.

Arthur sabia bastante sobre Melissa e suas constantes crises dignas de um episódio de *Bridezillas*.

— O que ela aprontou dessa vez?

— Olha só isso... — chamei atenção dele para o vídeo, que acabara de colocar para rodar no meu celular.

Na tela, uma repetição do ataque de diva da minha irmã no ateliê do Charles durante a prova do vestido. Eu não me lembrava, mas ela tinha pegado uma das almofadas que ficavam em um dos sofás e jogado longe durante o acesso de raiva. Era tão ridículo que era impossível não cair na gargalhada.

— Mariana, você precisa colocar isso na internet!

— Não me chama de Mariana, parece que você tá brigando comigo — pedi. — Mas será? A Mel vai ficar louca se descobrir que eu coloquei isso on-line.

— Você me chama de Arthur e eu também acho que você está brigando comigo. Vou continuar te chamando de Mariana. Quanto à segunda parte, ela não precisa saber! Você não tem aquele canal no YouTube? Manda esse vídeo pro meu celular porque eu tive uma ideia — informou ele.

Transferi o arquivo para o aparelho dele e, depois de acabarmos com todos os pastéis, nos despedimos. Arthur prometeu voltar no dia seguinte, e eu já estava ansiosa pela próxima aula.

▶ ||

Mais tarde, na mesma noite, Arthur me chamou no chat.

Arthur	
◆	Pode falar?
🐛	Posso sim!
◆	Editei aquele vídeo que vc me passou da sua irmã, quer ver?
	Enviar

Antes que eu dissesse sim, ele me passou um link para um vídeo restrito. Havia uma breve animação com uma montagem do rosto da Melissa, retirado do vídeo, no corpo do Godzilla e a música de abertura era a mesma que a do programa *Bridezillas*. Eu não me contive e comecei a rir. O vídeo do ateliê começou e alguns comentários irônicos pipocaram na tela. Um replay na expressão do Charles e a imagem aproximada da minha irmã enfurecida fechavam o vídeo.

Arthur	
🐛	Ficou genial! Como vc fez isso tão rápido?
◆	Também tenho umas habilidades secretas de edição de vídeo. ;)
	Enviar

Estava tentando descobrir alguma coisa que aquele menino não conseguisse fazer. "Menino" entre aspas. Não conseguia tirar da cabeça que ele já estava na faculdade – e no segundo curso – enquanto eu ainda me via às voltas com meus dramas de ensino médio.

Arthur	
🐛	Espera uns 10 min., tive uma ideia!
◆	O que vc vai fazer?
🐛	Vc já vai ver.
	Enviar

Quase 20 minutos depois, enviava um pequeno vídeo com comentários próprios sobre o surto da minha irmã e contando, rapidamente, outras histórias bizarras da Mel como noiva neurótica.

Arthur	
🐟	Vê se isso serve pra alguma coisa.
◆	Tô morrendo de rir. Acabei de ver o que vc mandou. Vc é mt engraçada, Mari. Vou juntar e já te mostro. Qual é mesmo o nome do canal?
🐟	Marinando. :D
◆	Mas seu nome nem é Marina. Tinha que ser "Marianando".
🐟	Mas "Marianando" nem existe! O verbo Marinar sim. E meu apelido é Mari. É um nome genial!
◆	Se você diz... Já pensou em contar mais histórias da sua irmã no canal?
	Enviar

Vídeos sobre a Mel na internet? Se eu fizesse aquilo, ela iria me matar. Mas suas histórias eram tão engraçadas... O mundo precisava ver.

Depois de algumas mensagens trocadas, durante a madrugada mais um vídeo estava disponível em meu canal.

17

Estudar com Arthur tinha virado parte da minha rotina. Ele aparecia na minha casa quase todos os dias, sempre disposto a tirar as minhas dúvidas.

— Esse Arthur tá doidinho por você — sentenciou a Nina em uma das nossas conversas.

— Que nada, Carina, não viaja! Nós somos só amigos — expliquei.

— Aham... Até parece que algum garoto vai perder tempo te *ensinando matemática* se não tiver outras intenções. Ainda mais sendo mais velho! Por favor, com certeza ele tem muito mais o que fazer.

— Mas esse é o tipo de coisa que a gente faz pelos nossos amigos, Nina.

— Então tá bem, se você quer bancar a cega, problema é seu. Mas só não vê quem não quer! Ele tá a fim de você, é óbvio. Aposto que você nem dá pistas que quer ele também.

— Carina...

— Não faz essa cara pra mim não, Mariana Prudente. Se ele pedisse pra sair com você, você iria na mesma hora. Tô errada? — perguntou minha melhor amiga, colocando a mão na cintura.

Não, ela não estava errada. Na verdade, todos os dias eu ficava esperando que ele me convidasse para ir ao cinema, tomar um sorvete, sair à noite... Qualquer coisa que demonstrasse que ele queria algo a mais comigo, e não apenas ser um cara legal que me ajudava a estudar para o vestibular e conversava comigo sobre todos os assuntos.

— Ficou quieta, eu estou certa! Sabia, você está doida por ele — comentou a Nina a respeito do meu silêncio. — Não acho esse tal de Arthur bonito como você diz que ele é, mas quem tem que achar é você, né?

— Ah, Carina, para! Ele é uma gracinha — defendi, puxando meu notebook e abrindo o perfil dele. — Olha só esse sorriso. Você que tem o gosto estragado.

— Menos mal que eu não acho ele gato. Dá pra pegar, mas já vi muito melhores. O Eduardo faz mais o meu tipo.

— O seu tipo, o tipo da Heloísa e o tipo de um monte de gente, mas não faz mais o meu. É um idiota — respondi, rispidamente. — Não vamos entrar nesse assunto.

Ficamos em silêncio por alguns segundos. Carina parecia arrependida pelo comentário, mas insistiu.

—Você ainda sente falta dele, não é, Mari?

Suspirei. Eu não gostava de falar daquilo, queria soterrar cada lembrança que envolvesse o Eduardo e as circunstâncias que nos levaram ao fim do namoro. Mas quando você tem um relacionamento duradouro com alguém, é impossível se ver sem aquela pessoa de uma hora para a outra e não sentir falta. Por mais difícil que seja o fim, a dor da ausência sempre irá existir.

Eram poucos os momentos em que eu me permitia lembrar dele, do que houve de bom em nosso relacionamento. Fora daqueles instantes, eu sempre reforçava as memórias ruins, colorindo-as ainda mais, deixando-as mais marcadas em minha mente. Era assim que eu tentava afastá-lo ou transformar aquele amor que eu ainda sentia em ódio, para ver se, assim, ele ia embora da minha vida e a saudade deixava de doer.

Mas, por mais que eu tentasse, era impossível esquecer do amor que eu senti por anos. Eu compartilhei com o Edu a minha melhor parte — se não fosse assim, não teríamos namorado. E, na verdade, eu morria de saudade de como ele fazia cafuné enquanto assistíamos a algum filme abraçadinhos no sofá; da voz que sussurrava meu nome após um beijo mais quente; de ficar com o telefone na orelha por minutos, escutando apenas a respiração dele; de sentar na arquibancada do ginásio da escola enquanto ele jogava futebol e torcer por um gol que ele dedicava para mim com o sorriso mais lindo do mundo.

Eram as pequenas coisas que doíam mais. A falta que eu sentia dele, às vezes ,era mais forte do que toda maldade que se seguiu ao nosso fim, mas eu a esmagava todas as manhãs, senão eu jamais conseguiria levantar. Eu sentia falta de ter companhia, de receber cócegas, do beijo roubado no meio de uma discussão ocasionada por ciúmes e até mesmo dos gritos de dor quando eu espremia uma espinha nas costas dele, de surpresa. Sentia falta de alguém para segurar minha mão ou para encostar minha cabeça no colo. Por isso, dei à Nina a única resposta possível:

— Sinto, todos os dias.

E em tempos eu não tinha dado uma resposta tão sincera

▶❚❚

Jamais seria capaz de entender as pessoas: em um dia, todos me odiavam. No outro, por ter entrado no camarim do Tempest, boa parte da turma queria falar comigo, como se eu fosse uma espécie de celebridade. No terceiro, voltaram a me chamar de todos os nomes ruins possíveis, simplesmente porque eu não dei muita bola para quem tentou se aproximar de mim apenas por interesse. Talvez aquilo fosse um ótimo assunto para um vídeo na internet!

Resolvi não ligar tanto com as pessoas ao meu redor. Havia coisas mais importantes para ocupar minha mente, na verdade, apenas uma: vestibular. Porém, na semana da prova, só vi Arthur uma vez - ele também estava completamente atolado com projetos da faculdade. A Carina era outra que sumiu às vésperas do vestibular, se enfiando numa caverna repleta de livros e exercícios.

Com tudo isso acontecendo, fiquei mais tempo só, podendo pensar muito mais no que ela havia me dito a respeito do Arthur: se ele não tivesse algum interesse oculto, não se esforçaria tanto para me ajudar a estudar. Mas aquilo era ridículo! O que ele ia querer com uma pirralha como eu? Eu não deveria gastar meu tempo pensando em bobagens, mas sim dedicar toda energia aos meus estudos. Sabia onde tudo aquilo daria se eu continuasse ouvindo demais a minha imaginação e não estava pronta para me apaixonar – e quebrar a cara – outra vez.

Passei a semana tão concentrada revisando a matéria e refazendo antigas provas de vestibular que até me assustei quando, na tarde de sábado, véspera da minha primeira prova, Arthur apareceu na minha casa. Eu havia dito a ele que não queria estudar no sábado, apenas dormir, para descansar minha mente para o dia seguinte.

– Ué... Eu falei que a gente não ia estudar hoje! – comentei. Não dava para aprender nada de um dia para o outro, tudo que podia ser armazenado já fora.

– E quem falou em estudar? Troca de roupa que eu vou falar com sua mãe! – informou ele.

Incrível como algumas visitas e um pouco de lábia e simpatia podem mudar a opinião de uma pessoa sobre outra. Quando Arthur pisou aqui pela primeira vez, minha mãe fez cara feia e não parecia muito satisfeita por ver um cara mais velho que eu sendo meu amigo. Mas logo que conversou com ele e viu que estava ali *realmente* para me ensinar e me ajudar, ela mudou seu tom defensivo e já confiava no Arthur de olhos fechados – mesmo que o conhecesse há menos de um mês.

Arthur cochichou algo para minha mãe e voltou pouco depois, sorridente, e me chamou para sair. Corri até o quarto e troquei de roupa. Coloquei uma blusa laranja, um short jeans e uma sapatilha: não tinha tempo de me produzir demais, com certeza ele não ia esperar. Mas aproveitei para passar uma maquiagem leve, arrumei meu cabelo... Não ia sair toda desleixada!

Quando voltei para a sala, percebi que o olhar do Arthur passeou pelo meu corpo. Quis enfiar a cabeça num buraco, mas a forma como ele me analisou era inconfundível. Talvez Nina realmente tivesse razão.

– Nossa, você está linda! – assinalou ele. – Mas pra quê isso tudo?

– Que isso tudo, Arthur? Eu só coloquei uma roupinha básica – comentei. Tudo bem, não estava *tão básica assim*. Talvez eu tenha me arrumado *um pouquinho* a mais para que ele me notasse. Era uma roupa simples, mas tive cuidado de escolher algo bonito e que combinasse.

—Vamos? – perguntou, esticando o braço para que eu segurasse.

Descemos e caminhamos até o carro dele de braços dados, conversando. Toda aquela proximidade fazia correr uma descarga elétrica pelo meu corpo. Sentei no banco do carona, ainda curiosa, doida para saber onde nós dois estávamos indo, mas ele não contava nem por um decreto.

— Mas você é curiosa demais, hein? – brincou ele. – Vou te levar para meu lugar preferido na cidade. E quem sabe eu te levo pra fazer uma coisa que eu gosto pra caramba...

— E o que é isso que você "gosta pra caramba"? – perguntei, fazendo aspas com os dedos no final da frase.

—Você vai ver – falou Arthur.

Não sabia se gostava ou não da aura misteriosa que ele tinha. Na verdade, apesar de conversarmos muito, eu não sabia quase nada sobre o Arthur. Ele era uma pessoa muito reservada, mas passava a falsa impressão de ser alguém extrovertido. Era fácil confiar nele, mas ele não confiava fácil em ninguém.

Abusada como sou, abri o porta-luvas atrás de algum pendrive ou CD, mas não encontrei nenhum.

— Não tem música nesse carro? – perguntei.

— Mas você é folgada, hein? – implicou Arthur. – Pega minha mochila aí atrás – orientou ele, enquanto dirigia.

Soltei o cinto de segurança e me virei para pegar a mochila. Quando Arthur fez uma curva, quase caí por cima dele.

— Cuidado, garota! Quer matar a gente?

— Desculpa! – falei, pegando finalmente a bolsa e voltando ao meu lugar. A mochila tinha tantos bolsos e zíperes que, até encontrar o pendrive, já teríamos chegado ao tal lugar. – Me ajuda! Onde está isso?

— No bolso da frente – orientou Arthur. Finalmente! Pluguei o pendrive no rádio do carro e coloquei as músicas para tocar.

— Só tem indie rock? – perguntei, decepcionada.

— Como assim "só tem indie rock"? Você queria o quê? Boyband?

— Nada contra indie rock. Eu só esperava que você fosse um cara do metal ou sei lá.

Fomos ouvindo aquelas bandinhas desconhecidas até que reconheci o lugar para onde ele me levava. Estávamos subindo para o Parque da Cidade. Foi aí que a ficha caiu!

— Não pode ser o que estou pensando...

Arthur deu uma gargalhada sonora e, o que para ele era diversão, para mim mais parecia um pesadelo. Olhei pela janela do carro e, ao longe, podia ver alguém saltando de asa-delta e pairando no horizonte.

— Nem em sonho que você vai me levar pra voar nessa coisa! Você está maluco mesmo.

Ele não parava de rir enquanto eu entrava em pânico. O Parque da Cidade era o ponto de onde as pessoas pulavam de asa-delta. Juntei meus pontinhos: se lá era o lugar preferido de Arthur e ele queria me levar para fazer uma coisa que ele gostava "pra caramba", só podia ser aquilo. O que mais tinha para fazer ali, além de pular de asa-delta ou observar a vista?

— Eu já pedi pra você relaxar. Que coisa, Mari!

Arthur estacionou o carro e o que eu mais queria era sair correndo dali, fugir para qualquer outro lugar. Eu *morria* de medo de altura e nunca fui a pessoa com maior espírito aventureiro do universo. Além disso, era muito nova para morrer estatelada no chão.

—Vem, Mari! — chamou ele, abrindo a porta do carona.

— Ah, mas eu não saio daqui nem que a vaca tussa, o boi espirre e o sol vire uma bola de gelo!

— Deixa de ser exagerada. Você não vai voar hoje, vem pra cá.

— Mas e a coisa que você "gosta pra caramba" e queria que eu fizesse?

— Só vou te mostrar se você sair do carro. Mas vem logo.

— Promete que não vai me fazer pular nesse treco? — perguntei, apontando para um grupo que se aprontava para saltar.

— Prometo! Nem tenho como te obrigar a fazer isso. Vem comigo! — pediu mais uma vez, estendendo a mão para mim. — Já disse que hoje você não vai voar.

Não sei se deveria ficar aliviada com o fato de que não iria voar ou preocupada por causa do *hoje* na frase, dando a entender que no futuro um salto era uma possibilidade. Mas, talvez isso fosse uma coisa boa, porque se o hoje significa futuro, quer dizer que ele pensa em me encontrar outras vezes. Sorrindo mais do que uma pessoa assustada deveria, confiei em Arthur, segurei sua mão e saí do carro.

Uma leve brisa passava pela gente, deixando o clima ainda mais agradável. Arthur, ainda segurando a minha mão, me guiou até o grupo de rapazes que já se preparava para saltar. Corajosos!

— E aí, cara! — gritou um deles, acenando para Arthur.

— Fala, galera, essa aqui é a Mari — apresentou Arthur aos meninos, que disseram seus nomes em resposta, mas não decorei nenhum. — Eu a trouxe pra ver todo mundo saltar e quem sabe tomar coragem pra fazer isso no futuro?

— Coragem? Nunca que eu tomo coragem pra fazer uma loucura dessas... — respondi. — Sem querer ofender.

Todo mundo riu. Um dos meninos começou a me explicar como funcionava os procedimentos de segurança para o voo, mas eu não entendi nada. Estava nervosa por eles! Parecia que tudo que ele dizia só era reproduzido no meu cérebro como uma série de palavras desconexas.

O lugar era maravilhoso. A pista dos saltos era no alto de um morro, não muito longe da praia. Então, lá de cima, podia-se ver o mar e boa parte da cidade. Ter aquela vista do alto me dava a sensação de ser dona do mundo, ao mesmo tempo que me sentia uma formiguinha, comparada à imensidão lá embaixo. Não havia sensação mais estranha do que aquela: uma liberdade misturada com a constatação de que você é uma parte mínima do mundo.

Costumava ir lá quando criança com meus pais para apreciar a vista, mas nunca me aproximei da beira da pista nem por um decreto! Assim que ela acabava, havia o nada. Para mim, era um abismo. Quando o primeiro dos meninos correu até a ponta da pista e saltou, tive a impressão de que ele se jogava de um precipício. Até fechei os olhos, nervosa, imaginando que ele iria encontrar um fim trágico caindo nas árvores. Morria de medo de altura!

– Abre o olho, Mari. Você vai gostar de ver – garantiu Arthur.

Eu abri. E foi no exato momento que o garoto deixou o chão e planou no céu como um pássaro. Era realmente bonito de se ver.

Qual seria a sensação de voar, sentir o vento no rosto e imaginar, por um segundo, que você tem asas que podem te levar para onde quiser? Por um momento, fiquei com vontade de saber. Mas não tanta vontade a ponto de criar coragem para fazer um voo.

– Não é surreal? – perguntou Arthur a mim, enquanto nós dois, sentados, observávamos o amigo dele ficar cada vez menor no céu, sumindo em direção ao sol.

– E desesperador!

– O que é a vida sem um pouquinho de aventura? – provocou. Ficamos em silêncio por alguns minutos, aquele tipo de silêncio confortável. Ao longe, podia se ver a praia, onde mais uma asa-delta havia pousado na areia. Enquanto isso, outro amigo de Arthur se jogava no ar, para ser levado pelo vento. – E aí? Ansiosa para amanhã?

– Ansiosa, sim. Nervosa, não. Suas aulas me deixaram um pouco mais tranquila – confessei. – Agora eu sei que não vai ser um desastre tão grande.

– Você vai se sair bem – disse ele.

– Eu não sei. Acho que não. Mas eu não sei se quero entrar pra faculdade agora – confidenciei. Era incrível como era fácil conversar sobre minhas dúvidas com ele. – Eu queria mesmo fazer um intercâmbio, conhecer lugares diferentes. Amadurecer um pouquinho, sabe?

– Eu já te acho bem madura... Mas se é isso que você quer, por que não tenta?

– Se fosse fácil assim... Eu ia fazer um intercâmbio esse ano. Pro Canadá. Cheguei até a tirar o visto. Seria a melhor coisa do mundo, ir pra longe da escola e daquela gente toda... – divaguei. Só então percebi que, se continuasse falando, ele faria perguntas que não estava pronta para responder. – Mas não deu...

— Por que não? — perguntou ele. Já havia contado alguns detalhes, mas nunca gostei de amolá-lo com histórias da minha vida. Suspirei.

— O casamento da minha irmã. Ficou para outra hora, meus pais estão gastando o dinheiro todo com isso — respondi, tentando não me estender no assunto.

— Ah, depois você consegue fazer o que quer — disse, tentando me animar. — E sua irmã, anda menos louca?

— Essa semana eu nem falei com ela direito, porque eu só estudo, e ela só trabalha, tenta se ajeitar com a faculdade e prepara as coisas do casamento. É por isso que está enlouquecendo... Não tem tempo nem pra ela!

— Eles podiam esperar um pouco, né? Enfim, não sei do que estou falando, nem os conheço pra dar opinião.

— Sem problemas! É a mais pura verdade: eles *deveriam* esperar. Mas vai dizer isso pra quem está apaixonado?

— Verdade. Isso me lembra aquela frase que diz que o coração tem razões que a própria razão desconhece — divagou ele. Arthur pediu licença e foi até o carro. Pouco depois, ele voltou com duas latinhas de refrigerante e um pacote de batata chips. — Não é o melhor lanche, mas dá para quebrar um galho — disse, entregando a minha latinha.

— Tá brincando? Eu amo Coca-Cola e batatinha! — exclamei, entregando meu espírito de gorda. — Mas eu já falei muito de mim hoje. Está na hora de falar sobre você...

— Ok... Eu já fiz intercâmbio! — contou, enfiando um punhado de batatas na boca logo em seguida.

— Sério? Pra onde? Quando? Como foi?

— Eu fui pra Espanha assim que terminei o ensino médio. Fiquei seis meses fora. Uma amiga tinha ido fazer faculdade por lá, e eu achei que seria uma boa ideia passar uns meses treinando meu espanhol e fazendo outra coisa da vida enquanto a faculdade não começava. Eu só tinha passado para o segundo semestre, então aproveitei que essa amiga ia e fui também.

— E ela? — perguntei, curiosa para saber quem era aquela amiga que o fez mudar de país.

— Ela continua lá. Vai terminar a faculdade na Espanha. Parece que vai se casar também — contou. Algo no tom de voz dele era meio desconfortável, mas eu não conseguia evitar continuar falando sobre aquilo.

— Casar? Mas quantos anos ela tem? Vinte e já vai casar? — perguntei. Aquela ali era mais apressada que minha irmã!

— A gente pode deixar esse assunto para outro dia? Hoje eu não quero pensar nisso — confessou ele, se aproximando de mim.

Eu não tinha nenhum compromisso com o Arthur, mas morri de ciúmes com a menção da tal "amiga". Por trás da sua fala, podia sentir que havia uma história muito maior. Senti meu humor murchar. Uma garota que eu sequer sabia o nome e estava separada de nós por um oceano conseguia me deixar incomodada. Com certeza Arthur percebeu meu desconforto, pois logo mudou de assunto.

Era fácil conversar com ele. Eu sequer sentia o tempo passar e, rapidamente, já tinha esquecido da menina na Espanha.

Ficamos conversando até o sol se pôr. Eu não queria ir embora, a sensação de estar ali era muito boa. Me sentia em um filme que eu não queria que acabasse. Mas no dia seguinte, precisaria estar de pé cedo para fazer a prova da estadual e precisava descansar.

– Vamos embora, mocinha? Amanhã você precisa acordar cedo – lembrou Arthur. – Depois a gente volta aqui. Se você passar no vestibular, vai ter que voar de asa-delta mesmo! – informou ele.

– Isso foi um incentivo pra eu passar? Porque com uma ameaça dessas, eu nunca quero passar no vestibular – constatei, brincando.

Arthur riu e me deu um abraço, um abraço tão forte e sincero que me deixou sem ação. Meu rosto enterrou no peito dele, enquanto sentia suas mãos acariciando meus cabelos. Meu corpo inteiro tremeu.

Eu sentia que algo iria acontecer e me enchi de expectativa.

Não estava muito acostumada àquele sentimento de pernas tremendo e coração acelerado. Parecia uma eternidade desde que sentira aquilo pela última vez, há quase três anos, quando conhecera o Eduardo. Ele foi o primeiro que fez minhas pernas tremerem daquele jeito e, até então, o único.

Eu pensava que existia algum padrão para se apaixonar – porque, agora, parecia que era isso que estava acontecendo: eu estava me apaixonando. Ou talvez já estivesse apaixonada de vez. Enquanto Arthur acariciava meus cabelos, eu o comparava involuntariamente com Eduardo. Não havia nada em comum entre os dois, ou pelo menos algo que eu conseguisse enumerar. Mas eu não conhecia Arthur o suficiente e o tempo me mostrou que também não conhecia meu ex-namorado, com quem fiquei junto por quase três anos.

Ao contrário das meninas da minha idade, que beijavam mais de um por noite, eu só beijara três garotos a vida inteira – além do Bernardo. Eu não me importava com quantos caras as outras garotas ficavam, isso não diz nada sobre ninguém. Mas nunca me senti muito confortável para beijar estranhos ou ficar com muitos meninos. Até ficar com Bernardo foi um pouco fora dos meus padrões e, assim que terminamos de nos beijar aquele dia, percebi que realmente não gostava desse lance de "ficar por ficar". Para mim, não funcionava. Tem que ter algo além envolvido.

O meu primeiro beijo foi um desastre, aos treze anos, em uma brincadeira de Verdade ou Consequência. O segundo foi Eduardo, que eu beijei inúmeras vezes durante um bom tempo. E o terceiro, bem... Eu não gostava de contar meu terceiro beijo. Aquele eu gostaria de apagar da memória!

O quarto beijo foi com o Bernardo. Não me arrependia de ter ficado com ele, mas para mim não teve significado nenhum. Com 17 anos e só quatro garotos na lista? Perto da Helô eu era uma aberração. Aquilo era o tanto de meninos que ela ficava em dois meses, no máximo.

Em questão de números de garotos que havia beijado, minha experiência era mínima. Não sei o que me fez tomar a iniciativa de aumentar o meu quadro: o clima, o abraço, a carícia nos cabelos... Mas resolvi que era hora de acrescentar o quinto nome à minha lista.

Levantei meu rosto e meus olhos se encontraram com os do Arthur. Eu não sabia muito do que ele tinha vivido até então e havia três anos de diferença separando nossas escolhas, nossos desejos e gostos. Talvez, se eu desse um passo a frente no momento errado, fosse me arrepender depois. Mas nada disso parecia importante naquele momento.

O que eu mais queria naquele segundo era sentir o gosto dos lábios do Arthur.

Então, eu o puxei para um beijo e ele correspondeu.

18.

Aquela pessoa não era eu. A Mariana que eu conhecia não tomava iniciativas. Talvez por nunca ter sentido essa necessidade, talvez por medo de rejeição.

E quer saber? Foi muito bom vencer essa barreira.

Depois de terminarmos o beijo, ele sorriu para mim, respirando perto da minha boca. Eu sorri de volta, sentindo que ia explodir por dentro a qualquer momento.

– Uau! – sussurrou. E como um gesto vale mais do que mil palavras, me beijou outra vez.

Não sei se era apenas impressão ou efeito de muita prática, mas meus beijos com Eduardo me pareceram mais sincronizados. Na primeira vez que beijei Arthur, parecia que nós dois estávamos tentando nos acostumar um ao outro, encontrar o ritmo certo. Não foi tão estranho como beijar Bernardo, com quem eu não senti química alguma. Foi só uma sensação de estranheza, de explorar o desconhecido.

Eu sentia a mão dele subir e descer pelas minhas costas, o receio que ele tinha de me puxar mais para perto, como se isso pudesse me ofender de alguma forma. Mas eu só queria mais! Ele queria ir com calma. Eu sentia através do toque dele, da forma como ele puxou meu cabelo de leve, que sua vontade era ir além, mas se segurava com medo, sem saber onde estava pisando e até onde era permitido avançar.

Por mais que eu quisesse gritar que não estava nem aí para as boas maneiras, eu resolvi alimentar o lado "bom moço" a que ele pertencia.

Beijar Arthur era bom, novo, quase um experimento. Nenhum dos dois tinha muita certeza do que estava fazendo ou, ao menos, era isso que eu sentia através da reticência dele em avançar. Eu estava me acostumando a ele, ao seu toque e ao seu beijo. Ele estava se acostumando à nossa diferença de idade, ao que seria certo ou não. Como era possível perceber tudo aquilo em tão poucos segundos?

Nos separamos mais uma vez e eu estava sem fala. Arthur me olhou, em silêncio, e segurou minha mão.

– Vamos pro carro?

Olhei para ele, claramente confusa. Então, ele começou a rir, finalmente entendendo o que havia se passado pela minha cabeça. Nervosa, eu ri também, sem saber se o riso dele era uma confirmação ou uma negação. Mas enquanto Arthur gargalhava genuinamente, eu não sabia o que estava acontecendo.

— Mari, não é nada disso — esclareceu ele, me deixando aliviada e constrangida, tudo ao mesmo tempo. — É que está escurecendo e é perigoso ficar aqui. Vamos pro carro de "vamos embora". A gente pode ir a outro lugar no caminho, se você quiser.

Minhas bochechas coraram, e eu me senti um tanto quanto ridícula, porque havia insinuado algumas coisas apenas com minha expressão. Entrei no carro em silêncio, ainda constrangida. Arthur percebeu que eu estava corada com toda a situação e ficou em silêncio, respeitando o tempo que eu precisava para assimilar tudo e me recompor. Depois de alguns minutos, perguntou:

— Você quer ir à sorveteria?

— Não, obrigada. Preciso ir para casa descansar pra amanhã — disfarcei. Se ele tivesse me perguntado isso assim que terminamos de nos beijar, a resposta seria sim, mas agora eu só queria enfiar minha cabeça na terra, como um avestruz. Que furo que eu tinha dado!

— Lógico! Você tem que arrasar amanhã — disse ele, sorrindo para mim.

Passei o resto do caminho olhando pela janela, sem graça. De vez em quando, olhava para Arthur de rabo de olho.

Quando ele estacionou em frente ao meu prédio, eu definitivamente não sabia como me despedir. Um abraço? Beijo na bochecha? Selinho? Beijo de verdade? Optei pela opção mais segura: um beijo na bochecha — que ele desviou e acabou se transformando em um selinho.

— Boa prova — desejou ele.

— Obrigada! Eu adorei o dia de hoje. E eu quase esqueci da prova de amanhã.

— Que bom — disse ele. — Você precisava relaxar. Me liga amanhã quando sair da prova! Quero saber se você se deu bem em exatas.

Concordei, mas logo saí correndo para casa, ainda um pouco confusa sobre como as coisas iriam andar dali para frente. Eu não conhecia Arthur o suficiente para saber como ele agiria, o que aconteceria em seguida. Com certeza ele estava acostumado a ficar com as meninas e depois deixar para lá, cada um segue seu rumo — basicamente o que havia acontecido entre eu e o Bernardo. Eu não tinha um manual nem experiência suficiente para saber como agir nessas ocasiões, ainda mais com ele sendo mais velho que eu e acostumado com outro tipo de garota.

Só havia uma solução: eu precisava da ajuda da Mel, porque se havia uma pessoa que poderia me ajudar nesse assunto, era ela. Entrei em casa correndo e gritando o nome da minha irmã. Melissa estava no quarto, folheando — adivinhem! — uma revista de noivas.

— O que foi, garota? — perguntou a Mel, assim que me viu entrar no quarto, um tanto esbaforida.

— Eu preciso da sua ajuda — informei.

Estava na hora da minha irmã retribuir todas as vezes que a ajudei a se arrumar para um encontro e não passar vergonha, combinando cores e estampas erradas ou maquiada como um palhaço. Acredite: minha irmã era tão sem noção de combinação de cores e tão desastrada com um pincel de blush que conseguia um feito desses em poucos segundos. Ela precisava reconhecer a grande ajuda que eu havia dado até então.

— Pode falar — disse ela, continuando a folhear a revista de noivas, sem dar muita atenção para o que eu dizia. Irritante!

— Sabe o Arthur? — perguntei. Ela apenas acenou, fingindo que não sabia para onde nossa conversa estava caminhando. — É que... hum... é que... — balbuciei. Droga! Como eu falaria disso com ela?

Melissa e eu sempre nos demos relativamente bem, mas nunca fomos do tipo de irmãs que fazem confidências. Havia uma barreira que me impedia de conversar certos assuntos com ela. Eu geralmente guardava meus segredos e dúvidas para mim — no máximo, para as minhas amigas.

— Ih, tá apaixonadinha! — implicou ela.

— Não é nada disso, garota! Deixa de ser implicante e me escuta...

— Eu estou escutando, você que não conta!

— Sua insensível! Não dá pra falar de uma vez só... Tudo bem, lá vai: hoje eu e o Arthur nos beijamos.

— E qual o problema? Ele beija mal? Você não queria?

— Não, nada disso! É que... Nossa, agora estou me sentindo uma idiota — confessei.

— Por ter beijado o menino? Mas ele é tão bonitinho... E nem é menino, né, dona Mariana? O garoto é bem mais velho que você. Quase a minha idade! Sei não, mas se mamãe souber que você tá a fim dele, muda a opinião sobre esse tal de Tuca em dois segundos — alertou minha irmã, como se eu não soubesse.

— Não é sobre isso que quero pensar agora. Tem tanta coisa! Eu só me meto em confusão... — divaguei. — Eu não sei o que vai acontecer depois nem quero muito pensar nisso, mas *esse* é o problema. Eu não faço ideia do que fazer em seguida, como agir. Por que é tão complicado?

— E desde quando a vida é fácil? Especialmente a amorosa... — alertou ela. — Aja normalmente. Espere ele tomar o próximo passo, se tudo aconteceu de forma tão inesperada. Você vai saber como agir — completou. Ela soou como o mestre Pai Mei dos relacionamentos (essa eu aprendi com o Bernardo, que me pediu para assistir *Kill Bill*, mais um filme do Tarantino. E não é que eu gostei?).

Minha irmã falava de um jeito que fazia tudo parecer mais simples do que era.

Saí do quarto dela mais confusa ainda, troquei de roupa e escovei os dentes. Afundei minha cabeça no travesseiro, tentando afastar todos os pensamentos que borbulhavam em minha cabeça. Eu precisava dormir e descansar para o vestibular.

De repente, senti que tudo que estudei até então havia fugido da minha mente. Foi só encostar a cabeça no travesseiro para esquecer a diferença entre meiose e mitose e só pensar no Arthur. E, como meu cérebro só pensava nele, fiz a maior burrada que uma garota pode fazer no início de um relacionamento: mandei uma mensagem antes dele.

Não consigo dormir. Tô preocupada com amanhã!

Quis ligar para a Nina, mas certamente a mãe dela provavelmente já a tinha obrigado a dormir. Quase morri enquanto esperava a resposta do Arthur, parecia que nunca chegava!

O maior problema da tecnologia é esse: se a pessoa demora a responder uma mensagem, eu já acho que fui ignorada. Se o chat acusa que a pessoa leu minha mensagem, mas ainda não respondeu, automaticamente eu acho que a pessoa não suporta mais me ouvir falar. A última coisa que passa pela minha cabeça é que a outra pessoa está pensando em algo melhor para dizer, ou que está ocupada ou não viu a mensagem. Eu só espero o pior. E, naquele momento, 40 minutos depois de enviar a mensagem para Arthur e nada de volta, eu estava pensando que ele não queria mais saber de mim. Não sabia o que ele esperava agora — na verdade, o que eu sabia sobre ele?

Não muita coisa, além de ele estar na segunda faculdade, trabalhar com o pai na Lore, ser bom em matemática e ter amigos que saltam de asa-delta. Também fez intercâmbio para a Espanha e deixou por lá uma menina por quem ainda provavelmente era apaixonado. Sabia uma coisa ou outra do seu gosto musical e cinematográfico, gostava do senso de humor dele e também da sensação de proteção que ele me passava, mesmo que eu *não precisasse* ser protegida. Mas e o resto?

Uma pessoa era composta por tantas camadas... Eu, com certeza, havia me encantado apenas pela mais superficial: o olhar, o físico, a voz. Foi então que me dei conta que tinha vontade de conhecer mais sobre ele, mas sentia muito medo de descobrir algo que me desencantasse. Havia construído uma imagem perfeita dele, não queria destruí-la.

Olhei para o celular mais uma vez, esperando uma resposta, mas nada havia chegado. Sem conseguir dormir, liguei o computador.

Enquanto ele iniciava, olhei para a parede, para o pôster do mapa colado ali. Havia ímãs em diversos pontos do Brasil e dois nos Estados Unidos. Eu queria encher aquela imagem de pontinhos coloridos, até não conseguir enxergar nenhum continente atrás dele.

Às vezes, pensava se minha vontade de viajar o mundo também não era uma forma de tentar escapar da minha realidade, fugir das pessoas que me deixaram tão mal.

Digitei minha senha e abri o perfil da Heloísa na internet. Era um pouco de curiosidade, mas muito mais a vontade de sofrer mesmo. Parecia que eu gostava de ver que todas as coisas estavam certas para outras pessoas!

A principal foto do perfil era uma imagem da Helô e do Eduardo se beijando, como sempre. A página inteira era composta por declarações de amor ou compartilhamento de imagens românticas, todas completamente bregas. Além de fotos e mais fotos dos dois, nos mais diversos momentos – e umas dez fotos iguais em *cada* momento. Haja criatividade! Aquilo não ia me levar a lugar algum. Resolvi fechar a página e olhar os comentários e visualizações do vlog. Desde que havia postado o vídeo sobre a Mel, na semana anterior, não havia mais aberto o YouTube.

Abri o vídeo e quase caí para trás ao notar que o contador apontava mais de 50 mil visualizações! Aquilo era impossível. Provavelmente eu estava enxergando tudo errado por causa do sono. Mais de quatro mil pessoas curtiram o vídeo e havia vários comentários embaixo, mas também havia mais de 100 notas negativas! Nos comentários, alguns julgavam a Mel, outros *me* julgavam, diziam que o vídeo era uma porcaria, mas muitos riam e pediam mais.

De repente, eu me dei conta: 50 mil pessoas conheciam meu rosto. E se continuasse daquele jeito, muitas outras iriam assistir ao vídeo. Eu ainda não estava computando direito. Era melhor dormir. Certamente eu estava sonhando acordada.

19

Como sempre, acordei amaldiçoando o despertador e pensando que deveria mudar a música que me acordava todos os dias. Nada estragava tanto uma música quanto colocá-la como despertador — só perdia quando alguma canção era associada a um romance malsucedido.

Só então me dei conta: era dia da minha primeira prova do vestibular! Olhei meu celular e havia duas mensagens não lidas.

Boa sorte pra gente!!!!

Era o que Carina havia digitado. Respondi com uma carinha sorridente e mais um desejo de boa sorte. Com certeza ela iria muito bem na prova. Se ela fosse mal, não queria nem imaginar o que aconteceria comigo. A segunda mensagem, para meu alívio, era de Arthur.

Vai dar tdo certo hj! Ontem não te respondi pq tava numa festinha com uns amigos. Dps quero saber como foi. Bjs.

Dúvidas resolvidas! Ele estava numa festa com os amigos, por isso não tinha respondido minha mensagem. Não fui ignorada, como pensei, mas isso não melhorava nada a situação. Festa significava meninas bonitas, mais velhas e independentes, todas à sua volta, enquanto a pirralha aqui precisava dormir cedo para prestar vestibular na manhã seguinte.

Esquece isso, Mariana, ordenei para mim mesma. Mas toda vez minha mente voltava a uma cena que eu mesma havia criado: Arthur lindo daquele jeito, cercado de várias meninas maravilhosas — loiras, olhos claros, corpão — dançando à sua volta, todas dando em cima dele, enquanto eu tentava dormir. E nenhuma delas precisava de identidade falsa para se divertir de noite! Mas o que estava pensando? Nem era namorada dele. Um beijo não significava nada.

Tomei banho, troquei de roupa, mas a cena não saía da minha cabeça. *Cérebro, dá para você pensar em fórmulas matemáticas, plantas, gramática, esse tipo de coisa? Não é o momento!*, ordenei, mas parecia que minha cabeça não fazia muita questão em mentalizar o que era pertinente no momento.

— Anda logo, Mariana! Você não quer perder a prova, né? — disse mamãe, me apressando.

Peguei cinco canetas azuis, seis lápis e duas borrachas. Meu sobrenome não era Prudente à toa! E se a ponta do lápis quebrasse, a borracha caísse no chão, as canetas falhassem? Conferi se havia guardado minha identidade, peguei o número da sala que faria a prova e fui tomar um café da manhã reforçado.

Estava com folga: tinha mais de uma hora para chegar até o local antes mesmo que os portões abrissem. Além disso, era pertinho da minha casa. Mas minha mãe tinha colocado tanto medo em mim, que coloquei o despertador para tocar com mais de duas horas e meia de antecedência!

— Ué, por que está todo mundo acordado? – perguntei ao notar minha irmã e meu pai em volta da mesa da sala.

— Por que a gente vai com você até o local da prova! – esclareceu meu pai. —Você precisa do apoio familiar, oras.

Ou seja: ia pagar um grande mico, com uma comitiva completa me escoltando *só* para fazer uma prova. Eu sabia que era carinho, mas não deixava de ser mico.

— E a gente vai esperar do lado de fora, pra você saber que estamos ali por você – completou minha mãe, como a técnica de um grande time.

Olhei para Melissa, que apenas deu de ombros e comeu mais um pão doce. Provavelmente, foi obrigada a sofrer junto.

Na rua, estava calor. Que insuportável deveria ser mofar do lado de fora, com o sol torrando a cabeça. Mas não reclamei, porque só provava que meus pais – e minha irmã, quem diria – queriam o melhor para mim e estavam sempre ao meu lado, prontos para me apoiar.

Terminei o café da manhã, conversando com meus pais e minha irmã, aproveitando o momento em família. Papai prometeu que, após a prova, nós iríamos almoçar em uma churrascaria, para comemorar meu esforço. Resisti ao impulso de dizer que ninguém ia comemorar depois que eu fosse mal na prova, pois não queria estragar o momento – nem dispensar o churrasco. Os dois pareciam muito felizes só com a ideia de ter mais uma filha sendo aprovada no vestibular.

Antes de sair, pensei se deveria ou não levar meu celular, mas resolvi deixá-lo em casa. Minha neurose era tanta que não acreditava que ele fosse ficar quietinho, mesmo desligado e sem bateria. Um espírito maligno poderia se apossar dele e o bendito começar a tocar no meio da prova. Que vergonha, reprovar no vestibular sem nem mesmo fazer o exame!

Minha mãe me deu uma sacola cheia de batatas chips, chocolates, uma lata de refrigerante e uma garrafa d'água.

— A batata é boa, por que faz barulho e desconcentra algumas pessoas. A água e o chocolate você vai precisar por razões óbvias. E cuidado pra não derrubar refrigerante no cartão de respostas! – instruiu minha mãe.

— E pode isso tudo? – perguntei, confusa.

– Eles sempre deixam! É comida, não cola, Mariana!

Fomos caminhando até a escola onde eu prestaria o vestibular, que por acaso era a *minha* escola. Já havia uma fila, com pessoas aguardando a abertura dos portões. O colégio da Carina tinha montado uma tenda em frente e distribuía panfletos para os passantes, alertando sobre o cursinho pré-vestibular que eles ofereciam, e distribuindo água para os alunos.

Nina veio até mim, com dois copos d'água que retirou na barraca do seu colégio. Sua mãe estava logo atrás, vestida como se estivesse indo trabalhar. O pai da Carina, como sempre, não estava com elas. Nina cumprimentou meus pais e sua mãe, Patrícia, deu um "oi" seco para todos. Minha amiga estendeu a mão e me ofereceu um dos copos d'água.

– Estou tão nervosa! – disse ela. – Nem consegui dormir direito, mesmo com o tanto de suco de maracujá, chá de camomila e calmante fitoterápico que minha mãe me deu.

Em apenas dez minutos, abririam os portões. Meus pais e a mãe da Nina engataram em uma conversa educada, minha irmã estava ao telefone com Mateus e eu continuei conversando com a Nina, doida para contar o que tinha acontecido no dia anterior, mas sem condições de fazer aquilo na frente dos meus pais.

– Depois a gente precisa conversar – avisei. – Tenho uma coisinha para te contar sobre o Arthur.

– O quê? Ele cobrou o pagamento pelas aulas? – perguntou ela, esquecendo por um segundo da prova, louca por uma fofoca quentinha.

– Shiu, fala baixo! – repreendi. – Que pagamento o quê, Nina. Tá doida? Depois eu te conto, não quero meus pais escutando.

Os portões abriram e nós nos despedimos de nossos pais. Eu fui para um lado e Carina para o outro e, ao chegar dentro da sala, ainda esperei um bom tempo até que a prova começasse. Quando o sinal enfim avisou que poderíamos desvirar as provas, entrei em desespero.

Aquela era a única prova de vestibular que faria, além do ENEM, pois todas as federais do estado usavam o ENEM como avaliação, e eu não queria tentar para nenhuma universidade longe de casa.

Como ainda não tinha ideia do curso que iria escolher, só me inscrevi para o vestibular da faculdade estadual – era a única que pedia que escolhêssemos o curso apenas na segunda fase da prova. Isso era ótimo para quem estava indeciso, pois dependendo do seu conceito, você sabia se era possível ou não se candidatar para algum curso.

As notas eram divididas nos conceitos: A, B, C, D e E. Com E, você estava desclassificado. Com a nota D você estava aprovado para prestar a segunda fase, mas apenas um milagre era capaz de fazer você conseguir passar. Além disso, você ganhava cinco pontos na próxima fase. Um C era melhor: dez pontos seriam somados à sua nota final na segunda fase e, dependendo do curso, você tinha chances de passar. As pessoas que queriam cursos mais concorridos precisavam tirar um B, que adicionava 15 pontos à nota final, ou um A, que dava 20 pontos.

Quem quisesse prestar para medicina ou direito, cursos mais concorridos, precisava de um A. Mas, para a maioria dos outros cursos, um B era mais que o suficiente. Eu precisava tirar um B, no mínimo!

Respirei fundo e comecei por português, segui para inglês e respondi as questões de história e geografia. Nenhuma delas estava realmente difícil e uma ou outra me deixava com dúvidas entre duas respostas. Em exatas, demorei um pouco mais. A fiscal avisou que tínhamos apenas uma hora e meia para terminarmos a prova e algumas pessoas já tinham saído de sala, então comecei a me desesperar, pois não tinha alcançado nem a metade da minha prova! Eu nunca ia terminar aquilo a tempo...

Peguei uma barrinha de chocolate e comecei a mastigar, esperando que aquilo ajudasse a iluminar meu cérebro enquanto resolvia as questões que pareciam impossíveis de compreender. Eu li em algum lugar que chocolate ajudava nessas horas! Lembrei da voz de Arthur, me dizendo que muitas vezes o problema da questão era apenas uma pegadinha, que eu deveria pensar em todos os ângulos. Aquilo me acalmou e continuei fazendo a prova, mas sem ter certeza se estava indo bem.

Quando resolvi o último problema de exatas, tinha apenas 40 minutos para terminar as questões de biologia e química, revisar a prova, passar tudo corretamente para o cartão e copiar as minhas respostas finais, para conferir o gabarito mais tarde, quando estivesse em casa – embora eu não tivesse tanta certeza se queria realmente encarar o gabarito e perceber que fui um desastre.

Com muito custo e sem saber muito bem o que estava fazendo, concluí as questões restantes a vinte minutos do fim. Não tinha como revisar e era uma das únicas pessoas que continuava na sala. Mais três pessoas entregaram suas provas e só sobraram mais duas – ou seja, todos deveriam permanecer ali até que a última pessoa concluísse a prova.

Copiei tudo para o cartão de respostas, errando, ao passar a limpo, a letra de uma questão de português – a matéria que havia ido melhor! – e outra de matemática – como se pudesse errar assim... Nos últimos segundos, quando a fiscal avisou que recolheria as provas, terminei de copiar minhas respostas na folha que levaria para casa e, aliviada, entreguei a prova.

Quando saí, meus pais estavam do lado de fora e me abraçaram ao perceber que eu não havia desintegrado lá dentro.

—Você demorou! A Mel era tão rápida com essas provas... — observou papai, mas logo foi silenciado por um beliscão da minha mãe.

— Isso só mostra que nossa filha fez a prova com calma, Oscar! — respondeu ela. — Foi bem, Mari?

— Acho que sim — respondi, mas, na verdade, eu tinha certeza que não fora tão bem assim.

— Olha, aquela ali não é a Heloísa? — perguntou minha mãe, apontando para a saída do colégio. — Ei, Heloísa, venha aqui! — chamou.

— Mãe, mãe... não, por favor! — implorei, mas ela continuou chamando. Não ousei virar para trás, pois não queria lidar com um contato visual.

Senti Heloísa se aproximar. Ela olhou para mim e me vi obrigada a olhá-la também. Ao menos, estava aparentemente tão cansada quanto eu após a prova.

— Oi, Mari — cumprimentou ela, com um sorriso falso estampado no rosto. — Tia Marta! Que saudade — disse ela para minha mãe, abraçando-a com vontade. Quanta falsidade!

— Ah, querida, você faz tanta falta — disse mamãe. — Você deveria ir lá em casa qualquer dia. Tenho certeza que a Mariana vai adorar, não é, filha?

Não respondi. Me recusava a emitir qualquer comentário. Quantas vezes teria que dizer para minha mãe que eu não era mais amiga daquela garota? Heloísa deu alguma desculpa esfarrapada e se despediu, dizendo que os pais a esperavam.

— Você deveria ser mais simpática — repreendeu mamãe. — Tenho certeza de que vocês não se falam mais por sua causa, que não dava valor a amizade de vocês — concluiu.

— Mãe, não fale sobre o que você não sabe — respondi, tentando controlar minha irritação. Minha mãe bufou.

Melissa nos esperava do outro lado da rua, dentro do carro, no ar-condicionado, ouvindo música. Provavelmente ela passou em casa para buscar o carro enquanto eu fazia a prova. Meu pai tomou o lugar do motorista, e Melissa veio para o banco de trás, ao meu lado, e seguimos em direção à churrascaria.

Quando pensei que minha mãe havia desistido do assunto, ela continuou:

— Olha, Mariana, se você tem alguma coisa contra a Heloísa, você deveria conversar comigo — disse ela. — Parece que você não confia em mim! Só conversa com a Carina e esse tal de Arthur.

— Mãe, agora não, por favor...

— Agora sim, Mari! Eu sou sua mãe, preciso saber o que aconteceu — implorou ela. Fiquei em silêncio.

— Marta, deixa isso pra lá — pediu meu pai, percebendo que ela estava prestes a perder o controle. Meu pai não sabia lidar com discussões.

– Deixa isso pra lá coisa nenhuma, Oscar! – gritou ela. Depois, virando-se para mim, disse: – Eu acho muito estranho, porque desde que você e aquele garoto que eu não gostava terminaram, você parou de falar com ela e com suas outras amigas, mas nunca me conta o que aconteceu. Mas pra seus amiguinhos conta tudo! Eu que sou sua mãe não sei nada que acontece na sua vida, o que é um absurdo e...

– Não aconteceu nada, tá! Nada, mãe. Nada. Para de me perguntar, por favor! A gente não ia comemorar? Que inferno! Eu não quero falar disso – implorei. Senti que estava prestes a chorar, mas não faria aquilo ali, naquele momento. Chorar só abriria espaço para mais perguntas que não estava pronta para responder.

– Aí, ainda é grossa! Você não era assim, Mariana. Tá doida assim há um tempo... Matando aula, desobedecendo, andando pra cima e pra baixo com esse cara mais velho que eu sei lá de onde surgiu...

– O Arthur não tem nada a ver com isso! – afirmei. – Mãe, por favor, para. Eu não quero falar disso, para.

Ela estava quase dizendo mais uma coisa quando meu pai a interrompeu. Ao meu lado, Melissa estava tensa, sem saber o que dizer. Ela segurou minha mão e eu me senti segura por um instante.

– Já chega! Se ela não quer falar agora, deve ter algum motivo forte o suficiente para isso. Você não precisa forçar a menina a te contar tudo – esclareceu meu pai. – Todo mundo tem segredos, Marta.

– Mas ela é minha filha, Oscar! Ela precisa confiar em mim.

– O que não vai acontecer se você continuar gritando em vez de entender que ela não quer falar disso agora – respondeu meu pai, como se ele e minha mãe estivessem sozinhos, ignorando a presença minha e da minha irmã no banco de trás. – Que droga, Marta! É assim que você quer ficar mais perto da Mari? Agora chega, vamos comer – anunciou, a última frase dita para todo mundo.

A atmosfera no carro estava pesada. Ninguém dizia nada, nem mesmo quando o carro estacionou ou enquanto esperávamos uma mesa livre, sentados do lado de fora do restaurante.

Os olhos da minha mãe se arregalaram ao perceber que Heloísa e a família haviam escolhido o mesmo restaurante para almoçar. Mas o choque dela foi ao perceber com quem ela estava de mãos dadas: Eduardo.

Minha vontade era ir embora dali de qualquer jeito! De repente, o almoço para comemorar minha primeira prova de vestibular se transformou em um pesadelo, um momento para encarar todas as histórias que empurrava para debaixo do tapete há meses. E aquilo nem era a metade.

Mas minha mãe me olhou com compreensão, percebendo parte do motivo que colocou um ponto final na amizade com minha amiga mais antiga.

Ela tentou dizer alguma coisa com o olhar, abriu a boca para falar, mas eu sinalizei que não era necessário.

— Eu acho que a gente pode ir a outro lugar — anunciou minha mãe. — Que tal o McDonald's?

— Ah, mãe, eu quero carne! — reclamou Melissa. Mas logo mamãe lançou a ela sua melhor expressão de "cale a boca e faça o que estou mandando" e minha irmã deu de ombros. Um beliscão também foi o suficiente para que meu pai mudasse de ideia.

Minha mãe falou com a recepcionista e cancelou nossa espera. Fomos todos ao McDonald's e comemos um Big Mac. Ao fim do lanche, sussurrei um "obrigada" à minha mãe, que sorriu de volta.

Ainda tinha muito a dizer para ela, mas ao menos uma parte eu não precisei explicar, ela mesma percebeu.

▶ ❚❚

Contrariando minhas expectativas, mamãe não comentou sobre o que viu no restaurante nenhuma vez. Fiquei aliviada. Não estava disposta a falar muito sobre aquilo.

Os dias foram passando, e a escola apertando cada vez mais. Faltava mais tempo para internet e faltava tempo para encontrar Arthur. Depois do beijo, só nos falamos por mensagem ou telefone, mas nenhum de nós tocou no assunto.

Nas poucas horas que conseguia uma brecha nos estudos, eu relaxava a cabeça na internet. Tinha postado mais um vídeo no vlog contando as loucuras de se fazer a primeira prova do vestibular, mas o sucesso mesmo era o vídeo da Mel. As visualizações não paravam de crescer. Certo dia, conversando com Arthur pela internet, ele trouxe o assunto à tona.

Arthur
Tem um monte de comentários perguntando se vai ter outro vídeo com sua irmã.
Também tem um monte me xingando!
Ah, mas isso sempre tem na internet. A gente poderia fazer outro vídeo. :P
Se a Mel descobre, ela faz picadinhos de mim! Tenho até medo. Sei não, Arthur... Se a Melissa assiste a isso, eu tô ferrada!.
A gente poderia fazer mais dois ou três, no máximo. Aí você para. Já tem mais de 100.000 visualizações.
Eu não acho que a Mel vá dar outro show.
Nunca se sabe, fique de olho. Mas, mudando de assunto, você ainda não criou coragem de ver o gabarito da prova?
Faz mais de uma semana! Mas eu não quero ver. Acho que eu fui muito mal. A Nina acertou 52 de 60 questões. Nem tenho coragem de ver depois disso. #.#
Você que sabe. Mas acho que deveria ver.
Vou pensar no seu caso. Preciso sair! Bjs.
Enviar

Apesar de levemente divertido, eu sabia que não era certo expor minha irmã na internet. Só faria isso se realmente surgisse uma oportunidade imperdível. Falando assim, me sentia uma irmã horrível, mas... não podia negar que era estimulante ver o contador de visualizações crescer.

O resultado da primeira fase do vestibular sairia apenas no outro mês, mas eu ainda não tinha criado coragem de conferir o gabarito. Nina me perturbava todos os dias com isso, mas eu só me preocupava em estudar para o ENEM. Se eu visse meu péssimo desempenho na outra prova, com certeza desistiria de tudo ou ficaria desanimada. Mas vai explicar isso para sua amiga que ficou chateada por errar apenas oito questões?

Na escola, passamos a semana inteira revisando as questões que caíram no vestibular do último domingo, resolvendo novas questões e estudando provas similares. Todo mundo enchia a boca para falar seu resultado, exceto Heloísa, que aparentemente só conseguiu acertar 29 questões. Como ninguém me perguntava nada, eu não precisava responder. Nem sabia se também tinha ido mal, mas me sentia vingada por ver que ela não conseguiu o resultado esperado. Cruel, eu sei. Mas nem me importava. Tenho certeza de que ela faria o mesmo se a situação fosse inversa.

Eu só esperava que me alegrar pelo desastre alheio não tivesse nenhum efeito em minha nota!

20

Setembro passou tão rápido, cheio de estudos e provas que nós nem sentimos a chegada do aniversário da Mel, dia 28. Minha irmã não era muito fã de festas, mas depois de começar a namorar o Mateus, tudo tinha se transformado em motivo de comemoração. Seu aniversário de 22 anos não seria diferente!

Ela movimentou a família inteira e resolveu dar uma festa na casa dos tios de Mateus, o mesmo lugar onde eles começaram a namorar. Na época, ele buscou a Mel lá em casa e a levou para esse lugar, uma casa bonita perto de uma praia, aqui em Niterói mesmo. Mateus fez o jantar, tocou violão e pediu minha irmã em namoro. E aquela casa trazia ótimas lembranças para a Mel.

Rebeca, que mais parecia animadora de festa que outra coisa, ficou encarregada de organizar tudo. Se ela estava à frente de alguma festa, então, seria a melhor comemoração. Em uma semana eles organizaram tudo que era preciso para um bom churrasco. Faltando apenas dois dias para o aniversário e com a maior parte dos convidados movimentada, Mel veio me pedir que chamasse quem eu quisesse. Como se minha lista fosse ter muita gente!

— Mari, por que você não chama o Tuca pra vir também? — sugeriu ela, já sabendo que eu levaria a Nina. — Faz um tempão que eu não o vejo!

Era uma ótima chance para rever o Arthur. Ele tinha me chamado para ir ao cinema, mas cancelamos de última hora: ele precisou estudar, e ele precisou fazer uma maquete para a faculdade. Não sabia se ele ia aceitar o convite, mas assim que sugeri, Arthur pareceu adorar a ideia. Mal podia esperar pelo churrasco.

▶ ‖

O churrasco estava marcado para meio-dia, mas eu sabia que as pessoas só iam aparecer depois de uma e meia da tarde. Ainda assim, foi só o relógio marcar doze horas que fui torrar ao sol, esperando por Arthur. Uns amigos do Mateus e da minha irmã chegaram pontualmente, mas depois disso, demorou até que mais pessoas chegassem. Nem sinal do Arthur.

Uma e meia da tarde, quando eu estava cansada de esperar, morta de fome e sem querer comer sozinha, Carina chegou.

— Eu quero saber toda essa história do Tuca! — pediu Carina.

— Só depois que a gente comer, por que eu tô morrendo de fome!

Ao ouvir a palavra "fome", Carina torceu o nariz.

— Eu te faço companhia, mas não estou com fome — disse ela. Foi a minha vez de virar a cara.

— Nem vem, Carina! Vai comer sim. Você vem pra um churrasco e não come uma picanhazinha?

— Não tô com fome, Mari. Já disse.

— Você nunca tá com fome, né? Se depender de você, se alimenta de vento. Vem comigo, sem discutir.

Puxei Carina pelo braço até a mesa, para servir um prato. Os braços dela mais pareciam dois gravetos e, quando Carina segurou o prato vazio, senti que os pulsos dela eram capazes de se quebrar ao carregar tamanho peso. Enquanto ela se servia, a observei — cada dia mais magra, usando um vestido de mangas longas e largo, apesar do calor que fazia. Desconfiei.

— Ô Nina, você não tá com calor? — perguntou minha irmã, aparecendo atrás dela.

— Feliz aniversário, Mel — desconversou minha amiga, dando um beijo na bochecha da minha irmã, mas ainda segurando o prato nas mãos.

— Obrigada, querida — agradeceu minha irmã. — Você emagreceu, Carina! Tá fazendo dieta? Mas hoje não é dia de dieta, tá? Aproveita pra se entupir de comida, mas deixa espaço pra sobremesa — disse Melissa. Em seguida, virou-se para mim: — Mari, vem cá me ajudar com uma coisinha? Já devolvo ela pra você, Nina.

Melissa me puxou pelo braço. Com certeza queria que eu ajudasse na cozinha, de novo. Passei a manhã inteira arrumando cadeiras, cortando cebola e picando bacon para a farofa. Não aguentava mais trabalhar, eu só queria comer.

Ela me levou até dentro da casa e, ao ver que ninguém estava olhando, cochichou:

— A Carina tá doente? — perguntou a Mel.

— A Nina? Minha Nina?

— Que outra Carina eu conheço, Mariana? Essa menina não tá normal não. Ela emagreceu muito. Do nada. E nas últimas vezes que eu a vi, ela só estava usando roupas largas.

— Ah, Mel... Sei lá, ela deve estar nervosa com o vestibular, aí tá comendo pior que o normal — respondi, embora soubesse, lá no fundo, que não era aquilo. A cada dia que passava, eu ficava mais preocupada com a Nina.

— Mari, abre o olho. Eu acho que a Nina precisa de ajuda. Se a doida da mãe dela não tá vendo isso, é seu papel de amiga tentar ajudar.

De repente, senti vontade de chorar. Melissa estava certa. Eu já via esse problema há meses, mas tentava ignorar algo que estava claro. Quanto mais eu demorasse a tentar fazer alguma coisa, mais a saúde da minha amiga se afetaria. – E o que eu posso fazer, Mel?

– Não sei, Mari. Só fica de olho. E, enquanto isso, tente convencer a Nina a comer.

– Ela não me escuta! – respondi. – Já tentei, várias vezes. A Carina só me enrola.

– Mari, a amiga dela é você, não eu. Tente falar com ela, tá? Pra ela procurar uma ajuda de um adulto. Um profissional. Se nada adiantar, fala comigo de novo. Sei lá, a gente pode falar com a mamãe. Mas essa garota... Parece que se um vento bater, ela vai voar. Ela emagreceu muito, do nada. Agora vai lá, antes que ela venha te procurar.

Voltei para o churrasco com o dobro de preocupação. Nina estava sentada à mesa, me esperando. No prato, intacto, apenas um pouco de alface e uma pequena asinha de frango. Nina era linda. Naturalmente morena (um pouquinho pálida por ultimamente só ficar dentro de casa estudando), cabelos cacheados e magra – além de possuir um sorriso estontante. Porém, havia uns meses que sua magreza tinha deixado de ser saudável para parecer doentia.

– Só isso? – perguntei, analisando o que ela tinha colocado. Carina ignorou.

– Não comi, estava esperando você. O que sua irmã queria?

– Ah, colocar umas bebidas no isopor – menti. – Já volto, deixa eu me servir.

Segundos depois, estava de volta à mesa, as palavras da Mel martelando na minha cabeça. Eu precisava ajudar a Nina, até minha irmã havia percebido que tinha algo errado com minha melhor amiga. Enquanto eu comia, Carina mal tocava na comida. Ela picou até mesmo as folhas de alface! Remexia a comida de um lado para o outro e nem encostava na asinha de frango.

– Não vai comer a carne? – perguntei, de boca cheia. Com um suspiro, Nina começou *a cortar a asa de frango*! Quem no mundo corta asinha de frango? Eu nem sabia que isso era possível. Aquilo já era demais. – Carina, pelo amor de Deus! Mete a mão nisso e come.

Carina largou o garfo e a faca no prato, revoltada.

– Mariana, chega. Já basta ficar enchendo meu saco pra comer, vai ficar controlando o jeito que eu como também?

Controlando minha raiva, respirei fundo e tentei não ir mais rápido do que deveria. Se eu insistisse, provavelmente seria pior.

– Tá certo... Eu não vou insistir mais. Não quero mais tocar nesse assunto, não hoje – falei. Carina entendeu a brecha e mudou de assunto, claramente aliviada.

— Será que é hoje que eu conheço o pedófilo? — perguntou, em tom brincalhão, afastando completamente sua expressão irritada de segundos antes. Carina tinha uma capacidade incrível de mascarar o próprio humor.

— Não fala assim dele! — reclamei. — Primeiro, porque pedofilia é algo horrível, não piada, e, segundo, nós não temos nada, além de que, legalmente, isso não é proibido. Ele é *só três anos* mais velho que eu. Que drama!

— Então você consultou a Constituição para saber se isso era um crime... — provocou e riu outra vez.

— Cale a boca, Nina! — ordenei, mas também ri. Eu *realmente* tinha procurado aquilo. Na internet, não na Constituição. Continuei: — Eu chamei, mas ele não apareceu até agora, então acho que nem vem...

Nina olhou para o relógio. Eram duas e meia da tarde, mas as pessoas não paravam de chegar. Não sabia que minha irmã conhecia tanta gente! Provavelmente, a maioria era amigo do Mateus, que era mil vezes mais sociável que a Melissa. Mas, entre tantos rostos desconhecidos, nada do Arthur.

— Relaxa, Mari. Aposto que ele vem. As pessoas geralmente se atrasam para churrasco — disse a voz da razão.

E ele apareceu. Às três da tarde, visivelmente constrangido e carregando uma caixa de bombom — ops, presente errado! Minha irmã tinha alergia a chocolates... —, ele chegou e veio falar comigo.

— Oi, Mari! — cumprimentou ele.

Com estranheza, respondi e dei um abraço. Aquele terreno não era seguro, eu não poderia simplesmente beijá-lo na frente da minha família ou algo assim. Mas era desconcertante do mesmo jeito.

— Me desculpe, eu me atrasei! — pediu. — Tive que resolver umas coisas pro meu pai lá na Lore, mas não queria deixar de vir.

— Que nada, chegou na hora certa — respondi, tentando disfarçar que fiquei esperando-o que nem uma louca desde o primeiro segundo, e terminei achando que ele não vinha. Nina estava sentada na mesa, e eu a apresentei para Tuca. — Nina, esse é o Arthur, meu... — falei, mas parei no meio da frase. O que éramos um do outro? A Nina sabia bem o que eu sentia por ele. Arthur me olhou, esperando que eu completasse a frase — ... amigo.

— Prazer, pode me chamar de Tuca! — disse ele, estendendo a mão para um cumprimento. — Só a Mariana me chama de Arthur — completou.

— Todo mundo te chama de Tuca, quero ser única — expliquei. — Além disso, Tuca é um apelido horroroso.

— Foi minha mãe que deu — falou, fingindo-se de ofendido.

— Não importa, continuo achando feio.

Nina abafou uma risada e terminou de cumprimentar Arthur. Enquanto eu fui buscar algo para ele comer, Arthur foi até minha irmã e entregou a caixa de chocolates na mão dela, que agradeceu, visivelmente sem graça, e conversou um pouco com ele. Queria só ver a reação do Arthur assim que eu contasse que quem comeria aqueles bombons seria eu!

— Então... O que você faz da vida, Arthur? — perguntou Carina, assim que ele voltou à nossa mesa.

Ouvir o nome dele dito por ela me causou estranheza. A chutei por baixo da mesa. Nina me olhou, sem entender, mas, então, caiu a ficha e ela murmurou uma desculpa. Só quem tinha autorização para chamá-lo de Arthur era eu.

Sem perceber o pequeno conflito que havia acontecido entre minha amiga e eu, Arthur começou a falar sobre a faculdade de arquitetura, como foi o período que estudou música e o trabalho na Lore ao lado do pai.

Carina foi embora pouco depois, já que a mãe dela não parava de ligar dizendo que era hora de voltar para casa. Dá para acreditar que ela queria que a Nina estudasse em pleno sábado? Apesar de querer que minha amiga ficasse mais, eu fiquei feliz por ficar sozinha com o Arthur.

— E aí, como vão os vídeos? — perguntou ele.

A verdade era que eu estava gostando de ver os números no vlog crescerem cada vez mais. Os comentários, curtidas e pedidos de novos vídeos, mesmo os não relacionados à minha irmã. Eu falava sobre tudo e nada: reclamava da vida, do vestibular, da escola, falava da minha banda preferida, comentava alguns programas de TV e choramingava por causa dos dramas da Mel.

O problema era que quase ninguém entendeu a proposta do nome do meu vlog, *Marinando*. A maioria achava que o canal era sobre culinária! Logo eu, que não sei fritar um ovo!

Falei disso em um dos vídeos sobre as desvantagens de ter uma mãe que queima até comida congelada no micro-ondas. Foi aí que me pediram que fizesse um vídeo cozinhando. O vídeo em que eu tento fritar um ovo era o terceiro mais assistido do canal — só perdia para o da minha irmã em seu dia de "participante" do *Bridezillas* e o vídeo do Tempest.

Naquela semana, minha irmã foi visitar mais uma doceira (eu tinha a impressão de que a única coisa que minha irmã fazia para organizar esse casamento era visitar doceiras) e me ofereci para ir junto. Além de tentar flagrar outro mico da Mel para um possível episódio do vlog, nesses lugares sempre havia prova de doces. Não podia deixar uma oportunidade daquelas escapar. Era a única coisa boa relacionada ao casamento, com certeza.

—Você tem certeza de que isso não tem chocolate, né? – perguntou ela para a dona da doceria.

– Esse daí não tem não, senhora – respondeu a mulher, apontando para um deles.

Ergui discretamente meu celular e comecei a filmar, por via das dúvidas. Com minha irmã em jogo, uma boa cena sempre poderia surgir.

Quando minha irmã foi provar os docinhos, comecei a filmar, dando a desculpa de que talvez fosse legal usar imagens da preparação do casamento em algum vídeo durante a festa. Melissa topou, é claro. Os doces estavam uma delícia, mas quando Melissa mordeu um deles, sua expressão mudou.

O recheio era de chocolate com pimenta: chocolate, a alergia mais cruel da minha irmã, e pimenta, a coisa que ela mais detestava. Ela simplesmente cuspiu todo doce longe, se babando toda, e a saliva respingou nos outros docinhos da mesa – e todos estavam com uma cara tão boa!

– Ai, meu Deus! Que nojo, que nojo, que nojo. Tem pimenta nesse negócio. Chocolate com pimenta só era legal naquela novela – gritou Melissa, se levantando da mesa e sacudindo os braços. – E eu perguntei se tinha chocolate! Você disse que não tinha chocolate! – Minha irmã apontou o dedo para o rosto da doceira. – Você sabe o que é isso? *Eu podia morrer!* Como você ia viver com isso, hein?

Não me contive e dei uma gargalhada. A forma como ela disse *"Eu podia morrer"* pareceu uma junção mal feita entre a voz de alguém possuído cantando em alguma banda de metal. Ela não parava de limpar a garganta e amaldiçoar Deus e o mundo.

Quando eu mandei Melissa parar de ser dramática e mal-educada – afinal, ela volta e meia comia chocolates sem parar –, ela me mandou ficar quieta.

Fiquei morrendo de pena da doceira, que nada tinha a ver com aquilo. Sou prova viva de que a mulher apontou para *outro* docinho, não para o que minha irmã insistiu em comer.

Quando mais tarde liguei para o Arthur e contei essa história da prova de doces, ele começou a rir.

– Eu não acredito! Esse tipo de coisa só acontece com a Melissa...

– Minha irmã está maluquinha com essa coisa do casamento! Daqui a pouco vão interná-la no hospício e com razão – comentei. – Mas pelo menos esse vídeo está mil vezes melhor que o primeiro.

– Se você quiser, eu posso editar e de noite a gente coloca no canal.

O Arthur e eu sabíamos o que estávamos fazendo ao expor minha irmã na internet, mas, no fundo, nenhum de nós era capaz de imaginar as proporções que um simples vídeo poderia tomar.

Nós dois não falamos sobre nós naquele dia. Eu ainda queria clarear minhas ideias.

21

A conversa definitiva aconteceu cinco dias depois. Arthur telefonou para minha casa, em vez de ligar para meu celular, como sempre fazia. Eram sete e meia da noite e meus pais haviam ido para a igreja. Enquanto isso, eu estava no quarto, estudando para o ENEM, que seria no fim de semana seguinte. Quem atendeu a ligação foi Melissa que, antes de me entregar o telefone, brincou:

— É seu namoradinho.

Quis esganar minha irmã, pois ela falou alto o suficiente para que Arthur escutasse. Com um gesto manual, a enxotei do quarto. A gente conversava sobre aquilo depois.

— Alô?

— Oi, Mari! É o Arthur — explicou ele.

— A Melissa me falou — respondi, torcendo para que ele não tivesse escutado a piadinha sem graça da minha irmã.

— É, eu ouvi algo sobre um "namoradinho" — comentou ele e depois caiu na gargalhada. Eu quis morrer. Percebendo meu silêncio, continuou: — Relaxa!

— Olha, Arthur, desculpa... A minha irmã é meio boba assim.

— Já disse pra você relaxar, não tem problema algum! Bom, na verdade, tem sim. Existe toda essa implicância e brincadeira ao nosso redor, mas não há nada entre nós dois — disse Arthur, indo direto ao ponto.

Eu me assustei com sua objetividade, pois parecia que ele evitava o assunto desde que nos beijamos, quase um mês atrás.

— Sei que parece que ignorei você — continuou ele —, mas eu estava pesando os prós e os contras e com um pouco de medo de te magoar. Você é tão legal, Mari. E muito diferente de mim. Tem coisas além da idade que nos separam — completou. Pronto, ele estava prestes a me dar um fora por telefone! — E eu queria conversar com você pessoalmente.

Aquilo me pegou de surpresa. *Pelo menos ele quer dar um fora ao vivo*, pensei.

— Onde? — perguntei sem pensar. Arthur riu e combinamos de nos encontrar no dia seguinte, para um almoço após minha aula, no restaurante onde o vi pela primeira vez.

▶ ‖

A escola nunca me pareceu tão entediante e a matemática nunca foi tão inconveniente. Os ponteiros do relógio pareciam não andar e eu nem me importei quando, ao entrar no banheiro, encontrei uma frase rabiscada em uma das portas: "MARIANA P. DEU PRO LEANDRO F.". Em outros momentos, eu provavelmente enfiaria a cabeça no vaso e vomitaria para não chorar ou então pegaria uma caneta e rabiscaria alguma resposta, mas eu estava aprendendo a ignorar essas agressões sem fundamento.

Eu só queria que o tempo passasse bem rápido, para encontrar logo o Arthur, mas o relógio não parecia meu amigo.

No intervalo, fui para a mesma escada perto do almoxarifado onde costumava me sentar. Saquei meu celular e enviei uma mensagem para Arthur, confirmando nosso encontro de mais tarde. Enquanto esperava sua resposta, uma pessoa se aproximou de mim.

– Posso me sentar? – perguntou.

Eu a reconheci no mesmo instante. Não poderia esquecer a voz de Léo e todas as acusações que ouvi naquele tom de voz de quem se sentia superior. Não tive outra reação senão congelar. Naquele instante, me senti muito vulnerável, como meses atrás.

– Eu queria falar com você e...

– Você não tem nada para falar comigo – interrompi. – Se você quer me dizer mais insultos, já ouvi todos que podia. Se você quer pedir desculpas, eu não vou aceitar. Saia da minha frente!

Me levantei e chutei a lata de Coca-Cola que estava aos meus pés. A latinha rolou e o restante da bebida escorreu pela escada. Aquele pequeno acidente me deixou mais nervosa. Quando percebi, estava chorando. E não era por causa do refrigerante.

É incrível como pequenos detalhes são capazes de nos desmontar. Não queria parecer sensível logo naquele momento. Maldita latinha de Coca-Cola! Eu só queria sair dali...

Quando tentei ir embora, Léo segurou no meu braço. Um flash iluminou minhas lembranças, eu vi a imagem dele ao meu lado, meses atrás, fazendo o mesmo gesto, em um contexto nem tão diferente assim. Dessa vez, ele não apertou meu braço, apenas segurou para que eu continuasse ali, mas o toque queimou minha pele, junto com memórias inconvenientes.

– Me solta, Léo. Agora – ordenei.

Nossos olhos se encontraram pela primeira vez desde aquele dia. Nos vimos muitas vezes, ele falou muitas coisas para mim desde então, mas nunca nos olhamos diretamente. Léo evitava me encarar, talvez por imaginar o que encontraria ali: raiva, medo, rancor, tudo junto. Se fosse apenas o que tinha acontecido na casa dele, eu talvez ignorasse e o considerasse apenas alguém digno de pena. Mas a pior parte veio depois, o resultado daquilo tudo. Enquanto isso, eu não conseguia decifrar a expressão dele. E nem queria.

Léo ia dizer algo, mas desistiu. Ele soltou meu braço, um pouco hesitante. Quando fez isso, eu corri.

No meio do caminho, senti que esbarrei em muitas pessoas, mas só queria chegar na sala, vazia por causa do intervalo.

Abri a porta e sentei na minha carteira. Deitei a cabeça na mesa e não consegui chorar, eu só queria *respirar*. Ouvi duas pessoas entrarem, conversando. Uma delas era Alba. Não queria levantar a cabeça e descobrir o que estava acontecendo.

Mãos começaram a acariciar meus cabelos. Me assustei e não me contive: olhei para cima.

—Você está bem? – perguntou Alba, seus olhos me fitando com preocupação. Por um segundo, quis esquecer que não éramos mais amigas e que ela ficou ao lado das pessoas erradas, apenas para desabafar com uma velha conhecida e dizer que nada estava certo. Mas eu não conseguia apagar minhas lembranças fácil assim. Meus olhos encheram de lágrimas.

Alba fez um aceno para que Jéssica, que havia entrado na sala com ela, saísse e nos deixasse a sós.

— Estou, obrigada – respondi com a voz falhando.

Alba não se deu por satisfeita. Ela puxou uma carteira – onde normalmente Heloísa se sentava – e se colocou ao meu lado. Provavelmente, estava sendo simpática porque a amiga megera não estava por perto. Não queria lidar com sua compaixão.

— Mari, eu queria dizer que...

— Não começa, por favor. Se você ainda tem um pouco de consideração por mim, não fala nada. Hoje é o dia internacional do perdão, por acaso? Eu não quero, tá. Eu não quero desculpas de ninguém, eu *não sei* perdoar nem quero explicações. Vocês já disseram coisas o suficiente. Não acho que queiram voltar atrás no que já foi dito – despejei de uma só vez.

Desculpas não iam apagar o que já tinha acontecido, ainda mais depois de tanto tempo. Não seria meia dúzia de palavras ditas da boca para fora que iam desfazer todo o estrago.

— É que eu tenho visto você tão triste, e isso me deixa nervosa.

— Deixa *você* nervosa? – gritei. – Nossa, desculpa. Sinceramente, eu não tinha essa intenção. Imagina só! Eu não deveria me sentir mal se soubesse que isso incomodaria alguém.

– Não é nada disso, Mariana! Você sabe o que eu quero dizer, não se faça de vítima.

– Alba, eu me fiz de tudo nesses últimos meses, menos de vítima. Se sua intenção é ajudar, a melhor coisa que você faz é sair da minha frente. Só está atrapalhando.

–Você está sendo idiota – disse ela, sem conseguir pensar em nenhum insulto melhor que aquele. No passado, Alba já tinha usado palavras mais ofensivas para me atingir. Estava perdendo a mão.

– Idiota é você, que está caindo direitinho na conversa do Léo. Abre seu olho, Alba. Aquele ali não vale nem o que come.

Ultrajada, Alba se levantou, recolocou a carteira no lugar e saiu da sala. Segundos depois, ouvi a porta se abrir mais uma vez. Alguém arrastou a cadeira para sentar ao meu lado, mas eu não queria olhar. Por que não me deixavam em paz?

– Saia daqui, por favor – pedi, sabe-se lá para quem. – É difícil assim me deixarem em paz?

– Desculpa, mas eu não vou sair tão fácil assim – respondeu a pessoa. Era Bernardo. – Eu vi você chorando no corredor. Vim conferir o que era.

Limpei minhas lágrimas e olhei para ele.

– Quer falar sobre isso? – perguntou. Bernardo era tão bom, tão diferente das outras pessoas com quem estudava.

– Não, hoje não. Eu só quero um pouco de água.

– Eu acho que você tinha que lavar o rosto. Respirar – falou. Logo em seguida, o sinal anunciando o fim do intervalo tocou. – Relaxa! Eu falo com a inspetora, acho que ela consegue fingir que a gente não está fora de sala agora.

Enquanto toda turma entrava em sala, Bernardo e eu seguíamos na direção oposta. Quando fomos abordados pela inspetora, ele a chamou no canto e falou com ela. Não fazia ideia do que ele tinha dito, mas estava grata. Não sei se foi a boa fama de Bernardo ou se meu olhar estava realmente pesado, mas ela deixou que ficássemos fora de sala. Eu não conseguiria assistir a mais um tempo de aula.

Bernardo e eu conversamos muito. Finalmente, me senti segura para contar um pouco da minha história e como a minha vida tinha se transformado em um inferno de um dia para o outro. Ele foi delicado o suficiente para me consolar em meio à minha crise de choro e não me interrompeu nenhuma vez. Apenas balançava a cabeça e acariciava meus cabelos.

–Você precisa contar isso pra todo mundo! Pode ser até caso de expulsão no colégio, sabia?

– Por favor, Bernardo, me prometa que jamais vai falar sobre isso com ninguém? O ano já tá no final mesmo. Não faz diferença.

— Prometo porque sou seu amigo, mas eu ainda acho que você deveria fazer diferente. E espero que esses dois idiotas não cruzem meu caminho, vão ganhar um belo olho roxo!

— Não! Para com isso, não vá se meter em encrenca por minha causa. Já chega de tragédia.

— Que encrenca o quê! Tô precisando mesmo treinar o novo chute que aprendi no Muay Thai!

—Você faz Muay Thai?

— Lógico que faço. Não gosto de puxar ferro! Coisa de gente exibida.

Nós dois rimos. Bernardo me contou que, na semana anterior, havia saído com uma menina da academia. Concordamos que nosso beijo desajustado no cinema foi só isso: um beijo. Às vezes, acontece. Às vezes dois amigos querem tentar algo a mais, mas não dá certo. O importante era que tanto eu quanto o Bernardo ganhamos outra coisa muito mais importante do que um ficante: a amizade.

Com meu mais novo amigo, eu quase não senti o tempo passar.

▶ ‖

Quando a aula acabou, o que eu mais queria era voltar para casa. Pensei em enviar uma mensagem para Arthur, dizendo que estava passando mal e não poderia vê-lo, mas mudei de ideia. Se alguém poderia me deixar mais calma, seria ele. Arthur não precisava me perguntar o que estava acontecendo. De algum jeito, ele tinha palavras certas – na maioria das vezes, ditas em tom de brincadeira – para que eu me sentisse melhor.

Por isso, cheguei ao nosso ponto de encontro no horário marcado. O vi de longe, sentado em uma das mesas, acenando para mim assim que entrei. Sorri ao vê-lo: ao menos uma coisa boa durante meu dia. Lembrei de como vi o meu Moço das Covinhas naquele mesmo lugar, pela primeira vez, meses antes.

— Olá, senhorita! Posso saber que carinha triste é essa? – perguntou-me, assim que me aproximei.

Olhei para ele e sorri.

— Problemas...

—Você viu sua nota no vestibular? – perguntou.

— Ainda não. Nem sei se quero. Eu nem sei o que eu quero fazer – confessei. Ele acenou, concordando. – Eu queria fazer alguma coisa diferente, sabe? Mas ainda não me sinto pronta para nada. Eu só quero que a escola acabe.

Interrompemos esse pequeno diálogo para buscarmos nossa comida. Assim que nos sentamos outra vez, Arthur retomou o assunto exatamente do ponto de onde paramos.

— Qual o problema com sua escola?

— Digamos que não sou muito amada por lá.

— Por...

— ... motivos que não me sinto pronta para falar agora. Depois, quem sabe — respondi.

— Sabe, Mari... No meu último ano da escola — e lá se vai quase quatro anos — eu também queria que tudo acabasse logo.

— Por quê?

— Por que estava de saco cheio, ué. Nenhum motivo melhor que esse!

Não consegui me conter e comecei a rir. Logo nós dois estávamos rindo juntos.

— Se algo tem desanimado você, pense que já está acabando, ok?

Assenti. Era fácil concordar, mas não significava que iria fazer aquilo.

— E os vídeos? — perguntou ele. — Você viu quantas visualizações o último deles teve?

— Pra falar a verdade, nem conferi. Eu só postei e deixei pra lá — assumi. — Mas provavelmente tem um monte de visualizações, né? Não tô com tempo de checar, tenho estudado tanto! Vou fazer isso quando estiver em casa.

Arthur concordou e continuou comendo. Um longo silêncio se seguiu, preenchido apenas pelo som dos nossos talheres tocando o prato. Minhas mãos começaram a suar, enquanto eu esperava, ansiosa, pelo próximo passo da parte dele.

— Mari, eu te chamei aqui pra gente conversar — disse ele, assim que terminou de comer. Eu larguei meus talheres no prato e olhei para ele, nervosa. — Eu não sei, não costumo fazer esse tipo de coisa, então posso soar meio idiota no meio do caminho, ok?

Meu coração parecia prestes a sair pela boca. Na verdade, eu nem me importava muito com o que ele ia dizer — ok, a quem eu queria enganar? Me importava sim! —, tudo que eu queria era que aquele momento passasse logo, pois estava prestes a ter um ataque do coração.

— Olha, Mari, eu não sei muito bem o que tá acontecendo entre a gente — confessou ele. — Naquele dia, quando você me beijou, eu fiquei morrendo de vontade de ter mais. Mas olha só... A gente mora em dois planetas diferentes, sabe? Estamos vivendo momentos que não tem nada a ver um com o outro, e eu não sei o que faço.

A cada palavra dele, eu só via um final possível: em poucas frases, ele diria que não queria mais nada comigo.

— Não me olha com essa cara, Mari! Eu não estou te dando um fora — disse ele e não consegui segurar uma risada nervosa. Era incrível como ele me conhecia! — Eu só não sei o que existe aqui, entendeu? Eu sempre fiquei com meninas mais velhas e... Eu tô falando demais, né? Nem sei o que está acontecendo.

— Arthur, vou ser sincera com você: eu sei quase nada sobre essa coisa de relacionamento. Além de você, eu só beijei quatro caras na minha vida, um deles numa brincadeira de verdade ou consequência, outro foi meu namorado idiota por quase três anos, um eu prefiro fingir que não existiu e o outro nunca vai ser nada mais que um amigo — hesitei na última parte, mas continuei. — Eu com certeza não sou o que você espera, mas...

— O que você acha que eu espero?

— Não sei, não faço ideia. Mas com certeza você não espera lidar com meus dramas adolescentes.

— Mari, sabe o que mais gosto em você? — perguntou. Eu fiz um sinal negativo com a cabeça. — Como você é você. De vez em quando, percebo que você tenta parecer um pouco mais velha do que realmente é, mas eu gosto mesmo quando você não força a barra. E na maior parte das vezes você é tão natural que é por isso que nós viramos amigos... e algo a mais também. Ainda não sei o que a gente é, mas estou disposto a descobrir.

— Você quer tentar?

— Eu não quero namorar e acho que nem você quer isso agora. Mas eu gosto de você e acho que a gente podia se conhecer melhor. O que você acha?

Eu achava que a melhor resposta era permitir que ele me beijasse. Então não restava nenhuma dúvida.

22

A um fim de semana do ENEM, minha conversa com o Arthur ainda me mantinha feliz em meio a todo estudo desenfreado, mesmo tendo se passado um tempo desde aquele dia. Corri com as matérias, estudei em dobro e me esforcei ao máximo para conseguir uma boa nota. E daí que eu não sabia o que queria fazer da vida? Se fosse bem na prova, poderia escolher o que quisesse.

Mas foi estranho quando cheguei à escola e senti vários olhares se dirigirem a mim pelos corredores. Pensei que eu era fofoca velha, de meses atrás.

No dia anterior, Heloísa e Eduardo chegaram atrasados, como sempre, e entraram na sala no segundo tempo, fazendo muito barulho para serem notados. Eduardo arrastou as carteiras pelo chão, a professora reclamou; Heloísa começou a bater papo com as amigas e a esticar o braço para exibir algo. Alba e Jéssica soltaram um gritinho histérico e gritaram por Eduardo. A professora pediu que elas ficassem quietas mais uma vez, mas acho que além de sem noção, elas eram surdas. Aquela professora também não possuía controle de turma, logo a sala virou uma extrema bagunça. O motivo? Os gritinhos histéricos de Alba e Jéssica diziam respeito a uma tatuagem que Helô e Eduardo fizeram na parte interna do antebraço, pouco antes da curva do cotovelo: um sinal de infinito.

Morri de vontade de rir quando vi aquilo. Cada um tatua o que bem entender, mas uma tatuagem combinando com a do seu namoradinho de escola? Era ter certeza demais do futuro, quando eles mal tinham completado meses de namoro.

Além de tudo, a tatuagem era clichê. Acho o símbolo fofo, mas também é muito forte. Como alguém, aos 17 anos, pode ter certeza se seu amor é realmente infinito? E, ultimamente, todo mundo tatuava aquilo. Tipo a época do surto de estrelinhas ou tatuagens tribais. Mas provavelmente meu julgamento tem um punhado de recalque de acréscimo.

A tatuagem não foi suficiente para transformar Helô e Edu no centro das atenções, pois no dia seguinte já estava todo mundo olhando para mim de novo. O que eu tinha feito dessa vez?

Foi só quando uma voz masculina afetada, imitando um timbre feminino, gritou *Eu podia morrer!*, que entendi: as pessoas da minha escola haviam encontrado o vídeo.

Quando as horas se passaram, descobri que não apenas minha escola inteira havia descoberto o vídeo, mas todo o Brasil. E soube disso na sala da diretora, com a psicóloga e a coordenadora pedagógica me fitando, enquanto esperavam a chegada da minha mãe. No meu celular havia mais de 30 chamadas não atendidas – várias de números restritos e desconhecidos, mas a maioria eram ligações desesperadas da dona Marta.

Ao que parecia, minha irmã e eu havíamos nos tornamos o novo *hit* da internet da noite para o dia. Eu estava completamente ferrada.

Depois do celular tocar pela enésima vez, desliguei. Eu não conseguia entender muito bem o que estava acontecendo. A escola inteira repetia sem parar *Eu podia morrer*, imitando a voz esquisita da Melissa. Eles também repetiam sem parar uma frase que eu dizia no vídeo. Quando o Arthur o editou, ele inseriu meus comentários entre os surtos da minha irmã. Logo que ela dizia sua frase - que, da noite para o dia, aparentemente havia se transformado em um *meme* –, a imagem cortava para mim, dizendo em resposta: *Eu que morri. Morri de vergonha alheia*. De repente, com todos na escola dizendo isso, eu estava morrendo de vergonha mais uma vez. Só que, naquele momento, de mim mesma!

– Então, Mari, o que você gostaria de dizer? – perguntou a diretora, olhando para mim por trás de seus óculos horrorosos de armação invisível, com hastes metálicas e uma lasca na lente esquerda.

– É um vídeo na internet. Acho que isso não tem a ver com a escola – respondi.

– Sim, mas seus colegas parecem bem interessados nele.

– Falta muito para minha mãe chegar? – desconversei.

– Mariana – chamou a psicóloga –, você gostaria de nos dizer alguma coisa sobre o vídeo? O que levou você a filmar aquilo?

– Por que era engraçado? – rebati. A coordenadora, ao lado dela, se segurou para não rir da minha resposta. – Sério, gente, desculpa, mas isso não tem a ver com vocês. Quer dizer... É a internet. Eu coloco o que eu quero na internet. Não tem a ver com a escola, tem?

– Quando toda a escola paralisa para comentar sobre o vídeo, tem sim – comentou a coordenadora do ensino médio, insistindo.

– Isso eu não tenho como controlar. Mas não tem nada no vídeo que envolva o colégio, então eu tenho certeza de que não tem muito a ver com vocês – respondi. Estava impressionada com minha própria resposta.

Nesse mesmo momento, o telefone da diretora tocou. Segundos depois, minha mãe entrou na sala da diretora.

– Mariana Prudente, você pode me explicar que porcaria é essa que está rodando na internet?

Quando minha mãe está muito irritada, ela me chama apenas pelo primeiro e último nome. Ela simplesmente ignora o sobrenome dela, como se eu não fosse sua filha. Todas as vezes que ela faz isso, sei que fiz uma besteira maior do que deveria. E, naquele momento, eu percebi que estava completamente encrencada.

▶ ❚❚

Duas horas de sermão depois, com minha mãe gritando de um lado, a coordenadora tentando apaziguar de outro, a psicóloga tentando encontrar uma explicação freudiana para meu vídeo e a diretora dizendo que seria melhor que eu fosse para casa, eu fui.

Durante todo trajeto, minha mãe não abriu a boca. Ela simplesmente bufava, resmungava consigo mesma, mas *nunca* se dirigia a mim – o que era o pior de tudo. Se ela continuasse brigando, talvez eu ficasse mais calma, mas mamãe me ignorava com veemência.

Ao entrar em casa, minha irmã me esperava na sala, olhos inchados e com Mateus segurando a mão dela. Melissa chorava e gritava, dizendo que todo mundo no trabalho dela não parava de compartilhar o vídeo, até a chefe megera tinha assistido meu vlog.

– *Você*! – gritou ela, apontando o dedo para mim. – Você ficou maluca, Mariana? *Qual o seu problema?*

– Mel, fica calma! – pediu Mateus, colocando a mão no ombro da minha irmã. Ela simplesmente enxotou as mãos dele dali.

– *Calma uma ova!* Você viu o vídeo, Mateus – disse, virando-se para ele. Depois, voltou-se para mim: – Você sabe do que estão me chamando, Mariana? De maluca, sem noção e grossa, mal-educada! Tudo por causa do meu vídeo na doceria. Tem até uma menina no trabalho que disse que eu sou pior que aquelas mulheres do programa de TV das noivas malucas! – berrou. Depois disso, soltou uma série de onomatopeias expressando seu descontentamento. – E sabe o que mais? Tem um monte de gente me acusando de ser uma pessoa que faz várias coisas ruins por causa do vídeo do Charles. *Eu nem queria ofendê-lo, eu só estava num péssimo dia.*

Quis completar com "como todos os outros dias desde que você ficou noiva", mas respirei fundo e deixei para lá, pois tudo que eu dissesse poderia ser usado contra mim em um futuro próximo.

– E viram meu vestido! – continuou ela. – *O mundo inteiro* viu meu vestido de noiva. Tá passando na TV! Meu futuro marido viu meu vestido de noiva. Você sabia que isso dá azar? – perguntou, logo em seguida debulhando-se em lágrimas. – Você estragou meu casamento. Eu vou ter que escolher *outro* vestido de noiva, está todo mundo rindo de mim e o pior de tudo: você pensa que eu sou uma louca, porque é só isso que você repete no vídeo.

Olhei para Melissa, ainda sem saber o que dizer. Só conseguia ver o quanto ela estava decepcionada.

— Mel, vamos sair pra você esfriar a cabeça — chamou Mateus. — Depois você volta e tem uma conversa séria com a Mari. Vá lá lavar o rosto.

Minha irmã seguiu chorando para o banheiro, e eu fiquei a sós com meu futuro cunhado. O olhar dele me deixou envergonhada.

— Eu não esperava esse tipo de coisa de você, Mari — disse ele. — Vai tudo se acertar, afinal, vocês são irmãs. Mas a Mel está muito triste e decepcionada.

— Mas...

— Mas nada! Me escuta. Esse casamento é muito importante pra ela. Pra gente. É nosso sonho. Ela quer apoio em casa, ela está feliz e você vai e faz uma coisa dessas? Mari, você atrapalhou o sonho dela.

Respirei fundo e contei até dez, tentando controlar minhas palavras, mas não consegui.

— Eu atrapalhei o sonho dela? Que eu saiba quem atrapalhou o sonho de alguém foi ela, não eu.

— Do que você está falando? — perguntou Mateus.

— Eu tô falando de uma porrada de coisas, Mateus. Ninguém se importa comigo nessa casa, sempre o que a Mel quer vem em primeiro lugar. Por causa disso eu perdi meu intercâmbio na época em que o que eu mais precisava era ir pra longe daqui. Minha vida tem sido um inferno, mas todo mundo só sabe pensar no casamento da Mel. Eu quero ela feliz, de verdade! Pelo amor de Deus, ela é minha irmã — berrei. Mateus parecia querer me interromper, mas não permiti. — Mas vocês poderiam ter esperado um ano! Seria *melhor* se esperassem um ano. Só que não importa como a Mari se sente, nunca importa.

Mateus ficou sem palavras e minha mãe, que estava parada, observando a discussão sem dizer uma palavra, olhou para mim, como se algumas peças que estavam soltas nos últimos meses começassem a fazer sentido. Melissa saiu do banheiro, pegou a bolsa na mesa da sala e puxou Mateus pela mão.

— Vamos embora. Não tô a fim de olhar para essa egoísta hoje!

Eu vi minha irmã ir embora pela porta e tudo pareceu desmoronar ao mesmo tempo.

▶ ❙❙

Não quis conversar com minha mãe. Ela me procurou duas vezes, batendo na porta do quarto, mas não abri. Apesar da insistência, eu continuei em silêncio. Sabia que, depois, precisaria atender e conversar com ela, mas por enquanto precisava colocar meus pensamentos em ordem. Ou isso ou ela arrombaria a minha porta.

O telefone da sala tocou diversas vezes. Minha mãe geralmente gritava com quem quer que estivesse do outro lado da linha e, no fim das contas, acho que ela tirou da tomada, pois parou de tocar. Meu celular permanecia desligado. Pensei em conferir se Arthur enviara alguma mensagem, mas preferi ligar o computador.

Minha mãe nem teve tempo de retirar o modem do meu quarto e esconder em outro lugar. Liguei o computador e entrei no meu e-mail: havia tantas mensagens não lidas que eu não sabia o que fazer. Procurei Arthur entre meus contatos on-line. Várias janelinhas piscaram, de pessoas que sequer me lembrava de existirem, falando sobre o vídeo. Ele já estava até na TV! Como e quando aquilo havia acontecido? Mas ignorei todas elas.

Arthur	
	Eu quero morrer!
	Eu que morri. Morri de vergonha alheia!
	Não tem graça. ¬¬
	Eu sei, desculpa. Tá mto ruim aí?
	A dois passos de se transformar na Faixa de Gaza.
	Eu tive uma péssima ideia. Desculpa! Se ñ fosse por mim, vc ñ estaria nessa. =/.
	Eu nem deveria estar falando com vc agora.
	Mas vc ñ resiste ao meu charme...
	Arthur, para com isso!
	Ñ tá mais aqui quem falou. XD.
	Enviar

Enquanto conversava com ele, passei o olho pelos meus e-mails. Ameaças, contatos de imprensa, convites para campanhas publicitárias... Como aquilo tudo parara ali em tão pouco tempo? Internet, você é insana!

Arthur	
	Milhões de pessoas postam milhões de vídeos ridículos por mês na internet. Pq logo o meu ficou famoso?
	Ñ sei, Mari. Essa coisa de viral é meio idiota, na verdade.
	Idiota pq não é vc que querem na capa de uma revista de noivas! Isso é bizarro, louco, patético.
	Espera aí... Querem você na capa de uma revista de noivas? o.O
	Aham, junto com minha irmã. Acabei de ver no meu e-mail. Aliás, como eles encontraram meu e-mail?.
	Nossa, isso é um pesadelo!.
	Nem me fale. Acho q vou dormir. Preciso de um tempo pra digerir essa loucura..
	Boa noite, Mari. Vai dar tudo certo. Bjs. :D
	Enviar

Fiquei pensando quão otimista uma pessoa poderia ser. Estava claro que *não* daria tudo certo. Em um dia, ordem. No outro, dois vídeos do meu vlog idiota viraram sensação na internet. As coisas estranhas estavam só começando.

Minha mãe bateu na porta mais uma vez. Eu disse que queria dormir. Ela não insistiu, talvez fosse melhor assim: esfriar a cabeça e conversar comigo no dia seguinte. Encostei minha cabeça no travesseiro, mas não consegui pegar no sono.

23

O sábado chegou e com ele o primeiro dia do ENEM. O que não chegava era minha irmã, que não tinha aparecido em casa desde quinta-feira, quando o vídeo estourou na internet.

— Mãe, tô pronta — avisei, assim que me arrumei para a prova. — Vamos? — perguntei, pegando minha bolsa a tiracolo com meus documentos, canetas, lápis e borracha.

— Pode ir sozinha. Não vou com você. Tenho que fazer compras — disse, secamente.

O silêncio da minha mãe era pior do que qualquer castigo ou bronca que ela pudesse me dar. Eu me sentia uma decepção ambulante ao ouvir o tom pesado e seco que ela usava para se dirigir a mim.

Fiz a prova totalmente desanimada e, assim que cheguei em casa, não me restou outra solução além de dormir. Melissa ainda não tinha voltado. Ela nunca dormiu tantos dias na casa do Mateus. Na verdade, nunca fiquei tanto tempo sem falar com minha irmã. Brigas, alfinetadas ou reclamações eram frequentes, mas o silêncio era muito estranho.

Na manhã seguinte, nem sinal da Melissa.

— Mãe, cadê a Mel?

— Ela veio aqui na sexta, enquanto você estava na aula. Pegou umas roupas e foi passar o fim de semana no Mateus. Achei melhor assim — respondeu minha mãe, sem estender o assunto. — Vou pra igreja. Se você quiser comer, tem lasanha no freezer. Cuidado para não se atrasar para o segundo dia de prova.

Nossas conversas estavam tão frias e superficiais que aquilo me agonizava. Desde quinta-feira, todos os dias foram totalmente estranhos. Nem papai, que intercedia por mim na maioria das confusões familiares, estava falando comigo direito. Resolvi ligar para o Arthur — precisava de companhia.

— Você me encontra depois da prova? — pedi. — Eu não sei se minha mãe vai encrencar se eu sair, mas eu tô me sentindo muito sozinha.

— Lógico, Mari! A gente faz alguma coisa. Esses dias foram muito estressantes pra você — afirmou ele. — Você vai fazer a prova em que lugar?

Passei o endereço para Arthur e combinamos um horário para nosso encontro. Talvez ele conseguisse me fazer sentir menos estranha em meio a toda essa confusão.

Meu segundo dia de prova foi horrível. Não consegui me concentrar em nenhuma questão, só conseguia pensar na minha mãe e minha irmã. Minha redação não fazia o menor sentido e fui uma das primeiras a entregar a prova, bem diferente de quando prestei a primeira fase do vestibular estadual.

Assim que saí da sala, suspirei aliviada. Menos um compromisso. Mas não queria passar por aquele sufoco outra vez no ano seguinte, embora tivesse quase certeza de que tinha ido mal na prova.

— Como foi? — perguntou Arthur. Ele estava me esperando do lado de fora do colégio onde fiz a prova, encostado no carro.

— Uma porcaria — respondi. — Eu só penso na Mel.

Percebi que alguns adolescentes, circulando por ali, me olhavam, como se me reconhecessem de algum lugar e não soubessem de onde. Arthur notou meu desconforto e pediu que eu ignorasse.

— Eu já disse, daqui a pouco isso passa — consolou.

— É horrível ficar sem falar com ela, saber que a Mel está brava comigo. Não gosto disso, Arthur. Isso não é certo.

Sem saber o que dizer, Arthur me acompanhou até em casa em silêncio e nos despedimos com um breve beijo.

▶ ❙❙

Depois da Mel descobrir tudo, eu tirei os dois vídeos do ar, mas isso não impediu que eles fossem replicados por outros usuários. Ainda tinham vídeos no vlog onde eu reclamava da minha irmã, mas em nenhum deles ela aparecia. Não tinha uma resposta digna para publicar, dizer o que queria falar para minha irmã. Uma vez na internet, para sempre nela. Não adiantava tentar passar borracha, até porque, meio mundo já havia assitido ao vídeo.

Quando cheguei, Melissa estava na sala de casa, conversando com meus pais. A cena foi meio inesperada: assim que abri a porta, todos olharam para mim. Foi um pouco como uma cena de filme. Fiquei desconcertada, me sentindo tão fora de lugar e achando tão estranho rever minha irmã depois de tudo... A chave que eu segurava caiu no chão, mas quando fui pegar, Melissa se adiantou e me devolveu.

— Obrigada — agradeci o gesto, estranhando o comportamento da minha irmã.

— De nada — respondeu Mel, sorrindo para mim.

— Melissa, eu... — comecei a esboçar minhas desculpas.

— Sua irmã vai na televisão! — gritou mamãe, eufórica, ao mesmo tempo em que abri a boca para falar. Mal tive tempo de processar aquela informação.

— Como assim? — perguntei. Meus olhos foram da minha mãe para Melissa, estava completamente confusa.

— Ligaram de uma emissora de TV hoje — explicou mamãe, silenciando minha irmã, que parecia querer dizer alguma coisa. — Ela vai naquele programa que passa de manhã, como é mesmo o nome, Melissa?

— *Encontros da Manhã* — respondeu minha irmã. Para mim, todos os programas matutinos feitos para dona de casa eram iguais, com o mesmo nome. Se fosse "Manhã da Mulher", "Manhã dos Encontros" ou "Mulher da Manhã", tanto fazia. Mas para minha mãe, não.

— Ai meu Deus, é o programa que aquele cara bonito faz receitas? — perguntou minha mãe, empolgada. Melissa assentiu.

— O que a Mel vai fazer num programa desses?

— Bem... Eles viram seu vídeo na internet — respondeu minha irmã, dirigindo-se mais uma vez para mim. — Então eles pediram que eu fosse falar sobre as tensões de ser noiva, esse tipo de coisa — explicou. Mel começou a enrolar o cabelo com os dedos, parecendo envergonhada, mas ao mesmo tempo animada com a ideia — por mais que ela fizesse parecer que não era grande coisa.

Parecia entediante, mas dava para perceber que minha irmã estava nervosa.

— E quando é isso?

— Amanhã de manhã! — disse Mel, deixando escapar um gritinho eufórico. Era agora ou nunca.

— Mel, eu queria pedir desculpas pelo vídeo e...

— Mari, é melhor a gente esquecer isso — pediu ela. — É verdade que toda vez que eu lembro disso eu quero te esganar, mas se eu viver pensando no que aconteceu, nunca mais vou falar com você. Conversei muito com o Mateus e descobri que não vale a pena ficar chateada com isso para sempre, mas não vai ser tão fácil encarar com normalidade — falou, com sabedoria.

— Mas eu preciso me desculpar de alguma forma.

— Bom, desculpe-se assistindo todo o programa amanhã. Sei que você não suporta essas coisas, mas quero ter certeza de que alguém irá assistir — completou e me lançou uma piscadela. Não contive um sorriso.

— Acho que suporto esse castigo.

▶ ‖

Acordei com batidas na porta. Olhei para o meu relógio: eram quatro e meia da manhã. Quem ousava? Melissa enfiou a cabeça pela fresta e me chamou.

— Desculpa te acordar — disse, mas não parecia tão arrependida assim. — Preciso da sua ajuda pra escolher uma roupa pra usar na TV!

— A televisão não tem esse tipo de coisa? — perguntei, mal-humorada.

— Sei lá. Não quero correr o risco de ir de moletom e ser entrevistada vestida assim. Vem me dar uma mãozinha!

Ainda zonza, me levantei e cambaleei até o quarto da minha irmã. Abri o guarda-roupa dela: era uma zona, não fazia ideia de como ela se organizaria quando se casasse. Aliás, minha irmã era um caso perdido — não sabia lavar, passar, cozinhar. A sorte dela era que o Mateus fazia uma macarronada que quebrava o galho. Tonta de sono, vasculhei o armário em busca de peças que minha irmã pudesse usar.

Melissa não tinha muita coisa útil. Ela comprava peças que não combinavam entre si e seu guarda-roupa parecia uma espécie de "armário Frankenstein": lá dentro, tinham várias peças bonitinhas que, juntas, formavam combinações horríveis. Mas nada como o meu talento para dar um jeito nisso!

Escolhi uma blusa de botões cinza, com uma leve transparência, e uma calça justa na cor azul-marinho. Melissa olhou para a roupa, duvidando da minha escolha.

— Esse treco combina?

— Você quer minha ajuda ou quer questionar minhas escolhas?

Como resposta, ela se vestiu. Melissa era esperta o suficiente para confiar nas minhas dicas de moda. Arrematei o visual com um cinto, escolhi as sapatilhas e as bijuterias que ela usaria, mas a deixei sem maquiagem e com o cabelo solto.

— Tenho certeza de que eles vão dar o jeito deles nessa parte! E devem até escolher outra roupa pra você — afirmei, quando Melissa questionou minha escolha. — Ninguém vai te deixar entrar no estúdio de cara limpa!

Mel me agradeceu e deu um beijo estatelado na minha bochecha. Certamente era louca: um dia me odiava e no outro pedia conselhos de moda.

Pouco depois, um carro da emissora estava em nossa porta para levá-la até o estúdio de TV. Eram cinco da manhã. O programa começava às nove. Depois de muito insistir com minha mãe, ela disse que eu poderia faltar a escola para assistir a Mel na TV! Como ainda era *de madrugada*, resolvi tirar um cochilo até a hora do programa.

Quase perdi o início do programa. Acordei só às 09h15 e corri para ligar a televisão, torcendo para não ter perdido a participação da minha irmã. Foi pura sorte: assim que liguei a TV, Melissa entrou no estúdio.

Mel usava a mesma roupa que havia escolhido para ela. Estava levemente maquiada e o longo cabelo castanho estava preso em uma trança embutida.

A apresentadora — Maria Alguma-Coisa — sorriu para Mel e pediu que minha irmã se sentasse na mesa de café da manhã. Provavelmente fruto das aulas de telejornalismo, Melissa não parecia nem um pouco nervosa. Eu, por outro lado, estava tremendo no sofá da sala, ansiosa por ela. E aposto que minha mãe, naquele momento assistindo dos bastidores, também tremia de ansiedade.

— De quem foi a ideia do vídeo? – perguntou a apresentadora, provavelmente pouco inteirada no assunto.

— Foi da minha irmã – explicou Melissa. – Ela estava filmando a prova do vestido e aí eu enlouqueci, admito. Essa coisa de casamento deixa a gente meio doida! – falou e depois riu. Ponto para ela. – Sabe, eu nunca imaginei que ela fosse colocar aquilo na internet, eu nem me lembrava dela ter filmado. Eu fiquei bem brava quando descobri, ainda mais pelos comentários dela dizendo que eu estava doida por causa do casamento...

— Mas você acabou de dizer que estava doida! – salientou a apresentadora, rindo também.

— E estava! Mas você não precisa dizer o óbvio – respondeu, provocando risada tanto da apresentadora quanto de todo mundo no estúdio.

— E como é sua relação com ela?

— Eu adoro a Mari. Ela está meio revoltada comigo porque, por causa do casamento, ela teve que adiar um grande sonho. Mas eu me dou muito bem com ela! Foi a Mari quem me arrumou hoje pra vir aqui – comentou.

A tal Maria Alguma-Coisa pediu que ela se levantasse e minha irmã obedeceu, dando uma voltinha. As câmeras focalizaram as roupas e bijuterias, e terminou com um close no rosto sorridente da minha irmã.

A entrevista continuou, com Mel falando como era estranho todo mundo reconhecê-la pelas ruas por causa dos vídeos e ainda repetirem a frase que ela dizia.

— As pessoas fizeram camisetas com ilustrações minhas cuspindo chocolate! – exclamou minha irmã. – É tudo uma loucura.

— E seu noivo já viu o seu vestido! E agora?

— Eu conversei com o meu estilista e a gente mudou alguns detalhes. Não quero que dê azar!

Ela terminou a entrevista contando um pouco sobre como conheceu o Mateus e como os dois estavam perdidamente apaixonados. A apresentadora destacou como ela era nova, ao que minha irmã completou com a frase mais brega: "para o amor, não existe idade".

Com um beijo, minha irmã se despediu e agradeceu a oportunidade de estar ali. O programa passou para os intervalos comerciais e eu desliguei a televisão, orgulhosa pela minha irmã ser a mais nova webcelebridade e satisfeita por ela estar feliz.

▶ ‖

Melissa e mamãe chegaram em casa quase cinco horas depois. As duas estavam sorridentes e falantes demais. Como eu senti saudade da versão tagarela delas!

– Mariana, você não vai acreditar! A gente almoçou lá no estúdio, do lado de um monte de gente famosa, e eles falaram com sua irmã.

– Ai meu Deus, sério? – perguntei, eufórica.

– É. Foi um cara daquela banda que você gosta, ele tava gravando um programa. Um deles olhou pra mim e disse "pô, maneiro o vídeo, mano" – disse minha irmã, fazendo uma imitação, exagerando no sotaque paulista. – Como é mesmo o nome deles?

– *Você viu o Tempest*! Será que eles se lembram de mim? Será que eles sabem que você é minha irmã? Ai, que inveja!

– Sossega, Mariana – pediu minha mãe, mas ela mesma estava empolgada, doida para contar tudo que acontecera. – Foi o máximo, a Maria Rita adorou sua irmã. E todo mundo é tão simpático!

– Mamãe pegou autógrafo até do câmera – contou Melissa.

– Ué, e o que tem de errado? Vocês não iam pedir autógrafo se fosse alguém que vocês gostassem? – perguntou mamãe, parecendo uma adolescente.

As duas continuaram, contando cada detalhe do estúdio de TV, das perguntas, da entrevista – como se eu não tivesse assistido pela televisão. Melissa disse que iam trocar a roupa dela, mas adoraram o que ela estava vestindo e resolveram deixá-la daquele jeito.

– Eu não te disse? – falei minha frase preferida. Ela apenas riu.

Depois da gravação, as duas foram levadas por um breve passeio pelos outros estúdios e foram convidadas para almoçarem por lá, então um carro as trouxe de volta para casa. Minha mãe estava se sentindo uma celebridade.

No fim das contas, tive que me virar com uma lasanha de micro-ondas, pois as duas tinham se empanturrado de comida e esquecido de mim. Com o fim do seu momento de princesa, Mel foi embora para o estágio e minha mãe se viu às voltas para recuperar as horas de trabalho perdidas pela manhã.

Estava mais calma agora que a situação estava melhor com minha família. Foi só minha irmã ser chamada para a TV para ela esquecer toda confusão. Com isso, resolvi que era uma boa hora para finalmente olhar a minha nota na primeira fase da estadual.

Por causa do estresse da última semana, resolvi concentrar meus esforços procurando cursos que talvez pudessem me agradar. Se ficasse pensando demais em toda história envolvendo minha irmã e o vlog, eu iria pirar. Sim, eu ainda não tinha conseguido escolher uma profissão! Fazia um tempão desde a minha primeira prova do vestibular – na verdade, eu deveria ter escolhido isso *antes* – e continuava indecisa.

Depois de muito pesquisar, considerar todas as possibilidades e pensar no que eu queria fazer pelo resto da vida, fiquei em dúvida entre duas opções: design ou letras. Até pensei que moda seria uma boa escolha, mas desisti. Gostava de brincar com moda, mas acho que odiaria estudar isso. Estava com medo de desenho industrial não ser uma boa ideia, por causa da maldita matemática, mas nas últimas semanas meu relacionamento com os números estava um pouco melhor, graças ao Arthur.

Como a classificação para a segunda fase, dessa universidade era baseada em conceitos, decidi que se tirasse A ou B, design seria minha opção. Com um C ou D, tentaria Letras. Mas estava morrendo de medo de tirar E!

Já estavam abertas as inscrições para a segunda fase e eu *precisava* vencer meu medo de encarar minhas notas. Se não conferisse, não tinha como me inscrever!

Digitei meu código de acesso e hesitei um pouco antes de clicar na lista que exibia as notas. Busquei pelo meu nome e precisei me beliscar para acreditar: havia tirado B!

Dei um grito em casa, e minha mãe veio correndo, pensando que estava morrendo ou algo parecido.

— Tirei B, mãe! Tirei B! — comemorei.

Ela não sabia o que isso significava, mas, logo que expliquei, ela começou a pular pela sala, pegou o telefone e contou a novidade para meu pai. Sua filha havia passado para a segunda fase do vestibular. Era um escândalo desnecessário, aquilo não significava a minha aprovação, mas eles estavam genuinamente felizes.

Ao lado dela, fiz minha inscrição para a segunda fase e pagamos o valor da inscrição pela internet. Ao contar o que pretendia fazer, minha mãe adorou a ideia, mas não entendeu muito bem o que fazia um designer.

— Desenhista? Isso não vai deixar você pobre, Mariana?

— Não, mãe! Eu posso trabalhar com um monte de coisas.

Passei cerca de 20 minutos explicando para minha mãe sobre o curso e, no fim das contas, ela gostou da ideia.

— Preciso ligar pro Arthur e contar isso pra ele.

— Toda hora falando com esse garoto...

— Ué, mãe. Foi ele quem me ajudou a estudar. Tenho certeza de que se não fosse por ele, eu não conseguiria uma nota boa na primeira fase.

Mamãe deu de ombros e voltou a fazer sabe-se lá o que estava fazendo. Disquei para Arthur e, no quinto toque, ele atendeu.

— Eu passei na primeira fase! — gritei no telefone. — Já decidi até o que quero fazer, me inscrevi pra segunda fase e tudo — expliquei antes mesmo de cumprimentá-lo. Eu estava animada!

– Oi pra você também! – brincou com a minha empolgação. – Espera! Explica isso direito, Mari. Aliás, eu vi sua irmã na TV. O que foi aquilo?

Contei para Arthur todos os detalhes, desde quando cheguei em casa na noite anterior e encontrei minha irmã ali, o programa de TV e minha nota no vestibular.

– Mas eu ainda não entendi como você escolheu design.

–Ah, eu passei meu tempo livre na última semana conferindo esses guias de estudante. Acho que tem mais a ver comigo.

– E você sabe desenhar?

– Não muito bem, mas eu aprendo rápido. Não aprendi matemática?

–Você não *aprendeu* matemática. Você foi *doutrinada* pelo mestre – gabou-se.

– Até parece! Deixa de ser convencido, Arthur.

Continuamos conversando por algum tempo. Estava tão aliviada por tudo que havia acontecido... Não era apenas pelo resultado no vestibular, mas principalmente por causa da minha irmã.

Depois, telefonei para a Nina e contei sobre meu resultado. Ela me parabenizou, mas não parecia realmente animada. Suspeitei que as coisas não andavam muito bem na casa dela, mas não tinha como conversar sobre aquilo por telefone. A ligação foi bem rápida. Eu queria conversar sobre tantas coisas, mas vi que minha amiga não estava no clima. Eu sentia saudades de conviver todos os dias com a Nina, mas acreditava que aquilo logo se ajeitaria também.

Parecia que, finalmente, minha vida voltava a entrar nos eixos.

24

Os convites para minha irmã ir a programas de TV falar sobre o vídeo só cresciam. Ela deu mais duas entrevistas durante a semana seguinte e aceitou, enfim, fotografar para um editorial de uma revista de noivas, o que renderia um dinheiro extra para o casamento. E ela ainda usaria um vestido de grife para as fotos. É o sonho de toda noiva vestir um modelo Vera Wang! Eu que nem tinha planos de casar estava morrendo de inveja... Fala sério, *um Vera Wang*!

A única prova de vestibular que me faltava era a segunda fase da estadual, por isso poderia prestar atenção na minha vida virtual. Eu também estava recebendo convites para entrevistas!

Aceitei logo de cara uma proposta da revista adolescente *Superteens*, a mesma que compro fielmente todo mês! Me senti uma celebridade *teen*! A jornalista me avisou que também queriam tirar algumas fotos e, por isso, eu precisava ir até o estúdio usado por eles. E o melhor: mandaram um carro com motorista me buscar!

Quando cheguei ao estúdio, fui recebida por uma mulher alta e bastante magra com cara de modelo. Ela me acompanhou até uma sala onde uma equipe (pois é, EQUIPE!) de maquiagem e cabelo me esperava. Fizeram uns cachos lindos nos meus fios escorridos e sem graça e usaram pouca maquiagem, apenas reforçando o blush nas minhas bochechas. Eu parecia uma boneca.

Mas o melhor estava por vir. A mesma mulher me guiou para outra sala, chamada *dressing room*, segundo fui informada. Tem como ser mais chique do que estar em um lugar com nome esnobe em inglês e lotado de araras de roupas?! Aquilo ali era o paraíso! Eu podia morar no tal *dressing room*.

Eram araras e mais araras de roupas lindas, de todas as cores e estampas. Roupas que vi nas passarelas da última semana de moda, outras vi nos editoriais. Espiei uma das araras e reconheci as etiquetas: meus estilistas favoritos ao alcance das minhas mãos! Eu nunca ia imaginar algo assim.

– Oi, você é a Mariana, não é? – perguntou uma mulher com mais de 1,80m, usando saltos agulha tão altos que a deixavam com quase dois metros. Eu amava salto alto, mas eu nunca ia conseguir me equilibrar com aqueles que ela estava usando! Ela era tão esbelta quanto uma modelo de passarela e tinha os cabelos curtos tingidos de vermelho. – Sou a Laura, eu vou te ajudar a se vestir – apresentou-se estendendo uma mão para me cumprimentar e, com a outra, ajeitando a saia preta plissada de cintura alta. Ela usava uma camisa de botão roxa estampada com bolinhas brancas.

—Você sempre arruma as meninas para as fotos nessa revista? – perguntei. Eu colecionava os modelos que mais gostava dos editoriais da *Superteens*, recortava-os e colocava numa pasta. Afinal, eu precisava aprender a ter senso de moda em algum lugar, pois, se fosse depender da minha família, teria sérios problemas.

— Ah, não! Eu arrumo algumas, mas temos uma equipe grande pra isso. E a gente tem outro grupo em São Paulo – explicou. – Mas hoje eu sou responsável por você. Querem você em três páginas, menina! Isso é muita coisa.

Laura me empurrou e me colocou sentada em uma cadeira vermelha, giratória. Havia roupa por todo lado, estava tonta com tantos cabides, cores e tecidos. Eu já tinha dito que aquele lugar era o paraíso? Tenho certeza que sim, mas repetiria: aquilo era o paraíso!

— Preciso saber o que você gosta assim posso te vestir do seu jeito! Não quero deixar você sem identidade.

— Posso escolher uma roupa? – pedi. – Eu monto três visuais, se não gostar, eu deixo você fazer o que quiser comigo. E você pode escolher os acessórios.

Ela me olhou, desconfiada. Mas acho que meu tom de desafio a deixou empolgada. Minha mãe, que estava me acompanhando, me deu um beliscão, como se estivesse pedindo que eu me comportasse.

—Vá em frente! – disse Laura, com um sorriso. – O que está naquelas araras do meio vai caber em você. No lado esquerdo ficam as roupas das modelos, aquilo ali não cabe em ninguém!

Extasiada com a minha nova missão, me levantei e comecei a remexer nas araras. As opções eram tantas! Levei quase meia hora para escolher dois vestidos, duas blusas, uma camisa jeans, uma calça verde-água, uma saia e um short. Coloquei todas as peças em um balcão e ela me olhou com aprovação.

— Você tem jeito, garota – falou Laura, aprovando minhas escolhas. – Veste isso aqui primeiro! – ordenou, me dando o short florido de cintura alta e uma blusa rosa, de alcinha, com muitos babadinhos.

Havia um provador no canto da sala e me troquei por lá. Assim que terminei de me vestir, ela escolheu alguns acessórios – entre vários colares e anéis chamativos, ela me deu um pequeno brinco de pérolas – e me deu um par de sandálias vermelhas de salto quadrado. Meu visual era super-romântico e ótimo para um encontro no final da tarde.

— Pronto, vamos lá tirar as primeiras fotos! Depois você volta e troca de roupa.

No estúdio de fotos, havia um sofá inflável na cor verde onde me mandaram sentar. Tirei fotos com um notebook no colo, segurando um celular e com uma câmera de vídeo na mão. Já estava cansada de tanto sorrir, mas, pelo visto, eu ainda tinha muitas fotos pela frente. Troquei de roupas diversas vezes e, no fim das contas, usei peças que escolhi com algumas selecionadas pela Laura, que teve o cuidado de não fugir muito do meu estilo. Mais parecia um editorial de moda do que fotos para uma matéria!

Quando estava tirando as últimas fotos — e minha mãe estava aparentemente morta de tanto esperar —, uma moça baixinha entrou na sala. Ela tinha cabelos loiros, usava óculos e vestia jeans e uma camiseta do Tempest.

— Ai meu Deus, você também é fã do Tempest! — gritei, assim que a vi entrar na sala. Ela me olhou, surpresa, e deu uma risada. O fotógrafo pediu para que eu sossegasse, pois eu não podia sair da posição que ele tinha me colocado. Poucos minutos depois, fui liberada da tortura fotográfica. Se me perguntassem, diria que ser modelo é muito chato e cansativo, nada glamouroso.

A moça com a camiseta do Tempest se aproximou de mim.

— Oi, meu nome é Valéria! — apresentou-se. — Eu já sei que você é a Mari. Eu vou te entrevistar hoje.

— Não acredito que você é fã do Tempest! — exclamei. — Eles são demais, né?

— Muito! Eu os entrevistei mais cedo e no final ganhei essa camisa — disse ela, como se fosse uma velha amiga. — Eles autografaram quando eu disse que curtia a banda.

Contei para ela como entrei nos bastidores do show, e ela pareceu empolgada, tomando nota de qualquer palavra que eu dizia. Não entendi, pois ainda não havíamos começado a entrevista de verdade.

Ela fez várias perguntas que eu já esperava: como havia surgido a ideia do vlog, como eu me sentia com minha irmã se casando, como foi se tornar um *hit* na internet... Mel tinha respondido perguntas parecidas durante toda a semana, ela estava adorando os holofotes, mas aquela era a primeira vez que eu dava uma entrevista. Tudo era novo para mim e, por mais que eu tivesse ensaiado as respostas em casa, fiquei com medo de falar besteira.

— Sua irmã disse numa entrevista que você ia fazer intercâmbio...

— Sim. Até falei sobre isso em alguns vídeos do canal. Eu ia fazer intercâmbio esse ano. Queria muito ter uma experiência diferente em outro país, pois eu ainda não tenho certeza do que quero fazer na faculdade. Mas com o casamento, não deu muito certo.

— E você ficou triste com isso?

– Um pouco, né. No início fiquei bem chateada, mas depois relevei. Nada melhor do que ver minha irmã feliz.

– E como a Melissa reagiu ao vídeo?

– Ela quis me matar! Ficamos uns dias sem nos falar, e ela ficou um tempo fora de casa. Mas, no início da semana, a gente fez as pazes. Não dá pra viver de mal pra sempre com sua irmã. E eu morreria se isso acontecesse!

Ela fez mais algumas perguntas sobre minhas escolhas para o futuro e outras sobre o vlog e, logo em seguida, me liberou.

O fotógrafo pediu que eu tirasse mais algumas fotos e obedeci, mas já estava de saco cheio de tantos flashes e morta de fome! Minha mãe estava transparente – porque branca e pálida ela já era – por estar de estômago vazio. Vai ver que é por isso que as modelos são tão magras! E todo mundo achando que a culpa era dos regimes rigorosos. Quando tiramos a última foto, suspirei aliviada. Provavelmente meu sorriso saiu torto nas últimas 20, de tão cansada que estava.

Quase desmaiei de alegria quando me disseram que havia uma pizza para mim. Não era uma: eram cinco! Podia comer uma caixa inteira sozinha. Laura, que acompanhou toda a sessão para fiscalizar meu visual, comeu só meia fatia da pizza vegetariana – eu provei, mas era horrível! –, mas o resto da equipe me ajudou a devorar o resto. Minha mãe levantou as mãos para o céu, agradecendo pela dádiva.

– Adorei você! – disse Laura, quando me despedi dela. – A gente vai começar uma nova leva da Equipe *Estrelas Superteens* e sempre escolhemos meninas já conhecidas por nós e outras que se inscrevem pelo site. Vou conversar com o pessoal, mas acho que você seria ideal para ser uma delas – falou, referindo-se ao grupo de adolescentes que participava ativamente da revista, dando dicas de livros, filmes, seriados e opinando em colunas e matérias.

Sabia que a própria equipe da revista escolhia muitas dessas ajudantes. Algumas eram blogueiras conhecidas ou davam dicas de maquiagem em vídeos antes de entrarem para o grupo. Eu sempre quis ser uma dessas meninas! A cada atualização, eu lia o blog da revista com depoimentos delas e achava o máximo, pois, além de saírem na publicação, elas iam a desfiles, shows e viagens patrocinadas pela *Superteens* e pelos anunciantes. Também tinha o programa *Superteens na TV* em um canal fechado, onde, às vezes, elas apareciam cobrindo eventos e dando dicas de moda.

– Nossa, seria um sonho participar disso! – Mal conseguia respirar de animação! – Eu sempre quis ser uma delas, até já me cadastrei para a seleção, mas nunca fui escolhida – confessei.

– Bom, vamos ver o que acontece! Tchau, Mari, foi um prazer. A sua revista sai na próxima quinzena.

Me despedi de todo pessoal, toda a equipe me tratou super bem, e voltei para casa com minha mãe. Um carro nos levou de volta e, enquanto ela tagarelava sem parar sobre como eu tinha vocação para modelo fotográfica (até parece!), eu estava nas nuvens.

Ainda era difícil acreditar naquilo. Tudo começou como uma brincadeira, e eu não tinha noção das proporções que um simples vídeo na internet poderia tomar.

Quando descobri que *até a diretora* do meu colégio havia assistido ao vídeo, eu achei que minha vida estava acabada de vez, simples assim. E, então, como mágica, um mundo de possibilidades se abriu. Sabia que essa onda seria passageira, todo hit na internet não fica muito tempo na moda, logo é substituído por algo novo. Mas não custava nada aproveitar meus 15 minutos de fama, certo? Se eu entrasse para a Equipe *Estrelas Superteens*, talvez tudo fosse diferente.

Quando chegamos em casa, pedi à minha mãe que me deixasse ir até a casa da Nina. Precisava conversar com minha amiga e contar como tinha sido aquele dia *louco*.

Como sempre, subi direto para o apartamento dela, enquanto o porteiro comunicava minha chegada. Assim que as portas do elevador se abriram, minha amiga estava me esperando na porta de casa, de pijamas.

— Eu preciso te contar como foi hoje! — disse, empolgada, mas ela não parecia tão animada quanto eu. — O que foi? — perguntei, reparando na sua expressão cansada e nas olheiras.

Nina estava com uma aparência péssima. Podia apostar que, naquele dia, ela não tinha comido nada. Sua pele, naturalmente morena, estava pálida — e não era apenas por que ela estava confinada em casa, estudando sem parar. A acompanhei até o quarto e Nina fechou a porta.

— Mari, eu não aguento mais! — confidenciou ela. — Eu estou ficando louca, sabe?

— O que foi?

— Meus pais. Eles brigam o dia inteiro, minha mãe só sabe jogar na cara que ela que ganha mais, que ela é isso, é aquilo... Está insuportável! Aí ontem meu pai disse que eles vão se separar.

— E por que você não me ligou? — perguntei, aproximando-me dela e a puxando para um abraço.

— Eu não quero encher você com essas coisas. Você também tem seus problemas, esse lance do vídeo deixou você atarefada.

— Sempre encontro um tempo pra você, Nina — respondi. — Pode contar tudo e pode chorar à vontade. É pra isso que servem os amigos!

Nina contou — e chorou muito. Seu pai estava prestes a ser promovido no emprego, mas, por algum motivo que não entendi, outra pessoa foi promovida em seu lugar. Como a mãe da Carina é pirada, eles começaram a discutir muito por causa disso, e o pai dela foi se sentindo cada vez pior. Se fosse na minha casa, tenho certeza de que seria o contrário: mamãe daria todo apoio ao meu pai, que era o que ele precisaria em um momento como aquele.

— Então, eles vão se separar, porque meu pai não aguenta mais. E é lógico que ele não aguenta, nem eu consigo suportar mais isso! — confessou. — Acho que vou morar com meu pai, mas isso só vai servir pra minha mãe surtar mais ainda.

— Odeio dar conselho "errado", mas acho que você deveria ir morar com seu pai por um tempo sim. Quem sabe sua mãe não começa a repensar as atitudes dela desse jeito?

— Eu pensei nisso, Mari. Mas não é tão fácil como parece. Só que acho que essa é a única solução. Te contei o que aconteceu no ENEM?

Sacudi a cabeça, negando. Não conversávamos de verdade desde o aniversário da minha irmã, estávamos preocupadas demais com a prova e, depois, eu fui abduzida pela imprensa. Trocamos algumas mensagens via celular ou breves ligações durantes esses últimos dias, só isso. Agora, estava me sentindo um pouco culpada por negligenciar a única amiga que parecia se importar comigo. E a única que eu ainda tinha.

— Não sei o que aconteceu. Acho que eu estava nervosa por causa de tudo aqui em casa. Eu acabei desmaiando no sábado e deixei metade da prova em branco. Ninguém me deixou fazer depois, é óbvio. E no domingo eu fui do mesmo jeito, mas no meio eu surtei e comecei a chorar. Entreguei o cartão de respostas em branco.

Estava chocada. Como assim tudo aquilo havia acontecido e eu não sabia? Com certeza aquelas brigas em casa estavam afetando demais a Nina, pois ela sempre foi muito controlada. Mas eu imaginava como ela estava se sentindo mal, porque aquela era a principal prova para ingressar em todas as universidades federais. Nina tinha perdido sua maior chance. Agora ela tinha que torcer para ir bem na segunda fase da estadual.

— Nina, você comeu no dia da prova?

De maneira quase imperceptível, Nina sacudiu a cabeça, negando.

— Nina, você precisa se cuidar. Se você tivesse comido, você teria conseguido — aconselhei. — Sei que é difícil, que a pressão na sua casa está te deixando cada vez pior... Mas você não pode ficar mal desse jeito. Você sabe tudo, se concentra que você consegue passar na estadual. Não desperdice sua única chance! E coma, por favor.

— Se fosse fácil assim, Mari... — disse ela, suspirando. — Mas obrigada pelo apoio. — agradeceu minha amiga. Carina respirou fundo e mudou de assunto: — Agora me conta, como foi lá? Quero saber das novidades! Te colocaram para tirar foto com um modelo alto e sensual?

Eu gargalhei e já estava prestes a começar a tagarelar quando olhei mais uma vez para a aparência da Nina. Meu coração ficou apertado. Sabia que ela queria desviar o assunto, mas eu não podia deixar aquilo morrer.

– Você comeu hoje? – perguntei, mesmo sabendo a resposta. Ela não teve coragem de falar. Interpretei o sinal como uma negação. – Nina! – exclamei. – Você *precisa* comer direito. Isso não ajuda em nada.

– Mari, existe muita coisa em jogo, tá? Não vamos entrar nesses detalhes agora. Já disse, quero falar de coisas boas. Me conta como foi lá, *por favor*! – implorou, e eu não consegui resistir, embora quisesse falar algo mais para convencer Nina a se cuidar melhor.

Então, contei cada detalhe. Enquanto eu falava sobre a troca de roupas, as fotos, a entrevista e a chance de entrar para a Equipe *Estrelas Superteens*, os olhos da Carina brilhavam.

Percebi que não ia dar tempo de conversarmos tudo que queríamos. Depois de muita insistência, convencemos nossas respectivas mães: eu podia dormir na casa da Nina para colocar a fofoca em dia!

Passamos a noite inteira conversando, comendo pipoca e brigadeiro. Fiquei mais feliz quando vi que Nina comeu um pouquinho também, mesmo que fosse porcaria, pelo menos era comida! Vê-la engolir uma colher de brigadeiro era muito melhor que qualquer sessão de fotos.

25

Eu não sabia como novembro chegou tão rápido, mas lá estava ele, anunciando a proximidade da última prova de vestibular, os resultados do ENEM e minha formatura no último final de semana do mês. Mas, logo no primeiro dia, novembro já havia mostrado a que veio: a revista *Superteens* com a minha entrevista estava disponível em todas as bancas de jornais do Brasil.

O dia em que vi minha foto em uma publicação nacional foi assustador. Mesmo sabendo que meu vídeo mais popular havia atingido mais de um milhão de visualizações (depois que tirei do canal, muita gente colocou o vídeo na internet e cada dia mais pessoas assistiam), aquilo era completamente diferente. Mesmo com algumas pessoas me reconhecendo nas ruas por causa do vídeo, ainda havia aquela sensação de estar protegida pela internet – como se isso significasse alguma proteção. Só que ver minha foto em uma revista mudou completamente minha percepção a respeito da minha nova vida virtual.

O burburinho em torno do vídeo já havia diminuído, como eu esperava. Eu não visitava mais meu perfil na internet, pois muita gente havia descoberto e não parava de enviar mensagens – fossem elogios ou críticas. Aquilo me deixava maluca!

Caminhei até a escola, como todos os dias, mas resolvi passar na banca de jornal antes, pois sabia que a revista provavelmente já havia chegado. Não precisei pedir ao jornaleiro, pois vi a revista de longe: havia uns dez exemplares expostos em frente à banca e, para meu espanto, todas elas tinham meu rosto na capa.

NA CAPA! Ninguém tinha me avisado disso!

Peguei uma das revistas, ainda em choque, e o seu Paulo apareceu sorridente. Ele me conhecia há anos, pois meu pai comprava jornal com ele todas as manhãs.

– Ôh, Mariana! Ficou bonita nas fotos, hein? Já pedi mais revistas, vendi umas cinco desde que abri! Todo mundo tá parando e reconhecendo você na capa – disse ele orgulhoso.

Não respondi. Não queria parecer mal-educada, mas eu estava paralisada em choque. Lá estava eu, com o cabelo cheio de cachos, usando o short florido e a blusa rosa com babados e sorrindo para a câmera, com um notebook no colo e a filmadora na mão. Eu não me reconhecia.

Ela é hit: *Mariana Prudente ficou famosa na internet por filmar as loucuras da sua irmã. Saiba tudo sobre a menina da vez!*

Senti o sangue sumir do meu rosto e minhas mãos ficarem geladas. Como assim eu era a menina da vez? Vez de quê? Abri a revista e na página do sumário estava escrito em letras chamativas:

Superfã da banda Tempest e sonhando em viajar pelo mundo, Mariana bateu um papo animado com a gente. Saiba mais na página 56.

Morri de vergonha. Estendi, meio sem jeito, uma nota de 10 reais para Seu Paulo, mas ele recusou.

– Que isso, menina! Essa é por minha conta, celebridade não paga! Parabéns – ele sorria de uma forma desconcertante.

Agradeci e saí andando rápido pela rua, já atrasada para a aula. Além do mais, não queria ficar em frente à banca mais um segundo sequer, pois, com a quantidade de fotos minhas ali na frente, eu morreria se alguém me reconhecesse. Não que eu achasse que fosse fácil me reconhecer: eu estava tão bonita na foto de capa que parecia até outra pessoa.

Quando entrei na escola, implorava por dentro para que ninguém ainda tivesse visto a revista. Quem dera! Uma menina do segundo ano estava com ela em mãos e veio correndo até mim.

Reconheci a garota poucos segundos depois: loira, alta, magra... Era a irmã do Bernardo. Qual era mesmo o nome dela? Lembrava mesmo da Cecília, a amiga que estava sempre ao seu lado e vivia lançando olhares apaixonados para Bernardo. Estava prestes a fugir quando ela entrou na minha frente.

– Ei, Mari! – falou, sorrindo. Quis quebrar todos os dentes brancos que davam aquele sorriso falso para mim. – Uau, você está linda na capa da revista. Parabéns! Assina pra mim? – pediu.

Assinar? Era só o que me faltava! Sair por aí dando autógrafos, ainda mais para quem, há pouco tempo, acreditava nos boatos que espalhavam sobre mim. Minha vontade era dizer não e sair o mais rápido dali, mas isso provavelmente me traria problemas depois. Cecília sorriu constrangida, como se pedisse desculpas pela amiga que tinha. Sorri de volta, em solidariedade.

– Qual seu nome mesmo? – perguntei. Ela pareceu ofendida, mas logo se recompôs.

– Iasmin! Com "I" e "N" no final. Acredita que tem quem escreva com "M"? – reclamou Iasmin, mas nem liguei para seu pequeno drama. Quis escrever seu nome errado só de implicância, mas estava praticando os bons modos.

Para Iasmin! Com amor, Mari, assinei e devolvi a revista para ela.

– Com licença, estou atrasada para a aula – disse, saindo dali antes que ela respondesse.

Subi as escadas correndo e cruzei com o Bernardo no corredor.

— Minha irmã já te assediou? — perguntou ele, dando um sorriso zombeteiro. — Tava gata na foto da revista, hein.

— Não enche, Bernardo! — pedi. — E sim, ela já me assediou. Fiquei com vontade de assinar o nome dela errado, mas estou me esforçando para ser uma boa menina.

— Parabéns, vai ganhar uma estrelinha no céu.

Nesse momento, a professora de Física passou por nós. Minha próxima aula era a dela.

— Mariana, a aula já vai começar. Não é por que saiu na capa de uma revista que você pode se atrasar — disse, passando por mim e indo em direção à sala.

Assim que ela se virou, me lamentei para o Bernardo.

— Até a professora Sandra? Não acredito!

— Não faz essa cara. Aprenda a lidar com a fama. E você ouviu o que ela disse: não é por que é famosa que terá privilégios, vossa majestade — zombou. Eu estava roxa de raiva e vergonha. Bernardo ia me pagar pelas piadinhas.

— Ela não disse isso, Bernardo.

— Basicamente isso.

— Tô indo, me deseja boa sorte naquela selva!

— Tchau, Mari. Tomara que o pessoal a trate melhor agora que você é uma celebridade — disse, rindo.

Dei língua para ele e subi mais um lance de escadas, pronta para mais uma aula infernal.

Já havia me acostumado a entrar em sala de aula e ver todos os olhares para mim. Primeiro por conta de toda a história envolvendo Léo-Edu-Helô e depois quando o vídeo estourou na web. Aquele dia não seria diferente. Provavelmente todo mundo já tinha visto minha foto estampada na capa da revista, mas pela primeira vez eu não estava me importando muito.

Quando entrei na sala, tomei um choque ao ver que alguém tinha colado a revista no mural. Fingi que aquilo não importava e pedi licença para Sandra, que me olhou de cara feia e disse que não toleraria mais atrasos. Não me importei, pois o ano estava acabando e em breve não precisaria mais vê-la. Além do mais, nem que ela quisesse conseguiria me reprovar.

Sentei na minha carteira de sempre, ignorando os olhares lançados para mim. Helô me acompanhou com o olhar até que eu me sentasse. Em sua mesa, havia um exemplar da revista. Ela estava lendo minha matéria.

Heloísa sempre sonhou que um dia seria famosa. Atriz, cantora, modelo, miss, *qualquer coisa*. O que ela mais queria era ser reconhecida nas ruas. Tinha certeza de que naquele momento ela estava se perguntando o motivo de não ter pensado antes em fazer um vídeo e postar na internet.

No pacote do sonho, ela sempre disse que queria ser capa da *Superteens*, sua revista preferida. Ela enviava cartas e mais cartas para a redação desde os 12 anos, inscrevendo-se para entrar na equipe. Até então, nenhum sucesso. Conhecendo-a bem como conhecia, sabia que ela pensava que eu havia roubado seu sonho, seu lugar. Sorri, sentindo-me um pouco vingada. Não era a mesma coisa, mas pelo menos ela sabia como era se sentir passada para trás.

Escondi a revista atrás do meu caderno, pois estava curiosa para ler a matéria. Para minha surpresa, ocupava cinco páginas da revista. Havia fotos, imagens capturadas do meu vídeo, quadros de informações sobre outras pessoas que ficaram conhecidas através da internet, um guia para de como criar um vlog e um enorme bloco na última página da matéria com um minidepoimento dos integrantes do Tempest sobre mim! Isso me deixou em êxtase, mas resolvi ler do início, sem pular nenhuma parte.

Sua irmã te matou de vergonha? Coloque-a na internet!

Um vídeo gravado por Mariana Prudente, 17, virou hit na internet. Ela transformou o mico da irmã mais velha em sucesso!

Ao contrário do que seus comentários sarcásticos em seus vídeos aparentam, Mariana Prudente é tímida. Aos 17 anos, Mari é fã do Tempest, navega na internet, não sabe qual curso escolher no vestibular e sonha em viajar pelo mundo. Ela poderia ser você, se não fosse o novo viral cibernético.

No início do ano, enquanto se preparava para fazer seu tão sonhado intercâmbio, seus planos mudaram. "Minha irmã foi pedida em casamento, então tivemos que cancelar tudo e começou a loucura", conta ela. Mari não foi para fora do país, mas viveu uma grande aventura.

Todo mundo agora repete: "Eu que morri! Morri de vergonha alheia!" em tom de brincadeira, mas a frase se tornou popular na boca da Mari. "O vlog começou por não ter com quem conversar na madrugada e as pessoas começaram a assistir, mas não era nada tão grande assim. O primeiro vídeo com a Melissa foi por acaso. Minha irmã pediu para que eu filmasse a prova do vestido, mas aí ela surtou no meio da gravação, quando viu que o modelo não estava do jeito que ela queria".

Isso foi há mais de dois meses. Um amigo sugeriu que ela colocasse o vídeo da irmã on-line.

"Estava engraçado. Eu fiz uns comentários, disse como minha irmã estava meio doida com toda essa coisa de casamento e colocamos na internet. Eu já tinha o vlog e algumas pessoas já o conheciam, especialmente por causa de um vídeo que fiz com os meninos do Tempest. Em pouco tempo, tive muitos acessos no vídeo da Mel, mais que qualquer outro!" – diz ela, mencionando um vídeo dos bastidores do show da sua banda preferida. Sortuda é pouco.

Essa não era a intenção de Mariana, ela ficou preocupada que a irmã descobrisse. Pouco depois, gravou o vídeo mais famoso do momento, criando o bordão "Eu podia morrer" – que virou até estampa de camiseta de uma grife. Acompanhando a noiva em uma prova de doces para festas, ela filmou a irmã, alérgica a chocolate, provando um bombom com pimenta. E foi a maior confusão!

"A Mel cuspiu tudo e fez aquela cena! Eu não conseguia parar de rir e acalmá-la ao mesmo tempo e acabei filmando até o final, quando ela grita 'Eu podia morrer'. Era para ser uma brincadeira, mas de repente todo mundo tinha assistido!". O vídeo teve consequências: Mariana ficou uma semana sem falar com a irmã, mas logo fizeram as pazes. "Não dá pra viver de mal pra sempre com sua irmã. E eu morreria se isso acontecesse!".

Mas, mesmo ficando famosa de um dia para o outro, Mariana tem os pés no chão: "Eu estou em ano de vestibular e quero me concentrar nisso. Eu queria muito fazer intercâmbio, mas no momento não dá. Meu sonho é conhecer outros países: Canadá, Austrália, Inglaterra e até a Tailândia! Mas preciso primeiro pensar no meu futuro, ter uma carreira, juntar dinheiro para viajar, né? E consegui me decidir pelo curso de design no vestibular".

Fã da banda Tempest, Mari realizou o sonho de milhares de outras fãs no mês de agosto: assistiu ao show da banda nos bastidores e ficou um bom tempo conversando com os meninos no camarim.

"Nem sei se eles se lembram de mim, mas foi um dia muito legal! Eles são demais".

A matéria continuou com relatos de outras pessoas que ficaram conhecidas pela internet. Ignorei essa parte e, me consumindo de curiosidade, pulei para o box com um depoimento do Tempest. Ilustrando a matéria, uma foto de baixa qualidade minha e dos meninos no camarim. Não fazia ideia de como eles conseguiram aquilo.

> "É claro que a gente lembra dela!", diz Deco, vocalista do Tempest. Você deve estar morrendo de inveja da Mariana Prudente! Além de capa de revista, a menina acompanhou de pertinho um dos shows de sua banda favorita, o Tempest, e ainda encontrou com eles no camarim. "Lembro dela porque foi a única fã a entrar no camarim aquele dia. Tiramos muitas fotos, rimos bastante e ela disse que adorou o show", contou o vocalista da banda. "Outra coisa que não dá pra esquecer é que o favorito dela é o Saulo, não eu!", completou o galã, sempre o preferido das fãs. Quando perguntamos se ele assistiu ao vídeo, Deco respondeu: "É claro. Existe alguém que ainda não viu? A gente repete o bordão toda vez que alguém faz algo errado. Eu que morri! Morri de vergonha alheia. É genial", confessou o gatinho da banda.

Ao terminar de ler a matéria, meu coração parecia que ia sair pela boca. Me sentia estranhamente satisfeita, a jornalista foi fiel às minhas respostas e não deturpou nada do que eu disse. Ainda morria de vergonha de ver meu rosto estampado naquelas páginas, mas o gostinho de satisfação não podia ser melhor.

Percebi a Helô cochichando com as amigas e apontando a revista. Não me abalei. Qualquer coisa que ela dissesse era pura inveja. Alba deu uma risada um pouco mais alta do que deveria, e a professora chamou sua atenção. Aquele pequeno gesto geralmente me fazia vibrar por dentro, ver alguém reclamar com elas pelo menor detalhe que fosse, mas, naquele momento, eu não senti coisa alguma. Era como se finalmente estivesse aprendendo a lidar com os meus problemas.

Quando achei que nada mais de inacreditável poderia acontecer a essa altura da minha vida, Heloísa veio falar comigo durante o intervalo. Percebi que a aliança de namoro não estava em seu dedo.

– Oi, Mari, posso falar com você?

Fazia tanto tempo que ela não se dirigia a mim que até estranhei. Resisti a vontade de xingar um palavrão e dei de ombros, convidando-a para sentar ao meu lado. Era tão estranho sentar-me com ela novamente. Agora éramos duas estranhas, não duas pessoas que foram melhores amigas por muitos anos.

– Parabéns pela revista. Você ficou bonita nas fotos – disse ela. Não agradeci.

– Tem um monte de coisa acontecendo com você, né? Você merece, é tão legal – continuou, destilando falsidade.

— Helô, não tenta, tá? — interrompi. — Talvez você esteja arrependida de alguma coisa, mas não vem falar comigo desse jeito porque eu não caio mais na sua conversa.

— Nossa, Mari, pra quê isso? Eu não te fiz nada e...

— Meu Deus! Como todo mundo pode ser tão falso? Eu preciso mesmo relembrar tudo que aconteceu? Não, Helô, não dá pra apagar isso. Não é por que as coisas estão indo bem pra mim que eu vou ignorar tudo que aconteceu e voltar a ser sua amiga. Eu mudei muito, mas, pelo visto, você continua a mesma.

— Você está se achando superpoderosa só por que saiu numa revistinha?

— Helô, eu não estou me "achando superpoderosa", estou apenas dizendo os fatos. Não faça essa cara pra mim, você sabe que tudo que eu disse é verdade. Não tem motivos para você me procurar agora. Quando eu mais precisei, você virou as costas e me traiu. Eu tinha você como uma irmã, mas você só se mostrou falsa e egoísta — desabafei.

Era a primeira vez que dizia o que pensava em voz alta. Aquilo me fez um bem maior do que podia imaginar. Eu estava soando amarga, mas eu não ia deixar aquele papinho colar.

— Deixa pra lá. Não dá pra conversar com você. Só porque ficou um pouquinho famosa, acha que é a rainha do mundo!

Heloísa levantou-se num rompante, visivelmente incomodada.

Me surpreendi ao perceber que não estava abalada com seu comentário. Pela primeira vez, as mentiras que ela disparou contra mim não tiveram efeito. Eram apenas isso: mentiras. Não precisava me sentir mal com palavras que eu sabia não serem verdadeiras.

Continuei a comer meu lanche em paz. O que costumava me deixar triste já não me feria tanto.

26

Eu estava no meu quarto encarando alguns livros e simulados, mas a preocupação com a situação da Nina não me deixava em paz. Era tão injusto eu finalmente estar me sentindo bem e feliz e a pessoa com quem eu mais queria compartilhar esse momento estivesse em péssimo estado. Puxei a *Superteens* de dentro da minha mochila e comecei a folheá-la. E foi onde encontrei a solução perfeita para ajudar a minha melhor amiga.

Escravas do corpo perfeito: mais de 90% das vítimas de transtornos alimentares são meninas. Não caia nessa!

Havia uma extensa reportagem sobre anorexia e bulimia. Histórias de meninas para as quais comer era o pior pecado do universo — meninas que, como a Nina, passavam dias sem se alimentar, picavam toda sua comida e usavam todos os artifícios possíveis para que as pessoas achassem que elas comiam, quando, na verdade, se privavam dessa necessidade pela ideia absurda de que era necessário ser magra para ser bonita e feliz.

Enquanto lia os depoimentos, identifiquei o comportamento da minha melhor amiga em diversos relatos: a forma como Carina se comportava à mesa, os tipos de alimento que evitava comer, o fato de se retirar para ir ao banheiro imediatamente após as refeições, a fixação em fazer a contagem de calorias dos alimentos e até mesmo o uso de roupas largas, para disfarçar a magreza. Ao ler cada um dos relatos, meus olhos começaram a se encher de lágrimas, pensando no que a minha melhor amiga estava enfrentando.

Um dos depoimentos me chamou mais atenção do que os outros.

Ana, 17, Juiz de Fora – MG

Meus pais sempre quiseram a filha perfeita. Não apenas nos estudos, mas em todos os campos. Eu precisava tirar boas notas, ser magra e ter o melhor namorado. Eu passei a vida inteira tentando não decepcionar minha mãe — e foi assim que me decepcionei. Uma colega de escola que me ensinou a vomitar, colocar pra fora todas as calorias que ingeria. Eu também tomei laxantes, mas nada disso adiantou. Procurei na internet e comecei a cortar os alimentos, até fazer jejum de cinco dias. Emagreci e estipulei metas. Todo mundo começou a elogiar minha magreza. Até que fui parar no hospital e me vi entre a vida e a morte.

A reportagem seguia com dicas de como procurar ajuda. A Ana, personagem da matéria, havia se recuperado – aparentemente. Além de acompanhamento com psicólogo e psiquiatra, ela fazia reeducação alimentar com uma nutricionista, uma "dieta ao contrário" para ganhar todo peso e nutrientes perdidos em seus jejuns loucos. Mas o que tinha se destacado naquele depoimento era que, assim como minha melhor amiga, a Ana também vivia em constante pressão familiar.

Queria sair dali e me dirigir até a casa da minha melhor amiga naquele instante, mas não podia. Foi então que tive a ideia: liguei meu computador e comecei a procurar todo tipo de informação possível sobre transtornos alimentares.

Quando me vi com a página do Google aberta, durante a minha busca, eu fiquei aterrorizada: nas fotos, meninas magérrimas, infinitamente mais magras que a Nina, em um estado muito avançado da anorexia. Notícias e mais notícias de meninas comuns e modelos que morreram vítimas da doença e da ditadura do corpo ideal. E, naquele instante, tive medo de a minha melhor amiga se transformar em mais uma daquelas meninas.

Passei horas lendo artigos, reportagens e assistindo vídeos informativos. Havia depoimentos muito mais fortes e cruéis sobre transtornos alimentares disponíveis na internet. O que levava as garotas a pararem de comer eram causas diversas, mas a maior parte delas queria se sentir bem com o próprio corpo. Não acreditava que aquele era, especificamente, o caso da minha melhor amiga.

Eu tinha uma teoria: a Nina se sentia tão imperfeita e abaixo dos padrões exigidos pela mãe, que deixava de comer como um castigo. Além de tentar se encaixar no padrão físico ideal de dona Patrícia, ela "de quebra" se martirizava por pensar ser um projeto de filha que deu errado. A Carina nunca havia dito aquilo diretamente, mas eu conhecia minha amiga muito bem para saber que, se aquele não era o motivo principal para ela ter parado de se alimentar, era um motivo muito forte – e certamente cortava ainda mais o meu coração.

A pior parte da minha pesquisa foi perceber que era fácil demais se transformar em uma anoréxica ou bulímica. Havia uma infinidade de sites com dicas para forçar o vômito, os melhores laxantes, os tipos mais absurdos de dietas e jejuns, dicas para esconder a fome ou fóruns onde pessoas com transtornos alimentares apoiavam umas às outras em sua perda de peso desenfreada.

Quanto mais eu pesquisava, mais abismada eu ficava. Além das pessoas se destruírem, compartilhavam tudo que haviam aprendido para que outras pessoas seguissem o mesmo caminho. Era doentio, triste e preocupante. Mais do que nunca, senti a necessidade de fazer algo – qualquer coisa – para que aquilo acabasse. Para que a Nina nunca mais usasse o cabo da escova de dentes na garganta para colocar o almoço para fora ou se sentisse culpada ao comer um quarto de uma maçã.

Todas aquelas páginas pareciam um grito de socorro – meninas e meninos tão jovens, com tantos sonhos e beleza, que se odiavam por dentro e por fora. Alguns, em níveis ainda maiores: não raro, me deparei com histórias de pessoas que usavam lâminas para fazer cortes nos braços e nas pernas como castigo caso comessem demais ou quando estavam se sentindo mal, como forma de aliviar a dor. Eu queria segurar cada um deles pela mão e dizer: *vai ficar tudo bem*.

De repente, eu odiei as revistas de beleza, os filmes, as novelas e todos os comentários que associavam beleza à magreza. Tudo que eu havia idolatrado até então tinha levado Carina e milhares de outras pessoas àquele buraco. Eu não conseguia parar de pesquisar, eu não conseguia parar de sentir raiva.

Não percebi que estava chorando ao ler todos aqueles links. Eu só sentia que precisava fazer alguma coisa. Então me lembrei do único meio que eu tinha: o vlog. Havia muitas pessoas acompanhando o meu canal no YouTube, algumas delas poderiam ter o mesmo problema que a Nina. Talvez, se eu falasse sobre isso, ajudasse outras meninas a abrirem os olhos, pois minha melhor amiga não parecia interessada em me escutar ou aceitar minha ajuda.

Ainda em meio a um acesso de raiva, peguei minha câmera. Baseando-me em tudo que havia pesquisado pela internet, comecei a falar sem parar sobre transtornos alimentares: os riscos, os motivos, como as pessoas deveriam procurar ajuda. Deixei links de sites informativos na descrição do vídeo e tentei ser o mais didática possível – e não passar, em momento algum, um tom de julgamento. Eu não achava nada daquilo uma besteira.

Eu não fazia ideia de como era se sentir mal consigo mesma a ponto de se odiar, mas eu queria entender o que levava alguém a se sentir de tal forma. Era preciso entender para que eu conseguisse ajudar a amiga que eu mais amava e que mais tinha me ajudado até então.

– As revistas não significam nada. Essa beleza não é real. Está vendo minha cara nessa capa? – perguntei, apontando para a minha foto na *Superteens*. – Eu não sou assim. São dois quilos de maquiagem aliados a horas de tratamento no Photoshop. Eu tenho pancinha, sardas, acordo de vez em quando com uma espinha no queixo. Eu não sou modelo, nem sou bonitona. Nenhuma de nós precisa ser, porque no fim, não é a beleza que importa. Eu gostaria de acordar e ser a Gisele Bündchen por um dia, mas até a beleza dela tem seus dias contados. Mas o amor e os reflexos das boas ações, não. Esses vão ficar por um bom tempo.

"Eu queria que mais meninas acreditassem que são poderosas. Que não precisam ser mais magras nem ter meio quilo de maquiagem no rosto para serem as meninas mais belas do mundo. A maior beleza não tem a ver com olhos claros, cabelos loiros e ondulados e um corpo com medidas mínimas. Ela está no olhar e no sorriso – e em como você se sente consigo mesma. Por isso, se você sofre de um desses problemas e tem acabado com você em busca de um corpo inatingível, procure ajuda. E acredite que o que há de melhor é ser você. Independentemente do seu manequim. Tudo o que eu mais queria era pode ajudar de verdade cada um de vocês, segurar suas mãos e dar apoio. Não importa se você não é famoso ou extremamente belo para os padrões hollywoodianos, com certeza você é bonito o bastante para alguém que te ama. Por mais difícil que seja encarar o problema, procurem ajuda, permitam que alguém o ajude de verdade".

Falei essa última parte diretamente para Nina. Óbvio que não podia revelar para todo mundo o problema da minha melhor amiga, mas queria que ela assistisse aquilo e soubesse que podia contar comigo. Eu a ajudaria a enfrentar esse problema, e superá-lo.

Após editar, enviei o vídeo pela internet, rezando para a Carina entender o meu recado.

27

Meu celular tocou a música mais recente do Tempest, anunciando uma nova chamada. Tinha chegado da aula há poucos minutos, estava exausta e doida para deitar embaixo do ventilador. O pré-verão do Rio de Janeiro desfigura qualquer um, e eu precisava descansar para encontrar o Arthur mais tarde e não parecer uma morta-viva saída diretamente daquele seriado nojento de zumbis que ele é fã.

— Alô, poderia falar com a Mariana? — perguntou a voz do outro lado da linha.

— Sou eu.

— Oi, Mariana, tudo bem? Meu nome é Soraia, eu sou da Interchange, uma agência de viagens especializada em intercâmbios. Nós mandamos um e-mail, mas não obtivemos resposta — disse ela, enquanto eu só escutava.

Eu não abria mais meu e-mail antigo. Eram tantas mensagens que era impossível acessar minha caixa de entrada sem perder a sanidade. Além das inúmeras notificações do Youtube e de todas as minhas redes sociais — como desativava aquilo? —, parecia que a internet inteira tinha descoberto meu e-mail. Xingamentos, spam, pedido de dicas... Depois de ler vinte e-mails logo no primeiro dia, decidi que nunca mais me aventuraria por aquelas terras e criei um e-mail novo.

— Gostaríamos de marcar uma reunião, temos uma proposta para você — prosseguiu Soraia.

Ia desligar, pois provavelmente era propaganda ou algum golpe. Mas eu conhecia o nome da empresa — era uma das quais eu havia pesquisado valores de intercâmbio quando planejava meu roteiro. Consenti e a mulher continuou a falar.

— Nós vimos sua entrevista na *Superteens,* e nosso departamento de marketing está pensando em uma nova campanha: um videolog sobre intercâmbios. Seria sobre uma pessoa passando dois meses fora por nossa conta, estudando e gravando vídeos explicativos na internet, como forma de atrair mais pessoas para nossos programas de intercâmbio. Achamos que você é a pessoa ideal, por causa da sua história.

Aquilo *definitivamente* era um golpe. Mas a mulher deixou o número dela, pediu o telefone dos meus pais e disse que ligaria depois, para marcarmos uma reunião e vermos a seriedade do projeto.

Resolvi que não ia me preocupar com aquilo no momento. Se fosse verdade, ela me procuraria mais tarde, e meus pais, com certeza, teriam ideia do que fazer.

Apesar de uma parte da minha consciência estar praticamente em choque, não estava disposta a criar expectativas que talvez nunca fossem cumpridas.

Mas, assim que desliguei o telefone, não conseguia parar de pensar em outra opção: e se, no fim das contas, a proposta fosse real?

▶ ‖

Tinha outras coisas a fazer, a começar por me arrumar e encontrar Arthur no cinema. Tomei banho, troquei de roupa e enviei uma mensagem para ele, avisando que já estava pronta. Quase meia hora depois, o porteiro interfonou: Arthur me esperava na portaria.

Assim que saí do meu prédio, eu o vi. Ele estava encostado no carro, parecendo modelo de algum comercial de perfumes. Mal pude acreditar que aquele garoto lindo estava me esperando. Corri até ele e o beijei. Daqueles beijos de cinema.

– Calma, mocinha – disse ele, assim que nos afastamos. – Temos muito tempo para fazer isso hoje.

Com um sorriso arrasador – ai aquelas covinhas! –, ele abriu a porta do carro para mim e eu entrei. Já estava me acostumando a sentar no banco do carona enquanto Arthur dirigia. Sabia que ele guardava CDs no porta-luvas, apesar de ter um pendrive com mais de mil músicas ao alcance das mãos.

– Hoje, você escolhe a música – falou Arthur, enquanto colocava o cinto de segurança e ligava o carro.

Sem cerimônias, estiquei minha mão até o porta-luvas, ignorando solenemente o pendrive. Pelo canto do olho, observei Arthur sorrir enquanto eu pegava o porta-CDs. De olhos fechados, tirei um CD e coloquei no rádio. Uma música começou, era um rock típico dos anos 1960, e a qualidade do áudio não era tão boa, o que me fez pensar que era realmente uma banda da época. Me lembrava um pouco Beatles, mas talvez fosse apenas por serem contemporâneos. Adorei o ritmo, meus pés começaram a remexer no piso do carro.

– Blue Magoos... Ótima escolha! – aprovou. – Sabe para onde vamos hoje?

– Pro cinema, ué – disse. Era o que tínhamos combinado ontem à noite, enquanto conversávamos no computador.

– Mudança de planos – informou.

– Por favor, não venha me dizer que você quer que eu pule de asa-delta! – implorei. – Nem morta.

– Pode ficar tranquila. Isso é só quando o resultado final do vestibular sair – tranquilizou-me. – A gente vai lá pra casa.

Essas palavras não surtiram o efeito que ele esperava. Meu corpo enrijeceu, e eu fiquei nervosa, pensando no que acontecera da última vez que fiquei sozinha na casa de um garoto.

— Não, Arthur. Eu não vou — afirmei. — Me leva de volta para casa — pedi, com um tom de pânico tomando conta da minha voz.

Provavelmente ele percebeu como eu havia ficado repentinamente alterada, pois, segundos depois, encostou o carro e desligou o motor.

— Mariana, qual o seu problema? — perguntou ele. — Eu não vou atacar você, só quero te levar lá em casa.

— Por que você não me avisou antes? — rebati. — Você podia ter me dito.

— Eu queria que fosse uma surpresa. Nossa, quanto drama! — exclamou Arthur em resposta, visivelmente chateado. Percebi que meu desespero o ofendeu. — Eu só queria te mostrar um pouco da minha vida. Mas tudo bem, vamos voltar — anunciou ele, dando partida no carro e pegando o primeiro retorno. Ficamos em silêncio.

Foram apenas alguns segundos, mas pareceram uma eternidade. Respirei fundo e olhei para Arthur, que parecia transtornado.

— Mariana, não sei o que você está pensando, sério. De vez em quando eu me pergunto o que se passa na sua cabeça.

— Arthur, eu não sou uma das suas ex-namoradinhas.

— *E você as conhecia, Mari?* Você não pode falar de quem você não conhece. E não eram "namoradinhas". Foi apenas uma. Uma *namorada.*

— Então volta pra sua *namorada* se você tá de saco cheio de mim! — disparei

— Eu não tô aqui pra ouvir esse tipo de coisa, Mari. Não estou entendendo o ataque.

— Quem tá me desaforando é você — respondi. — Eu tenho meus motivos para não querer ir pra sua casa — completei. E era verdade. Só que a curiosidade para saber mais sobre a ex-namorada de Arthur falou mais alto. — Mas o que tinha essa garota aí, hein?

Arthur respirou fundo. Estávamos parados em um sinal de trânsito e, em vez de responder, ele não parava de conferir se o sinal mudara para verde.

— Ela foi pra Espanha — respondeu ele. — Foi fazer faculdade. Eu já te falei dela.

Lembrei então da tal "amiga" do intercâmbio. Ele foi atrás dela para a Espanha! O que ele sentia por ela não era pouca coisa...

— E aí?

— E aí o que, Mariana? Já foi, é passado.

— Não parece. Você parece bem incomodado por se lembrar dela — falei, alfinetando. Estava com muitos ciúmes da menina.

— Ela arranjou um namorado espanhol, e eu estou aqui, com você. Não se importa com isso, tá?

— Eu quero ir pra sua casa — disse, sem pensar. — Vamos. Agora.

Arthur me olhou, provavelmente pensando que eu estava maluca. Talvez eu realmente estivesse.

— Mariana, se você está pensando que...

— Eu não tô pensando nada. Você tem videogame? Vamos pra sua casa jogar. Assistir um filme, sei lá.

— Você tem certeza? — perguntou ele, provavelmente imaginando o que me fizera mudar de ideia tão rápido.

— Tenho, Arthur. Vamos, antes que eu mude de ideia.

— Ah, mas agora não tem volta — disse, sorrindo, e então mudou de faixa e fomos para a casa dele.

▶ ❚❚

Arthur morava no bairro vizinho ao meu. Era uma casa grande, daquelas com cara de "lar", onde você consegue imaginar uma família passando a vida inteira, com histórias em cada cômodo.

Ao atravessarmos o portão, dois cachorros — um shih-tzu e um cocker spaniel — correram até nós. Os cachorros começaram a me cheirar desconfiados, mas nenhum dos dois parecia do tipo que gostava de latir.

— Essa é a Elektra — disse Arthur, apresentando a shih-tzu que não parava de correr ao nosso redor. — E a cocker é a Lindinha — completou, visivelmente envergonhado com o nome. — Isso foi ideia da minha mãe.

— Ela tem um gosto peculiar para nomes — falei, rindo, lembrando-me do apelido que ela dera a Arthur.

— É, só às vezes que ela acerta.

Arthur segurou minha mão, e esse pequeno gesto enviou calafrios por todo meu corpo. De vez em quando, eu achava que andar de mãos dadas era mais íntimo que beijar, isso demonstrava mais proximidade entre um casal. Ele me guiou pelo jardim, com várias flores e tudo que um jardim tinha direito (incluindo aquelas estátuas horrorosas da *Branca de Neve e os sete anões*!) e fomos direto para os fundos do terreno. A casa tinha dois andares e a parte de trás era incrível! Além de uma sauna e churrasqueira, tinha uma piscina gigante. Uma criança estava nadando de um lado para o outro nela.

— Mari, esse é o Guto, meu irmão.

Olhei surpresa para ele, pois Arthur nunca comentou que tinha um irmão. O menino deu mais um mergulho e se pendurou na borda para sair da piscina. Ele era rechonchudo e nada parecido com Arthur e, enquanto caminhava, deixava para trás um rastro de água.

— Oi! Você é bonita — disse o menino, não aparentando ter mais que 12 anos. Fiquei vermelha como um pimentão. Ele estendeu a mão molhada para mim e me cumprimentou. Depois, correu e pulou de volta na piscina, espirrando água para todos os lados. Por pouco, se Arthur não tivesse me puxado, eu teria tomado um banho.

— Raspa do tacho? — perguntei, usando uma expressão que minha vó costumava usar quando havia uma diferença de idade muito grande entre o irmão mais novo e o mais velho.

— Não, ele é só filho da minha mãe — comentou Arthur.

Pelo seu tom de voz, percebi que ele não gostava muito de falar sobre isso, o que me surpreendeu. Olhei para trás e vi Guto mergulhar mais uma vez, desajeitado, espirrando mais água para fora da piscina.

Anotei mentalmente as coisas que não sabia sobre ele. Arthur nunca me deu pistas sobre os pais separados ou o meio-irmão mais novo. Naqueles poucos segundos, eu descobri muito mais sobre sua vida do que em todos esses meses que nos conhecemos, o que me deixou meio confusa.

Só por isso, podia supor uma série de coisas. Me peguei imaginando como era o relacionamento entre ele e o pai, como ele se sentiu quando seus pais se separaram ou o que ele achava do padrasto. Quis perguntar tudo isso, como se, de repente, me desse conta do pouco que sabia sobre ele e de como queria mudar esse quadro.

Como podia estar apaixonada por alguém se eu, na verdade, ainda não conhecia direito? O que me movia naquele nosso relacionamento, que nem havia sido construído de verdade, era a vontade de conhecê-lo cada vez mais. Por enquanto, isso era o suficiente.

Entramos na cozinha, onde uma senhora remexia uma panela. Ela usava uma touca nos cabelos, avental e, quando me viu, abriu um sorriso. O aroma na cozinha era delicioso, provavelmente ela fazia algum doce.

— Quem é essa menina linda, Tuca? — perguntou ela, secando a mão em um pano de prato próximo ao fogão e vindo ao meu encontro, de braços estendidos para um abraço.

Foi estranho ouvi-la chamá-lo de Tuca. Eu havia desacostumado com o apelido — na minha vida, ele era Arthur, o que era distante e próximo ao mesmo tempo.

— Essa é a Mariana, Judith — respondeu. E me puxou para um abraço e acariciou meus cabelos. — Mari, a Judith cuida de mim desde pequenininho.

— Fica à vontade, viu, menina? Qualquer coisa, é só pedir. Quer comer algo, Tuca?

— Faz uns sanduíches e leva no meu quarto pra mim, por favor? — pediu ele. Ela assentiu e voltou ao que estava fazendo.

Na sala ampla, vários brinquedos estavam espalhados pelo chão, jogados em cima do tapete. Mas os brinquedos eram coloridos e femininos demais para pertencer a um menino de 12 anos.

— Não repara na bagunça — disse, desconcertado, afastando os brinquedos do caminho com o pé. — É tudo coisa da Lara.

— Espera...Você tem uma irmã também? — perguntei, surpresa. Aquela visita estava revelando muito mais do que eu esperava.

— Tenho. Cinco anos. Coloca a casa abaixo! Mas agora ela está na casa dos meus avós — explicou.

— Ela deve ser muito fofa.

— E muito barulhenta! — completou Arthur, rindo.

— Qual é mesmo o nome dela?

— Lara. O José salvou a menina. Minha mãe queria chamá-la de Morgana.

— Ela gosta mesmo da lenda do rei Arthur, hein? — constatei. Arthur respondeu sorrindo. — Ainda bem que seu irmão não é Lancelot.

Havia uma estante com uma televisão enorme e mais de três aparelhos de videogame diferentes conectados a ela, além de um leitor de *blu-ray*. No outro canto, um rádio que provavelmente alcançava potência máxima e um toca-discos.

— Uau, um toca-discos! — exclamei, me aproximando do aparelho jurássico. Ao chegar mais perto, porém, percebi que sua aparência antiga era proposital. O toca-discos transformava o áudio dos LPs em MP3 ou copiava para CDs, e também possuía uma entrada USB. Ao lado, vários LPs dos mais diversos tipos de música – desde rock britânico a MPB.

— Eu gosto muito. Se você quiser, a gente pode colocar pra tocar mais tarde. Mas vamos lá pra cima ver um filme — convidou ele, esticando a mão para mim.

Congelei quando chegamos na beira da escada.

— Não podemos ver aqui embaixo? — perguntei. Mesmo que houvesse outras pessoas na casa e os brinquedos espalhados me dessem uma sensação de segurança, eu estava hesitante. A cada passo, eu lembrava de como a casa do Léo pareceu aconchegante num primeiro momento, mas depois tudo degringolou.

— Mari, eu não vou tentar nada demais, juro — tranquilizou-me, levando minha mão até a boca e beijando meus dedos. — A não ser que você queira — acrescentou, em tom brincalhão, beijando meu pescoço. Mas aquilo não parecia uma brincadeira para mim.

— Certo. Mas deixa a porta aberta, por favor — pedi, mas assim que as palavras saíram da minha boca, percebi que estava implorando. Ele assentiu.

No andar de cima, havia cinco portas no corredor. Supus que a primeira delas era o banheiro, pois era a única que não havia nenhuma placa ou algo parecido. Ao lado do banheiro, uma boneca de pano estava pendurada na porta, com o nome *Lara* bordado na camiseta. A porta da frente era o quarto do Guto, pois um fusca azul de madeira me deu a pista. O quarto de Arthur era inconfundível: a porta era repleta de adesivos de bandas.

— Bem-vinda ao meu quarto — disse ele, abrindo a porta.

Não havia nada de extraordinário no quarto do Arthur: a cama estava relativamente arrumada, uma guitarra estava encostada na parede e havia um MacBook fechado na escrivaninha bagunçada com papéis, livros e CDs. Era tudo uma combinação de branco e azul-marinho, claramente projetado por um arquiteto.

Arthur manteve a porta aberta atrás de mim, mas quando me virei, vi algo que me desabou: em uma das paredes, um pôster de uma banda indie que eu não lembrava o nome estava pregado, igual ao que estava pendurado no quarto do Léo.

Não sei se foi a imagem do pôster ou a situação de estar no quarto de um garoto novamente que disparou alguma lembrança em meu cérebro, mas, quando percebi, estava chorando e pedindo para sair dali.

— Calma, Mari. Mari, calma! — pedia Arthur, minutos depois, tentando me acalmar.

De repente, eu estava sentada no sofá da sala, Judith ao meu lado, me estendendo um copo de água com açúcar. Em algum lugar do meu cérebro, eu sabia que deveria estender minha mão e pegar o copo, beber e tentar me acalmar, mas eu só sabia soluçar e chorar. Não havia motivos reais para aquilo, mas, uma vez que havia começado, era impossível parar.

Arthur pegou o copo da mão da Judith e Guto entrou na sala, molhando o piso de madeira. A empregada ralhou com ele e pediu que o menino voltasse para a cozinha, enquanto ela buscava uma toalha.

— O que aconteceu com ela? — perguntou Guto, me observando.

— Nada, Guto. Volta pra cozinha, volta — respondeu Arthur. Virando-se para mim, continuou: — Bebe isso, Mari. E então a gente conversa.

Peguei o copo d'água da mão dele e, enquanto tentava me acalmar, comecei a contar minha história entre soluços.

28

Eu estava muito feliz com o início do ano letivo. Era meu último ano na escola e eu tinha uma série de coisas planejadas e todas elas deixavam o vestibular em segundo plano. Havia a comissão de formatura, que eu tinha certeza de que seria escolhida para fazer parte, além do intercâmbio no segundo semestre. Eu voltaria a tempo da formatura e ajudaria a planejar as festas pela internet. Seria o ano perfeito e nada poderia destruí-lo.

Mas não foi mais ou menos isso que disseram do Titanic? Que nem Deus poderia afundá-lo? Eu descobri, da pior maneira, que a gente nunca pode dizer que é impossível algo ficar ruim, pois a vida dá um jeito de provar que isso é possível.

Na segunda semana de aula, a direção do colégio comunicou mais um de seus projetos pedagógicos. Parecia mais um trabalho como todos os outros que participei na escola, mas eu não sabia que seria o responsável por revirar minha vida.

O projeto era sobre literatura e cada série ficou responsável pela literatura de um país diferente. No sorteio, nós ficamos com a Inglaterra. Como cada série tinha no mínimo três turmas e havia pouca interação entre elas, resolveram sortear grupos formados com alunos de diferentes séries, cada um ficaria com uma obra diferente para dissecar. Leandro, que era de outra turma, ficou no mesmo grupo que eu.

Dentro do grupo, dividimos nossas tarefas. Éramos oito pessoas e eu e Léo ficamos responsáveis por perfilar os personagens de *Sonhos de uma noite de verão*, de Shakespeare. Era uma tarefa relativamente fácil: depois de recolhermos informações sobre os principais personagens da peça, deveríamos montar slides sobre cada um deles, reunir fotos de atores que os interpretaram em algumas montagens, esse tipo de coisa.

Combinei com Leandro de fazermos tudo isso na escola, mas ele argumentou que muitas pessoas estavam fazendo trabalhos para o projeto por lá e o barulho e a lotação iriam incomodar. Ele sugeriu que fosse na casa dele. Eu não queria, pois Léo morava longe da minha casa e, para mim, a escola era o melhor local para terminarmos o projeto, mas ele insistiu.

– Mari, você sabe que aqui não vai dar para pesquisar direito – argumentou. – A gente não pode trazer nossos computadores e o laboratório de informática vai estar lotado, tem um monte de gente com a mesma ideia que você. Fora que o tempo pra usar o computador é limitado. Não quero fazer nada nas coxas.

– Tudo bem – concordei, sem muita vontade.

Nunca gostei do Léo. Ele e o Eduardo sempre foram muito amigos, o que já dizia um pouco sobre o caráter dos dois. Não posso falar muita coisa, afinal, namorei o Edu por quase três anos e, durante muito tempo, o amei de verdade, mas tanto ele quanto o Léo não valiam nada.

Para Léo, meninas e objetos eram a mesma coisa. Ele nunca perdia a viagem: toda situação era ideal para ele lançar alguma cantada idiota, que geralmente me deixava com vontade de quebrar a cara dele. Mas, ao contrário de mim, a maior parte das meninas da escola achava que seus comentários estúpidos sobre peitos e bundas eram algum tipo de elogio.

Reparava no modo como ele me olhava, quase me devorando com os olhos. Isso foi o que me fez hesitar quando me chamou para fazer o trabalho em sua casa, pois aquilo me incomodava. Certa vez, comentei com o Edu o quanto aquilo me deixava desconfortável, mas ele só respondeu que "era o jeito do Léo".

Enquanto isso, Heloísa e Eduardo passavam muito tempo juntos. Helô fazia questão de dizer que eles se tornaram melhores amigos e tinham muita afinidade. Aquilo nunca me deixou com ciúmes, já que o que eu mais queria era que minha melhor amiga e meu namorado – duas das pessoas que eu mais gostava – se dessem bem. Mas não esperava que *se dar bem* significasse o que aconteceu depois.

No dia que combinei com Léo, fui direto para a casa dele depois da aula. Ele não tinha ido para a escola, então fui sozinha. O resto do grupo havia marcado outros encontros, pois cada um estava montando uma parte do trabalho. Todo mundo concordou que muita gente em um lugar só não ia dar certo, ninguém ia fazer nada. Era melhor dividir as tarefas em duplas e depois juntar tudo. Mas eu deveria ter sido mais esperta e chamado o Léo para fazer o trabalho na minha casa. Ou ter ficado com a Manu como dupla.

Quando cheguei na casa do Leandro, ele estava descalço, de bermuda e sem camisa, sentado no sofá da sala, assistindo a algum filme na televisão.

– Senta aí, Mari. Deixa eu terminar de ver esse filme – convidou ele, dando batidinhas no lugar vago ao seu lado do sofá. Permaneci de pé, ao lado da mesa da sala. Cruzei meus braços, demonstrando que não estava ali para perder tempo: eu queria fazer o trabalho e voltar logo.

– Não quero, Léo. Valeu, mas a gente tem que fazer esse trabalho logo, preciso voltar pra casa.

Leandro suspirou, desligou a TV e me chamou para ir ao quarto dele.

– A gente não pode estudar aqui? – perguntei.

– O computador fica no meu quarto – respondeu, construindo a desculpa perfeita.

Suspirei, pensando pela enésima vez que deveria ter sugerido que estudássemos em minha casa. Mas eu sei que Léo ia inventar alguma desculpa e, no fim das contas, eu iria parar lá do mesmo jeito.

O quarto do Léo era pequeno e estava um pouco desarrumado: as portas do guarda-roupa estavam abertas, havia roupas penduradas em cima delas e um par de meias jogado no chão, próximo a um par de tênis, abandonado no mesmo lugar onde Léo os tirou. Por incrível que pareça, eu lembro desses pequenos detalhes, da bagunça, e talvez isso me atormente mais. Em frente ao computador havia um pôster de uma banda exatamente igual ao que existia no quarto do Arthur. Além do quarto de Leandro, o único quarto "de menino" que havia entrado foi o dos meus primos ou do Eduardo. Minha mãe era muito neurótica com essa coisa de entrar no quarto do Edu e a mãe dele idem – ela sempre vigiava e mandava que nós dois deixássemos a porta aberta.

– Fique de olho nesses dois, Cristina – dizia minha mãe. – A gente já teve essa idade, sabe o que eles fazem sozinhos.

Minha mãe morria de medo que eu engravidasse ou algo do gênero. Mas eu passei pelos quase três anos de namoro intacta – quer dizer, praticamente. A gente quase chegou lá algumas vezes e muitos amassos foram mais que beijos e mãos bobas, mas eu sempre me impedia de fazer algo a mais com ele. O Edu reclamava, mas no fim das contas, parecia entender. Às vezes, eu ficava culpada por não me sentir pronta para fazer sexo, especialmente pelo Eduardo aparentar ser tão paciente. Eu queria que nosso namoro avançasse, mas eu ainda não estava confortável e muito menos havia brechas necessárias para isso. Agora, eu suspirava aliviada. Acho que a situação seria ainda pior se eu tivesse perdido a minha virgindade com o Eduardo. Mas eu nunca vou saber. Ainda bem.

Durante a primeira hora, tudo correu normalmente. Me sentei na cadeira e comecei minha pesquisa na internet, enquanto Leandro apenas olhava. Por três vezes, ele encostou a mão no meu ombro e fez carinho no meu braço, mas eu o afastei e amarrei a cara. Na quarta vez, reclamei.

– Léo, eu agradeceria se você parasse de fazer carinho no meu braço – reclamei. – Não sei se você lembra, mas eu tenho um namorado e ele é seu amigo.

– Ai, deixe de ser neurótica. Tô fazendo nada demais – disse em resposta, mas eu simplesmente o olhei mal-humorada e voltei à pesquisa. Depois de alguns segundos em silêncio, ele se levantou e disse que ia fazer um lanche para nós dois.

Estava tão concentrada montando os slides que nem percebi quando Léo voltou ao quarto e fechou a porta. Ele trazia uma garrafa de Coca-Cola e dois copos descartáveis, além de um prato com salgadinhos de festa.

— Largue isso aí, vamos comer — chamou ele, sentando-se na cama e colocando o prato de salgadinhos, os copos e a garrafa de refrigerante em cima de uma banqueta.

Mais uma vez, ele deu tapinhas no lugar ao seu lado, me convidando para sentar. Aquele gesto me deixou tremendamente irritada, parecia que ele estava chamando um cachorro, não eu.

Contrariada, sentei-me ao lado dele, rígida. Eu não conseguia me sentir confortável. Não sei se era a bagunça, o fato de o Léo estar sem camisa e sempre me olhar daquele jeito que eu odiava ou se eu estava pressentindo alguma coisa no ar. Eu só queria acabar tudo e voltar para casa o mais rápido possível.

Mas, em vez de servir refrigerante para mim, Léo se aproximou e passou a mão pelo meu cabelo. Eu afastei, mas ele segurou meu pulso.

— Mari, já disseram que você é linda?

— O Edu me diz isso todos os dias — respondi rispidamente, enquanto tentava puxar meu braço e usava a mão livre para tentar afastá-lo. Foi em vão, pois ele segurou minha outra mão.

— É, mas você é boa demais pra ele — disse, aproximando-se ainda mais e respirando perto da minha boca. Eu virei o rosto.

— Para com isso, Léo — pedi. — Eu tenho namorado. Quantas vezes vou repetir isso?

— Mas você é tão gostosa... Eu fico te olhando e, meu Deus, isso não é certo.

— Não, não é certo mesmo — disse, fugindo do rosto dele, cada vez mais próximo de mim. — Saia, Léo. Por favor.

— O que foi, Mari? — sussurrou. — Relaxa.

Então, ele se inclinou para mim, ainda segurando meus pulsos, e me deu um beijo. Foi desastrado, sujo e violento. Ele me empurrou contra a cama e subiu em cima de mim e, por mais que eu quisesse morder a língua dele ou fazer alguma coisa assim, eu não conseguia. Travei os lábios, mas ele tentou forçar o beijo do mesmo jeito, pressionando o seu corpo seminu no meu.

— Fique comigo, vai. Ninguém vai saber. Deixe de ser burra. Você só tem olhos para aquele seu namorado idiota...

— Me largue — pedi, enquanto ele falava. Estava lutando para segurar as lágrimas. — Eu não quero você. Me largue.

Por reflexo, eu dei uma joelhada no meio das pernas dele e, quando ele me soltou para gemer de dor, cuspi na cara dele.

— Filha da p...

Corri, peguei o celular e abri a porta do quarto. Atrás de mim, o escutava me xingar de todos os palavrões possíveis. Peguei a minha bolsa na sala e saí correndo para a porta.

Girei a chave na fechadura, mas parecia que ela havia agarrado. Ouvi o Léo se aproximar e ele gritava que eu podia fingir que não, mas sabia que eu queria ficar com ele. Fiquei ainda mais nervosa, minha mão escorregava na maçaneta e cheguei a pensar que não ia conseguir sair dali. Antes que Leandro chegasse perto de mim, a porta finalmente se abriu e eu corri desesperada pelas escadas, morrendo de medo de ele vir atrás de mim. Ele não me seguiu, mas pude escutá-lo gritar:

— Sua vadia! Você vai ver só.

Desci dez andares mais rápido do que jamais fiz na minha vida e cheguei ao térreo ofegante. O porteiro, notando meu olhar assustado, abriu a porta sem perguntas, e eu corri pela rua. Acenei para o primeiro táxi que passou e, aos prantos, pedi que me deixasse em casa.

Gastei 25 reais, mas suspirei aliviada ao chegar em casa e perceber que estava sozinha. Tranquei a porta do quarto e passei o resto do dia pensando no que ia fazer. Eu queria sumir, desaparecer.

Depois de algum tempo, quando criei coragem, entrei no banheiro e tomei um banho demorado, esfregando o corpo o máximo que podia com a esponja. Depois, vesti uma roupa limpa, liguei o computador e excluí e bloqueei o Léo em todos os meus contatos.

Pensei em muitas coisas. Léo só havia forçado o beijo, mas se eu não tivesse reagido, com certeza tentaria algo a mais. A lembrança dele em cima de mim me fazia tremer e embrulhava meu estômago.

Me senti culpada por tê-lo rejeitado antes de começar a namorar o Eduardo. Ele tinha "chegado" em mim várias vezes nas festas de aniversário das minhas amigas, aquelas onde todo mundo fica com todo mundo. Mesmo quando comecei a sair com o Edu, ele ainda dava em cima de mim. Ele me cantava várias vezes, me olhava de um jeito estranho ou insinuava coisas, eu sempre o cortava. Eu sempre achei um absurdo ele desrespeitar assim o melhor amigo, mas parecia que respeito aos amigos não era um valor muito apreciado pelos alunos do São João. Heloísa que o diga.

Algo dentro de mim dizia que ele só tinha feito aquilo por se sentir ofendido por todas as vezes que o dispensei. Queria saber se tudo foi um ato impulsivo ou planejado. Por algum motivo, saber a resposta me parecia importante naquele momento.

Não consegui dormir naquela noite — e mal sabia eu que aquilo se repetiria muitas noites seguidas. Passei a madrugada inteira fitando o teto, decidindo se contava ou não para Eduardo o que havia acontecido. Conhecendo o meu namorado, com certeza ele enlouqueceria e faria alguma burrice, como socar a cara do Léo, o que só deixaria a situação ainda pior. Com certeza o Léo não contaria vantagem para ninguém — ele provavelmente estava morrendo de medo de que eu contasse a verdade. Estava determinada a ignorar o que tinha acontecido e convencer Eduardo que Léo não era a melhor das companhias.

Mais tarde, quando minha mãe chegou em casa e veio até o meu quarto, menti dizendo que estava com dor de cabeça.

— Já tomou remédio?

— Já, mãe — menti outra vez, o que me fez sentir ainda pior.

—Vá dormir. Não fique no computador, tá? Só vai piorar — orientou, fechando a porta em seguida. O tom de cuidado na voz dela só me deixou mais arrasada.

Quando o sol nasceu, eu vesti meu uniforme e não me importei em tomar outro banho. Comi um pão, mas enquanto mastigava, senti vontade de vomitar e corri para o banheiro. Melissa, que estava se preparando para ir à faculdade, passou pela porta e me viu com a cabeça enfiada no vaso.

—Você está bem? — perguntou ela, parando na soleira, a voz repleta de preocupação. Levantei o polegar e fiz sinal de positivo, mas em vez de ir embora, ela segurou meu cabelo enquanto eu vomitava. Assim que terminei e lavei o rosto, continuou: — Comeu alguma coisa diferente ontem?

— Acho que foram uns salgadinhos — respondi enquanto escovava os dentes, mas deve ter saído algo incompreensível.

— Mamãe disse que você estava com dor de cabeça ontem. Pode ser o fígado. Tomou remédio? — questionou minha irmã, fazendo as vezes de médica e se parecendo muito com minha mãe.

Assenti, embora dessa vez também não tivesse tomado remédio algum. Sabia muito bem que meu problema não era realmente o fígado.

— Fique em casa. Eu ligo e peço para sua amiga copiar a matéria para você — ofereceu-se ela.

Algo dentro de mim dizia que eu deveria ir para a escola, agir como se nada tivesse acontecido, talvez assim eu logo me convencesse de que tudo foi apenas uma alucinação ruim. Mas eu estava tão cansada e desanimada que logo concordei com a sugestão da minha irmã. Quem sabe tudo que eu precisava era apenas um banho quente e um bom dia de sono?

Melissa fez o favor de ligar para Helô, que concordou em anotar tudo e me passar depois. Rolei muito na cama até pegar no sono, mas quando consegui, dormi como uma pedra. Sem sonhos, pesadelos ou lembranças.

Depois veio o fim de semana, mas Eduardo viajaria com a família e não nos vimos. Naqueles dias, ele vivia inventando desculpas para não me ver aos sábados, dizia que nos encontrávamos demais durante a semana no colégio e iríamos enjoar um do outro. Eu não ligava, já confiava tanto nele que não tinha aquele ciúme bobo típico de início de namoro — e era verdade, às vezes a convivência diária enjoava bastante.

No sábado e no domingo, não quis sair de casa. Nina, que tinha conseguido uma brecha na marcação cerrada da mãe, tinha me chamado para passar o dia na casa dela, assistindo TV e comendo pipoca, mas neguei o convite. Comi pouco, pensei muito e cheguei à conclusão nenhuma.

Quando a segunda-feira chegou, eu sabia de duas coisas: iria à escola e não contaria nada a ninguém. O que eu ia dizer? Duas reações vieram à minha mente: Eduardo perdendo o controle ou pessoas desacreditando minha história, dizendo que provavelmente eu havia dado motivos para Léo me roubar um beijo e tentar me agarrar.

Quando cheguei à escola, tudo parecia normal, como nos outros dias do ano. Mas, assim que entrei em sala de aula, Heloísa olhou para mim e fez um sinal exagerado, para que eu me sentasse ao seu lado.

—Venha aqui! — chamou ela, levantando a mão, como se eu nunca ficasse ao seu lado durante as aulas. Quando me sentei, ela sussurrou: — Que história é essa que o Léo está contando?

Demorei a assimilar as palavras. Léo? Contando uma história? Alba entrou em sala e, vendo que eu chegara, correu até nós.

— Mariana, que porcaria é essa que aconteceu? — perguntou, colocando a mão na cintura.

Então, Heloísa contou o que Léo havia dito. Na sexta-feira, ele chamou o Eduardo para conversar assim que chegou ao colégio. Sendo direta: Léo tinha contado que eu dei em cima dele quando fui fazer o trabalho e, como ele não conseguiu resistir, acabou *rolando*. E quando ele dizia *rolando*, ele se referia mais do que uns beijos, mais do que eu já tinha feito com meu único namorado na minha vida inteira.

— A gente convenceu o Edu a não ir na sua casa, ele tava muito louco, provavelmente ia matar um — concluiu Heloísa.

— Isso foi ridículo — disse Alba, amargamente. — O Edu quase socou o Léo, o menino ia apanhar *por sua causa* — completou, defendendo o cafajeste pelo qual era apaixonada.

Qual era o problema daquelas duas? Elas sabiam que eu nunca faria um negócio desses! Elas eram minhas *amigas* e me conheciam há anos, não era possível que não soubessem o que eu era ou não capaz de fazer. Se eu nunca tinha feito sexo com o Eduardo, como perderia minha virgindade com o Léo? Acreditar naquela história não fazia o menor sentido.

— Eu tô com nojo de você. Nunca imaginei que fosse capaz de fazer uma coisa dessas — completou Alba.

– Eu estou também estou decepcionada. O Edu tá arrasado, Mari – disse Helô.

Tentei explicar, mas ninguém quis me ouvir. Então, ao olhar para a porta, vi Eduardo entrar na sala. Assim que seus olhos cruzaram com os meus, eu soube que não haveria chances de me defender. Ele veio até minha cadeira, gritando, e, por alguns segundos, tive a impressão de que ele partiria para cima de mim. Outros meninos da sala o seguraram antes que o Edu fizesse alguma besteira. Eu estava muito assustada para reagir. Nunca o tinha visto daquele jeito! Meu namorado de anos havia se transformado num monstro, vociferando palavrões.

– Você é uma *vadia*. Eu não acredito que você fez isso comigo! Com meu melhor amigo. Você é uma filha da mãe, seu lugar é na rua, sua vadia dos infernos. Sua piranha, não vale nada! – gritava, gritava, gritava, e os insultos só ecoavam na minha cabeça, numa repetição sem fim.

Eu já não raciocinava mais. Braços me puxaram para fora da sala de aula, todos me olhavam como se eu fosse a pior espécie possível. Estava a caminho da sala da coordenadora, a inspetora falava com Eduardo enquanto ele gritava para todos os cantos. A última pessoa que vi antes de entrar na sala da diretora foi Leandro. E ele estava sorrindo.

29

— Duas semanas depois, a Heloísa e o Eduardo começaram a namorar. Ninguém na escola fala mais comigo direito e, no banheiro, alguém escreveu coisas horríveis sobre mim — falei. — Faz meses que isso aconteceu, eu pensei que tivesse passado por cima. Sabe, as pessoas falam tantas besteiras... Eu queria que o Léo pagasse pelo que ele fez de algum jeito, mas, no final, senti que ele se vingou de mim de todos os jeitos possíveis e eu não me vinguei dele.

Arthur escutou toda história sem me interromper, só concordando em alguns pontos e soltando exclamações ou palavrões quando a ocasião pedia.

— Mari, isso é horrível — disse, sem saber o que mais poderia falar para me tranquilizar.

— Eu penso em muitas coisas. Eu deveria ter ido para a escola aquele dia. Eu tinha que ter ligado pro Eduardo e contado tudo. Mas aí... Quanto tempo ia durar? Ele provavelmente não ia acreditar em mim ou ia dizer que eu provoquei o Léo, por isso ele tentou me beijar. E depois eu ia me machucar de qualquer jeito. Tudo foi muito conveniente. Assim ele arranjou a desculpa perfeita pra me dispensar e ficar de vez com a Helô. Mas... Como ele pôde fazer isso comigo? A gente namorou por anos! Era só terminar. Você não faz isso com uma pessoa a troco de nada. Ele *sabia* que eu jamais seria capaz de agir daquele jeito — disse.

Já havia pensado muito naquilo, mas era a primeira vez que dizia em voz alta. Minha vida havia se tornado um constante "e se...". Milhares de vezes me peguei pensando como seria se um ou outro detalhe fosse diferente. Eu acreditava que cada escolha que fazia ou deixava de fazer abria uma porta e fechava outras mil, e a chave capaz de abrir cada uma dessas portas que ficaram para trás se perdera para sempre. Não dava para voltar e consertar os erros do passado, mas era possível mudar o presente a cada dia, tentando fazer melhores escolhas e quem sabe um dia estar satisfeita com elas.

Disse tudo isso para o Arthur e, pela forma que me olhava, percebi que ele também estava pensando em muitas coisas naquele momento, muitas delas não tinham a ver com a história que eu contei.

— Eu meio que não consigo acreditar... Quer dizer, tudo isso é tão surreal. Parece que as pessoas da sua escola saíram direto de um filme adolescente.

—Talvez isso seja bom, porque no final a mocinha sempre se dá bem, se vinga de todos que a maltrataram e fica com o cara gato — disse, tentando fazer graça, mas ainda incomodada por todas as lembranças que acabara de contar.

— E quem seria esse cara gato? — perguntou, fazendo-se de desentendido.

—Você, é claro — respondi, beijando-o.

— Engraçadinha. Cara, se eu encontro esse moleque no meu caminho, parto as fuças dele! — rosnou Arthur assim que nos separamos. — Você precisa contar sua versão no colégio, esse imbecil precisa pagar pelo o que fez.

— Não, por favor. Deixa pra lá. Eu já superei isso, e o ano tá acabando. Depois do vestibular, vida nova e nada disso vai ter importância — menti, me sentindo desesperada com a ideia de ter que enfrentar todos e reviver aquela situação. Se até o momento ninguém perguntou a minha versão da história, não será agora que vão acreditar nela. Era melhor deixar como estava.

— Mari, você não superou... Se você tivesse superado, não tinha entrado em pânico hoje.

Arthur estava certo, mas eu não queria pensar naquele assunto.

— A gente pode falar sobre outra coisa? Estou aliviada que finalmente consegui te contar isso, mas agora eu queria esquecer essa história.

— Se é o que você quer. Ok, vamos esquecer isso. Mas, Mari, lembre-se sempre: não foi culpa sua — disse Arthur, dando um beijo de leve nos meus lábios. — Pra te deixar feliz, vamos jogar *Portal*, e a Judith vai trazer umas coisas gostosas pra gente comer, topa? — sugeriu. Concordei com a ideia, mas eu estava longe dali.

Me desconcentrei durante o jogo, pois tudo que conseguia pensar era sobre o que tinha acabado de desabafar. Eu guardei a história numa parte meio escondida de mim e nunca contei minha versão completa para ninguém, exceto comentários breves para a Nina, que viveu parte dela e não precisava de detalhes — além de saber que não estava pronta para dá-los. Para o Bernardo, não havia contado nem metade da história, apenas uma versão resumida sobre como Léo tinha tentado forçar o beijo e depois mentiu para o Eduardo. Se aquilo já tinha o deixado revoltado, imagina se ele soubesse a história inteira! A pior parte, eu deixei nas entrelinhas.

Ao mesmo tempo em que contar a minha versão dos fatos foi como tirar um peso das costas, eu também estava com uma sensação estranha, um nó na garganta ao reviver tudo. Mas, ao revirar as lembranças, fiquei feliz por saber que, apesar de doer — e acreditava que fosse doer por muito tempo —, eu agora tinha consciência de que não foi minha culpa. Quando Arthur disse isso, eu realmente acreditei, pela primeira vez, que eu era apenas vítima.

Durante muito tempo, especialmente logo depois que tudo aconteceu, eu acreditei piamente que algum comportamento meu fora o responsável por me fazer merecer passar por aquilo. Mas, pensando melhor, nada justificava o que o Léo havia feito.

Talvez eu não tenha sido a menina mais simpática do mundo em muitos momentos, mas sempre honrei minha amizade e meu namoro. Também não tinha culpa por não ter dado confiança para Léo – e, apesar de ter sido de uma forma ruim, a vida acabou me mostrando que eu estava certa.

Foi a falta de confiança de Eduardo em mim que fez com que ele me traísse com a Helô, foi a falsidade de Heloísa que a levou a desvalorizar a nossa amizade e a loucura de Léo que o levou a agir como um animal selvagem, sem o menor respeito por uma mulher – ou garota, no meu caso. Eu podia ter errado em outros pontos da minha vida, mas ali eu era a vítima e, por mais que tudo parecesse o fim do mundo, eu apenas me livrei de pessoas que faziam mais mal do que bem.

Arthur me deixou em casa à noite. Em vez de um beijo, nos despedimos com um abraço apertado. Há muito tempo não me sentia tão segura assim.

▶ ❚❚

A segurança durou pouco, como tudo que era bom em minha vida. Assim que entrei em casa, ainda abalada por tudo, meu celular acusou uma nova mensagem.

Mariana, quero falar com vc. Urgente. E pessoalmente.

Era a Carina. Quando li a mensagem, a primeira coisa que pensei foi que os pais dela haviam brigado mais uma vez e que talvez a discussão tivesse sido pior que as anteriores. Preocupada com ela, não respondi a mensagem, pois não aguentaria esperar o retorno. Resolvi telefonar.

– Nina, tudo bem? – perguntei, assim que ela atendeu.

– Não, Mariana. Não tá tudo bem, tá tudo horrível. Mas eu não quero falar disso no telefone.

– Não tem problema, eu vou aí na sua casa agora!

– Eu também não quero você aqui em casa – respondeu ela. Estranhei a agressividade na voz da Carina, mas talvez os pais dela estivessem brigando e, por isso, minha amiga não queria que eu fosse até lá. Talvez tudo que a Nina precisasse era ficar tranquila, longe de casa.

– Vem aqui pra casa, Nina. Se quiser, traz suas coisas e dorme aqui.

– Mariana, você me encontra em 15 minutos na Califórnia, tá?

– Eu odeio quando você me chama de Mariana... – confessei. – Parece que você tá brigando.

– Eu deveria te chamar de coisa pior, isso sim! – bradou, e então desligou sem se despedir.

Eu entrei em pânico. A Nina nunca havia falado comigo daquele jeito e eu não sabia por que se dirigia a mim daquela forma.

Saí de casa do mesmo jeito que entrei, correndo até o elevador para chegar na lanchonete a tempo. Enquanto descia, repassava na minha mente o que eu poderia ter feito para magoá-la, mas não conseguia lembrar de nada.

Talvez, a Carina estivesse chateada por, nos últimos meses, eu ter me afundado em meu próprio mundo caótico e não ter dado a atenção que ela merecia. A Nina precisava de mim, mais do que tudo, e eu precisava ser uma amiga ainda melhor. Mas, mesmo assim, não era motivo para tamanha revolta.

Foi então que a ficha caiu: o vídeo!

Quando lembrei disso, corri ainda mais rápido.

▶ ‖

Ao chegar à lanchonete, sentei em uma mesa próxima a entrada e fiquei observando a rua, esperando a Nina aparecer, mas nem sinal da minha amiga. Quando me perguntaram se queria fazer um pedido, pedi uma água, pois precisava me acalmar. Assim que me entregaram a garrafinha, despejei a água em um copo e abri um sachê de açúcar dentro. Meu coração estava descompassado, apertado. Eu morria de medo do que tinha feito.

Quando pensei em fazer o vídeo, não mencionei a Carina nenhuma vez, sequer disse que conhecia alguém que passava pela situação. O que comentei foi que li a reportagem na *Superteens* e resolvi pesquisar sobre o tema e alertar quem acompanhava meu canal. Me parecia uma boa ideia – se eu dissesse tudo que precisava falar em um dos meus vídeos, talvez a Nina me escutasse, já que ela nunca ouvia o que eu tinha para dizer.

Enquanto a esperava, porém, percebi o quanto aquilo poderia soar como uma ofensa para a Nina. Eu não fazia ideia do que minha amiga estava sentindo – ela nunca se abria sobre o assunto, como se tivesse vergonha de admitir seus problemas. A água com açúcar não me ajudou: a cada segundo que passava, eu ficava ainda mais nervosa. Poderia chorar a qualquer momento, desesperada com minha ação impensada.

Carina chegou no horário combinado. Estava muito calor, mas ela vestia uma blusa larga, de mangas compridas. Eu queria puxar aquelas mangas e ver o que se escondia atrás delas. Fui tomada por uma raiva misturada com impotência. Eu não sabia mais o que fazer para ajudar a Nina, mas, aparentemente, ela também não estava a fim de ser ajudada.

O olhar da Carina estava profundo e cheio de olheiras. Ela não me cumprimentou, simplesmente sacou o celular e mostrou o vídeo.

– Posso saber o que é isso? – perguntou. Eu não consegui responder e, mesmo se eu quisesse, ela não deixaria. De uma só vez, Carina despejou: – Você não faz ideia de como estou me sentindo. Esse vídeo é só um aglomerado de conselhos estúpidos e genéricos sobre uma coisa que me sufoca todos os dias. Você não imagina o que é olhar pro espelho e odiar cada pedacinho de si, Mariana. Sua vidinha perfeita que você fica exibindo na internet passa muito longe da *minha* realidade. Uma realidade que você não quer nem fazer questão de entender.

– Carina, eu...

– Cale a sua boca. Você fica se fazendo de vítima por causa do que aconteceu com você, mas você não pensa que todo mundo tem problemas também. A única coisa que você faz é reclamar que eu não como, mas quase nunca se deu ao trabalho de perguntar os motivos. Mas eu não tô a fim de te contar. Eu tô morrendo de raiva, sufocada. Eu *nunca* imaginei que você ia pegar a minha história, o meu problema e transformar em assunto para esses seus vídeos idiotas.

– Eu só queria ajudar.

– Você ajudaria muito mais se tentasse entender, em vez de ficar me mandando comer e transformando seu canal em um lugar para postar suas indiretas em forma de autoajuda. Você acha que entende, mas posso te contar um segredo? Você não entende, ninguém entende. E, no final, eu estou sozinha.

Carina foi embora e eu fiquei aos prantos. Tinha acabado de perder a minha única e melhor amiga.

30

Na segunda-feira pela manhã, a Soraia ligou outra vez para minha casa, mas falou diretamente com minha mãe. Quando voltei da escola, fui logo bombardeada de perguntas.

— Mari, uma tal de Soraia ligou. Ela disse que falou com você. O que ela disse? É da Interchange, acho. Por que você não falou nada? Conhece essa empresa?

A Soraia! Com tudo que havia acontecido, simplesmente me esqueci da ligação. No momento, eu só queria arrumar uma forma de me desculpar com a Nina.

— Sim, ela ligou. Esqueci de falar, eu saí com o Arthur depois e não sabia se era sério. Ela falou muito por alto... – respondi.

As propostas de entrevistas após o sucesso do vídeo dos doces caíram até desaparecerem por completo durante as últimas semanas. Nenhum jornal, portal de notícias ou canal de televisão se interessava mais por nós. Eles agora estavam atrás de outra pessoa — uma menina que filmaram vomitando na montanha-russa. Parecia que queriam que ela fizesse uma propaganda de sal de fruta. Nojento!

Com certeza, depois de algum tempo, a filmagem da menina do vômito também cairia no esquecimento, para, em seu lugar, entrar algum vídeo ruim produzido para uma festa ou um funk bizarro falando de comida, gravado no fundo do quintal. A internet rodava muito rápido.

— A gente vai lá depois de amanhã para uma reunião. Eu acho que vai ser a oportunidade que você precisa — comentou minha mãe, parecendo empolgada. Sorri e disse que não custava nada tentar.

E foi assim que, dois dias depois, acompanhada do meu pai e da minha mãe, apareci no escritório central da Interchange.

O escritório ficava no centro do Rio de Janeiro, cidade vizinha a nossa, por isso precisávamos atravessar a ponte Rio-Niterói. Gostava muito do Rio, mas morar em Niterói era uma delícia: tinha clima de cidade grande, era perto da capital, mas não tão sufocante quanto. O único problema era que, para chegar ao outro lado, precisávamos encarar as barcas (e eu morro de medo de barco!) ou o trânsito infernal da ponte. Ainda bem que na hora em que a cruzamos não havia trânsito!

A Interchange ocupava o oitavo andar de um prédio comercial com janelas espelhadas e uma recepção chique. Ali não era onde as pessoas fechavam pacotes para uma viagem que mudaria sua vida acadêmica, mas sim onde funcionava o setor administrativo da empresa, que possuía filiais espalhadas pelo Brasil inteiro.

Cada segundo de espera na recepção foi angustiante. Acompanhada pelos meus pais, eu olhava para o teto enquanto a rádio tocava música ambiente. Todas as paredes estavam cobertas por cartazes com pontos turísticos dos países para os quais eles levavam alunos do Brasil para novas experiências. Eu estava careca de conhecer todos os programas de intercâmbio oferecidos por eles, pois tinha estudado minuciosamente cada um enquanto procurava minha melhor opção.

Folheei uma revista que estava na mesa de centro, mas só conseguia passar rapidamente o olho pelas imagens, era impossível me concentrar. Olhei para o relógio: nem 10 minutos haviam se passado desde a nossa chegada.

Ansiosa, roí minhas unhas, vistoriei mais uma vez os pôsteres dos pontos turísticos e mexi no meu celular. Mais 10 minutos se passaram até que a porta se abriu, revelando uma mulher bem menos glamourosa do que a que eu imaginava. Na minha cabeça, a gerente de marketing de uma empresa daquele porte não vestia jeans, sapatilhas douradas e um suéter cinza de lã. Apesar do calor infernal do lado de fora, o escritório parecia uma filial do polo norte. Cariocas amam ar-condicionado!

— Oi, você é a Mariana Prudente? — perguntou ela, embora provavelmente já tivesse me visto um milhão de vezes nos vídeos e lido e relido minha entrevista na *Superteens.* — Eu sou a Soraia — apresentou-se, estendendo a mão para mim. — E vocês são os pais da Mari, suponho.

Mamãe se adiantou e cumprimentou a moça.

— Marta, mãe da Mariana, nos falamos por telefone.

— Ah, sim, eu me lembro! E o senhor é...

— Oscar, pai dela — respondeu meu pai, fitando-a de cima a baixo, ainda desconfiado.

— Entrem, entrem! — disse Soraia, animada, abrindo passagem para nós.

Após cruzarmos a porta, encontramos um sem fim de baias e repartições, com pessoas falando ao telefone nos mais diversos idiomas, mexendo nos computadores, digitando freneticamente ou andando de um lado para o outro.

— Aqui é a sede da empresa — explicou Soraia, mesmo que nós já tivéssemos aquela informação. — Tudo que acontece nos escritórios regionais ao redor do Brasil vem para cá. Nós também fazemos a ponte entre as escolas e universidades brasileiras com as estrangeiras, cuidamos dos detalhes burocráticos e também é aqui que fica o gabinete da presidência e os setores como o marketing, onde eu trabalho. A gente cuida da fidelização da marca, para que ela seja sempre a número um na cabeça dos estudantes.

Fingi prestar atenção enquanto ela continuava a falar, mas toda aquela falação, com direito a repetição de alguns percentuais de sei lá o que, estava enchendo meu saco. Seguimos Soraia até o final do corredor, onde ficava a sala de reuniões.

— Esperem aqui, por favor, eu já volto! Vocês querem suco, água, café, biscoitos, alguma coisa?

Mamãe aceitou uma água, papai pediu um café e eu quis um suco apenas para não ser a única a não pedir coisa alguma. Soraia nos deixou a sós para mais uma longa espera. Um eternidade depois, ou uns 15 minutos, a copeira entrou na sala e nos serviu. Esperamos mais alguns minutos até que Soraia voltasse com uma grande equipe atrás dela.

Quando eles voltaram, um homem – acho que o nome dele era Henrique – começou a explicar tudo sobre intercâmbio: o que era, como funcionava, para que seria útil em minha vida acadêmica e todo esse blá-blá-blá que eu já sabia, de tanto pesquisar. Eu quase cochilei enquanto ele explicava e precisei me controlar para não pegar no sono e parecer mal-educada ou desinteressada. Eu não poderia estar mais interessada – talvez um pouco mais, caso a Nina e eu estivéssemos nos falando –, mas é que nada daquilo era novo para mim.

Mamãe ouvia atentamente e fazia perguntas vez ou outra, enquanto meu pai só escutava. Sabia que ele só abriria a boca quando chegássemos às questões burocráticas. Enquanto isso, meu pai continuaria desconfiado e achando que a empresa só queria se aproveitar de nós.

Depois que Henrique terminou sua explicação, Soraia retomou a palavra.

– Bom, nós vimos o vídeo e a matéria da Mariana na *Superteens*. Nós queremos aproximar ainda mais nossa marca dos jovens e achamos que uma campanha na internet seria ideal para isso – explicou. Se ela falasse "marca" mais uma vez, eu seria capaz de matá-la. – Como a Mariana mostrou intimidade com câmeras e já é conhecida pelo público, pensamos no nome dela para encabeçar a campanha. Afinal, o vlog dela é um sucesso! E todo mundo na internet sabe que o intercâmbio é o sonho dela. Nós estaríamos ajudando a realizar esse sonho.

A explicação de Soraia foi muito mais longa. A proposta era a seguinte: eu viajaria para algum país de língua inglesa "a minha escolha" – desde que fosse Inglaterra, Austrália, Canadá ou Estados Unidos – durante dois meses, por conta da empresa. Eu não teria gasto algum com passagens, hospedagem ou estudos, só com alimentação e compras extras. Além disso, eles me deixariam bem livre, mas, duas vezes por semana, eu me reuniria on-line com a Soraia para repassar dados sobre a minha experiência.

Tudo deveria ser devidamente documentado – a Interchange também forneceria material como filmadora e câmera fotográfica – e, assim, eu registraria meus momentos no intercâmbio. Falaria sobre as aulas, filmaria os locais, diria como aquilo estava sendo importante para mim, esse tipo de coisa. Não parecia tão complicado assim. Eu deveria enviar os vídeos pela internet e eles editariam e colocariam no ar, dentro do padrão da empresa.

Para divulgar, eles tinham suas formas de publicidade: revistas, anúncios on-line, publieditoriais em blogs adolescentes e muitas outras ações. Na teoria, eu só precisava me preocupar em me divertir, estudar e registrar cada segundo.

—Você também vai precisar manter um blog, aí é só atualizar a cada dois ou três dias. Esse blog será a primeira parte da nossa campanha. Desde os preparativos, você vai contar tudo por lá. Escreva os posts, coloque as fotos e, daqui do Brasil, a gente aprova o conteúdo e padroniza o uso da marca – explicou Soraia. Como aquela mulher conseguia enfiar a palavra marca em todas as frases?

A ideia me parecia ótima. Na verdade, mais que ótima! Era como se uma fada madrinha resolvesse atender aos meus pedidos e de graça! Se fôssemos apenas eu e minha mãe, nós tínhamos assinado o contrato sem nem mesmo ler – e era por isso que meu pai estava ali com a gente, para evitar que fizéssemos besteira. Ele conversou muito com o advogado da empresa, rebateu algumas cláusulas e falou sobre condições que eu sequer imaginava que pudessem existir. No final, eu tinha até um cachê de mil dólares por cada mês que passasse fora do país! Meu pai era melhor que qualquer fada madrinha.

Depois do contrato assinado, Soraia me apresentou ao gerente do setor de turismo da agência. Ele iria me ajudar a escolher o meu destino. Minha decisão foi instantânea: eu iria para o Canadá. Além de já possuir visto para estudar no país – tudo resultado da minha preparação prévia para o intercâmbio –, eu estava louca para ver neve. Iria chegar no auge do inverno!

Eles queriam que eu viajasse o mais rápido possível, para que a força da minha imagem não se perdesse tanto. Por pura sorte, todos os meus documentos estavam em dia para a viagem – a Soraia ficou tão feliz quando soube que eu já tinha toda documentação que quase caiu para trás. "É perfeito! Você é perfeita para a nossa marca!", ela não parava de exclamar.

Ao fim da reunião, já tinha até data de embarque: dia 26 de dezembro. Era perto o suficiente para minha imagem ainda estar fresquinha na mente do público-alvo, e ainda dava para organizar os detalhes burocráticos que faltavam – com minha documentação pronta, era pouca coisa. Além disso, minha mãe não abriu mão de me ter por perto durante o Natal. Aquele gesto já me deixou com saudades antecipadas da minha família.

A ideia de viver sozinha em um país diferente sem conhecidos por perto, mesmo sendo o meu maior sonho, era assustadora demais! Passar o último dia antes do meu embarque com toda a família poderia me dar mais segurança para encarar a experiência que mudaria de vez a minha vida – ou pelo menos era o que Soraia me havia prometido.

A pouco mais de um mês de arrumar minhas malas e sair do Brasil, ainda havia duas coisas com as quais precisava lidar. E não estava pronta para nenhuma delas.

31

No fim de semana, fiz a segunda etapa da minha última prova de vestibular. Agora, faltava tão pouco para o fim das aulas que eu estava completamente aliviada. Havia um tempo, eu pensava que essas últimas semanas estariam cheias de nostalgia, lágrimas e promessas de nunca deixar morrer as amizades nascidas dentro das paredes daquele colégio. Era melhor assim: sem promessas de reencontro ou ligações forçadas para marcar um cinema, churrasco ou qualquer festinha. Eu tirava pela minha irmã, que nunca foi a miss popularidade. Exceto pela Rebeca e o Mateus, ela não tinha muitos amigos na época de escola — eram mais colegas de classe, que frequentavam as mesmas festas. Mel, sempre antissocial, só reclamava quando sua turma de escola resolvia se reencontrar para matar as saudades. A maioria das pessoas estava do mesmo jeito, quase quatro anos depois.

Minha vida estava corrida. Enquanto as meninas da sala se desesperavam por não terem encontrado todos os vestidos necessários para as mil diferentes festas de formatura, eu me desesperava porque precisava resolver mil pendências para o intercâmbio, desde roupas quentes até documentos e seguros. Além disso, ainda tinha que escolher o vestido perfeito para o casamento da minha irmã: Melissa se casaria uma semana após meu retorno ao Brasil, e eu não teria como escolher um vestido de festa no Canadá.

Durante toda aquela correria, eu não tive tempo de procurar a Nina para me desculpar, mas pensava nela a todo instante. O que eu faria para pedir desculpas?

marianaprudente@topmail.com

Para: ninacarina@topmail.com

Assunto:

Nina,

Eu tenho muita coisa para lhe contar. Talvez você tenha visto na internet, mas acho que não: eu vou fazer um intercâmbio. Vou passar dois meses e meio no Canadá – na verdade, inclua nesse tempo uma semana em Nova York, o presente de formatura que ganhei dos meus pais.

Como você não me responde por nada – já tentei chat do Facebook, SMS, WhatsApp, telefone, sinal de fumaça –, eu resolvi mandar e-mail. Queria te encontrar, contar sobre a vida e pedir desculpas. Eu fui uma idiota. Eu queria entender melhor como você se sente. Você é a minha melhor amiga e eu não sei viver sem você. Parece que falta um pedaço. O que tem acontecido de bom não tem a mesma graça se eu não tenho com quem compartilhar. Parece que sem você, eu perdi meu chão. Ficar sem a amizade da Helô doeu, mas não desse jeito. Desculpa por estragar tudo. Não adianta nada disso se eu não tenho você.

Eu estava preocupada, Nina. Ainda estou. Eu morro de medo de perder você. Você pode argumentar que é só porque não tenho nenhum amigo além de você – o Bernardo, talvez, mas não é a mesma coisa e não é disso que estou falando. Eu magoei uma das pessoas mais importantes para mim e todos os dias fico sem saber como você está. Isso não é certo. Eu não sei ficar sem minha melhor amiga.

Sei que nem todas as desculpas serão suficientes. Eu gostaria de entender o que se passa com você, mas não sou capaz de fazer isso sozinha. Me permita conhecer esse lado que você esconde. Você é minha melhor amiga, não precisa ter vergonha ou medo de mim. Eu preciso saber como você se sente para que eu possa estender a mão. Eu nunca vou lhe entender se você não permitir.

Eu te amo muito. Gostaria que você fosse à minha formatura.
Beijos,
Mari.

Ao terminar o e-mail, percebi que estava chorando. Sabia que a Carina não iria responder, mas, ao menos, eu tentei. E tentaria muito mais, até que ela me ouvisse. Mesmo que eu passasse anos tentando, eu sabia que a Nina valia a pena. Tudo que eu queria era vê-la feliz.

Passei um bom tempo olhando para o mapa pendurado na parede. Na semana anterior, imprimi as fotos do show do Tempest e preguei ao lado. Havia uma foto minha com os meninos da banda e outra em que estava ao lado de Arthur.

No mapa, procurei pela Espanha, onde estava a ex-namorada dele. Imaginei o que ela fazia por lá, se sentia saudade ou se arrependia de ter escolhido um espanhol em vez dele. Olhei para a Europa, tão grande. Eu poderia ter escolhido ir para a Inglaterra, estudar em Brighton, pegar um trem para Paris em um final de semana qualquer, visitar outros países do Reino Unido e passar vários dias em Londres. Mas muita gente fazia aquilo. Eu queria uma oportunidade diferente – tinha certeza de que teria muitas chances de ir à Inglaterra no futuro. Na verdade, eu imaginava que teria chances de visitar o mundo inteiro, várias e várias vezes.

Não sabia exatamente o motivo que me fez escolher o Canadá entre tantas opções. Na época que eu e minha mãe pesquisávamos sobre intercâmbio, me pareceu um bom destino: nos blogs de intercambistas, a maioria voltava ao Brasil apaixonado pela experiência vivida no país. Eu queria me apaixonar por algum lugar do mundo, mas, talvez, a distância também faria com que eu me apaixonasse mais ainda pela minha própria terra.

Estava pronta para congelar em outro hemisfério, viver uma aventura completamente diferente de todas as que tive até então, mas também estava pronta para voltar para casa e fixar um ímã colorido naquele lugar do mapa – para depois conhecer muitos outros destinos ao redor do mundo.

▶ ❙❙

Faltando apenas um dia para minha formatura, eu ainda não tinha certeza de como me sentia. Estava aliviada por finalmente dizer adeus ao ensino médio, mas no meu peito ainda reinava a sensação de vazio. Ainda estava com uma série de desabafos entalados, esperando para serem ditos.

Talvez as últimas discussões – primeiro com a Mel, depois com a Nina – ocasionadas por meus vídeos na internet, devessem ter me ensinado alguma coisa a respeito do que compartilho on-line, mas os dois vídeos renderam bons frutos.

Se não fosse o vídeo da Mel, eu não estaria prestes a embarcar para o meu sonho. E, apesar do vídeo sobre transtornos alimentares ser o responsável por eu não falar com a Carina há dias, quando li os comentários, senti vontade de chorar: várias meninas – e até mesmo alguns meninos – comentaram que passavam por aquilo. Nos depoimentos, alguns disseram que meu vídeo os inspirou a conversar com os pais sobre como se sentiam. Havia um lado bom naquilo tudo, mesmo que a Carina, meu verdadeiro motivo para gravar aquilo, não visse nada de positivo.

Não tinha muito a perder. Peguei minha câmera e resolvi fazer um dos meus últimos vídeos no Brasil. Aquele, na verdade, era como o primeiro do canal: um vídeo que eu fazia para mim, apenas porque precisava desabafar com alguém.

Um, dois, três, gravando...

– Quando esse vídeo for ao ar, será o dia da minha formatura. Há alguns anos, eu entrei na minha atual escola pela primeira vez. É difícil dizer adeus para um lugar que foi parte da sua vida por tantos anos, mesmo que, no último ano, esse lugar tenha sido palco de um verdadeiro pesadelo.

"Nos últimos anos, eu aprendi fórmulas matemáticas, orações subordinadas, coordenadas geográficas e os motivos dos homens entrarem em guerras. Nos últimos meses, eu aprendi que não existe fórmula para a amizade e muito menos coordenadas que te guiem para um caminho certo, para a resposta de todas as dúvidas sobre o início de uma vida adulta. Eu tive que fazer muitas orações para conseguir sobreviver à guerra na qual muitas pessoas entraram apenas por causa de grandes mentiras.

"Da escola, a maior lição que eu levo é o peso da mentira. Uma história inventada pode se tornar tão forte e expressiva que a verdade perde todo valor contra ela. Eu senti na pele o quanto boatos podem fazer mal a alguém. Me prepararam para o vestibular, mas eu não fui realmente preparada para o mundo real.

"Fora das paredes do meu colégio, vou me deparar com desafios muito piores dos que enfrentei no último ano. Eu tenho o intercâmbio, minha futura faculdade, o trabalho e muitos outros lugares onde palavras e atitudes podem me machucar muito mais que bala de fogo. Da escola, eu saio cheia de marcas de batalha, para conseguir mais algumas pelo caminho.

"Eu gostaria que tivéssemos mais aulas sobre o futuro. E que existisse uma disciplina chamada 'Futurologia', para nos ensinar quais caminhos tomar, em quais pessoas confiar e como agir para nunca mais se machucar. Mas eu não preciso de nenhuma disciplina na escola para me ensinar o último tópico: para não me ferir outra vez, eu só preciso parar de correr riscos. Só que eu também descobri que não vale nada uma vida sem se arriscar. Se eu não tivesse arriscado postar meu primeiro vídeo na internet, agora eu estaria sem saber para onde ir e com muito mais medo do futuro do que tenho agora.

"Mas, pelo menos, a convivência na escola me ensinou que toda história tem mais de uma versão e que eu não posso julgar sem antes conhecer ao menos os dois lados. Houve uma época em que eu não me importava com isso – em vez de ouvir o que outras pessoas tinham a dizer, eu simplesmente julgava da forma que achava certo, sem dar ao outro o direito de se defender. Se eu soubesse o quanto estava errada! Às vezes, tenho vontade de voltar a todas as pessoas que eu julguei e perguntar o que elas tem a me contar. Estou disposta a escutar e tentar entender. E a me desculpar, claro.

"Espero que um dia meus colegas de escola também se sintam dispostos a ouvir a minha versão de coisas que aconteceram nos últimos meses. Não mudar de opinião, apenas ouvir. Não me importo se ainda acharem as mesmas coisas sobre mim, mas ao menos vou ter certeza de que fiz minha parte.

"Não saio mais segura da escola. Eu continuo cheia de medos e incertezas. No início do ensino médio, eu tinha ideias completamente diferentes sobre como seria me despedir da escola e nenhuma delas se concretizou. Nos últimos três anos, eu mais errei do que acertei. Mas agora, olhando para trás, eu não mudaria nada, nem mesmo o que pensam de mim, pois foi tudo isso que me fez chegar até aqui, de frente para essa câmera.

"Não sei como me sinto em dizer adeus ao ensino médio. Mas, apesar de tudo de ruim, eu ainda quero dizer obrigada. Tanto para quem ficou ao meu lado, como para quem virou as costas para mim. Feliz formatura!"

Talvez aquele vídeo não fizesse sentido para ninguém além de mim. Eu não revelei a verdade, mas disse o que precisava e apenas isso bastava.

32

Apesar de adorar produtos de beleza e folhear revistas de moda, detesto cada segundo dentro de um salão de beleza. Para mim, deveria se chamar salão de tortura. É cera quente e puxão, é tinta fedida no cabelo, água gelada, secador quente e manicure que vai tirar cutícula e quase arranca um quilo de bife...

Não entendia como muitas mulheres passavam um dia inteiro naquela tortura e ainda assim ficarem felizes. Além de detestar cada procedimento, odiava o cheiro de cabelo queimado, o barulho dos secadores e as fofocas que podiam ser entreouvidas na conversa entre uma cliente e sua cabeleireira. As luzes claras do ambiente me cegavam, e a vida parecia muito mais fútil, com mulheres contando sobre suas últimas compras e quantos mililitros de silicone foram colocados em cada seio.

E eu sempre saía feliz do salão por finalmente me livrar de todo aquele papo chato e, ainda por cima, estar bonita.

Para aquele dia insuportável, separei meu iPod com músicas do Tempest e outras bandas que o Arthur me apresentou. A conversa das madames foi abafada pelo som do Deep Purple e as perguntas inconvenientes da manicure sumiram enquanto escutava os acordes da minha música favorita do Tempest.

Resolvi cortar meu cabelo acima dos ombros – ele estava quase na cintura! – e clarear as pontas, deixando-as em um tom dourado. Enquanto a cabeleireira fazia o corte, olhei para a menina sentada na cadeira ao lado da minha. Ela estava pintando as madeixas de vermelho e folheava uma revista: a *Superteens* do mês, comigo na capa.

Em todos esses anos observando pessoas folhearem revistas na cadeira enquanto alguém remexia seus cabelos, nunca imaginei que estaria em uma delas. Muito menos na capa! Puxei uma revista de fofocas e escondi meu rosto atrás dela. Não que esperasse que ela fosse me reconhecer, mas parecia uma reação instintiva. Ainda assim, espiei pelo canto do olho enquanto ela lia minha entrevista atentamente. A cabeleireira que pintava o cabelo dela espiou a revista e comentou:

– Tão bonitinha na foto, mas vai ver na vida real? Aposto que tem uma espinha no meio da testa.

– Isso aqui é tudo Photoshop – completou a futura ruiva. Desejei que o cabelo dela ficasse verde.

— Não tem uma mulher de verdade nessas revistas — concluiu.

— E ainda ficam famosas à toa... Essa menina fez um vídeo super sem graça e agora deve estar nadando no dinheiro!

— Ouvi dizer que ela é daqui de Niterói... — observou uma mulher na cadeira ao lado da futura-ruiva-que-eu-queria-esgoelar.

— Nunca vi mais feia — disse a menina.

Resisti ao impulso de falar alguma coisa e defender a minha honra. Mas perder meu tempo com quem nada tem a ver com minha vida não ia me levar a lugar algum. Nadando no dinheiro! Onde já se viu? Parece que as pessoas vivem no mundo da lua. E eu nem era famosa!

Suspirei aliviada quando ela virou a página da revista e começou a comentar sobre a bunda de um dos atores da novela das oito. Aumentei o volume do meu iPod, esperando a cabeleireira terminar o serviço.

Depois, já com o cabelo cortado e cacheado com *baby-liss*, continuei sentada na cadeira, esperando a minha mãe terminar de escovar o cabelo e minha irmã fazer as unhas. Enquanto eu esperava, maquiada e praticamente preparada para a minha formatura, a menina que pintara o cabelo de vermelho e sua cabeleireira olharam para mim.

— Nossa, você ficou linda! — disse a cabeleireira.

— Sim, adorei o cabelo — acrescentou a agora ruiva. Ela estreitou os olhos, como se eu fosse familiar. — Você parece alguém que eu conheço! — observou ela.

— Ah, duvido que você me conheça. Eu sou uma menina de verdade, sem Photoshop — respondi. No mesmo minuto, minha mãe me chamou, me salvando de mais um segundo na companhia das duas. — Com licença, preciso ir.

Elas me olharam como se eu fosse louca e depois voltaram para seu próprio mundinho. Me aproximei da minha mãe, que estava no caixa, pagando nossa conta.

— Você está maravilhosa! — exclamou minha irmã, me analisando. — Adorei o cabelo. Combinou com você.

— Obrigada! — agradeci e me virei para me olhar no enorme espelho que ficava atrás do balcão da recepção. O comprimento curto e as pontas iluminadas destacaram meu rosto. Eu estava realmente bonita.

— O que você estava falando com elas? — perguntou minha mãe, apontando para as duas loucas que eu deixara para trás. Sorri.

— Ah, as duas eram fãs dos meus vídeos. Estavam me dando parabéns — menti. Depois de dizer aquilo, senti vontade de dar uma gargalhada, mas me controlei.

— Sério? — perguntou minha irmã, levantando apenas a sobrancelha esquerda. — Será que elas me reconhecem?

– Provavelmente. Mas não vamos fazer isso agora, né? Estou atrasada.

– Tudo bem, então – disse Melissa, claramente decepcionada por não poder puxar papo com suas supostas fãs. Enquanto saíamos do salão, ela sussurrou para mim: – Eu acho que o Arthur vai babar ainda mais em você essa noite.

▶ ‖

Uma hora depois, eu estava pronta, sentada na poltrona da sala, esperando minha mãe e minha irmã, enquanto meu pai, sabendo que as duas iam demorar, assistia a uma partida de tênis de mesa na televisão.

– Por que você está assistindo uma partida de pingue-pongue, pai? – perguntei, sabendo que aquilo o deixaria irritado. Mas, como estava entediada, não tinha nada além disso para concentrar minhas forças. – Quer dizer, tem tanta coisa pra se ver na TV.

– Pingue-pongue é o que você joga no sítio com seus amigos. Isso – falou, apontando para a TV – é tênis de mesa. E é profissional.

– Pingue-pongue olímpico. Saquei.

– É um esporte, Mariana. Muito ágil e exige bom condicionamento físico – explicou papai, tentando colocar algum conhecimento esportivo na minha cabeça.

Meu pai era um esportista frustrado e de vez em quando ia ao clube jogar tênis ou pingue-pongue – ou melhor dizendo, tênis de mesa –, mas era um fracasso em tudo. Logo, sua vida era assistir a partidas na televisão, vendo os melhores para aperfeiçoar sua técnica.

– Tudo a mesma coisa.

Ele me ignorou e voltou a prestar atenção na partida. Para o meu pai, pouco importava se minha mãe ou minha irmã demorassem a se arrumar – assim ele poderia passar mais tempo assistindo seu *emocionante* campeonato de tênis de mesa.

Olhei as horas no meu celular. Estava atrasada! Me levantei, antes que amassasse a saia do meu vestido. Não estava a fim de ir à formatura, mas já que precisava, tinha comprado uma roupa bonita e me arrumado para a ocasião, não ia aparecer toda desmantelada.

Eu estava usando um vestido vermelho tomara que caia com o corpete drapeado e saia de musselina, com um leve volume. O corpete tinha pequenas pedrinhas, também vermelhas, que brilhavam levemente quando eu me movimentava. O vestido era lindo e, nos pés, um sapato alto vermelho no mesmo tom, com um laço no calcanhar. Minha irmã tinha deixado escapar um "uau" quando me viu arrumada.

– Mãe, anda logo! Eu vou me atrasar desse jeito – gritei, tentando apressá-la.

Melissa entrou correndo na sala, colocando as sandálias enquanto andava e se apoiava na parede para não cair.

— O Mateus ainda não chegou? – perguntou ela.

— Acho que ele não está no meu bolso – respondi. Ela voltou para o quarto, afivelando a outra sandália, ainda solta, provavelmente indo telefonar para o noivo atrasado que ela arranjou. Enquanto isso, nenhum sinal da minha mãe.

Peguei meu celular. Havia duas mensagens não lidas. A primeira era de Arthur.

Vou me atrasar um pouco! Mas eu vou chegar.

Dois dias antes, eu o havia encontrado na praia. Tomamos água de coco e observamos o mar e o pôr do sol. Ele me chamou para passear no calçadão e relaxar um pouco antes da formatura.

— E aí, ansiosa para depois de amanhã?

— Sim e não – confessei. – Eu não queria nada disso, mas já que estou nessa... Bem, acho que preciso encerrar o ciclo.

— Como assim?

— Eu quero um ponto final. Um marco que me diga que o ensino médio e essas coisas bobas como briguinhas ficaram para trás. Acho que a formatura vai me ajudar nisso.

— Isso era para ser uma recordação boa, não um ponto final – comentou ele, pensativo. – E você não pode esperar que um dia encerre tudo. Ainda mais tudo que aconteceu com você.

Arthur estava certo, é claro. Não podia esperar que um dia mudasse todos os últimos acontecimentos. Além disso, aquilo nunca ficaria para trás, mesmo que, agora, me incomodasse menos.

— Como foi seu ensino médio? – perguntei, tentando desviar um pouco a atenção de mim.

— Acho que como todo ensino médio: me apaixonei, quebrei a cara, tomei bomba em uma matéria, fui parar na coordenação...

—Você reprovou?

— Em matemática – confessou.

— Não acredito! E ainda acha que pode me ensinar...

— Isso foi no primeiro ano. Matemática era o primeiro tempo, e eu matava aula pra ficar dormindo.

— Que vergonha, Arthur...

— Depois eu virei um bom aluno, tá? Passei em segundo lugar no vestibular.

Eu ri e então dei um gole na minha água de coco, observando o mar.

— Eu sei tão pouco de você, Arthur... – comentei.

— Eu não sou muito de falar — respondeu ele. — Mas não tem muito o que saber sobre mim... Meus pais se separaram porque minha mãe o traiu e ficou grávida do meu irmão.

Não esperava que ele fosse tão direto. Antes que eu pudesse comentar, ele continuou:

— Isso foi há muito tempo, já superei. Só continuo sem ir com a cara do meu padrasto — completou. Pelo tom na voz dele, não havia superado tanto assim. — Eu não sei o que fez ela trair meu pai. De qualquer forma, não estou justificando, meu pai não é uma pessoa fácil. Bom, mas eu também não quero saber. Isso é coisa deles.

— Eu não sei o que dizer...

— Acho que até uns 16 anos, eu tinha medo de me apaixonar e a garota me sacanear, assim como minha mãe fez com meu pai.

— E aí...

— E aí eu me apaixonei.

— A menina da Espanha?

— Sim, a Clara. E ela fez exatamente o que eu temia que pudesse acontecer.

Ficamos em silêncio por alguns segundos. Tinha certeza de que dizer aquilo era tão difícil para ele quanto a confissão que fiz dias antes. Não quis insistir mais. Coloquei minha mão em cima da dele, fechei meus olhos e tudo que eu conseguia escutar era o som das ondas morrendo na praia ou das pessoas correndo e caminhando pelo calçadão.

— Você já quis voltar no tempo e mudar alguma coisa?

— A gente sempre quer fazer isso — assumiu. — Mas aí perde toda a graça. Se eu voltasse no tempo e trocasse algumas coisas que aconteceram na minha vida e me deixaram mal, com certeza não estaria aqui com você.

— Eu tenho ciúmes dela.

— Da Clara?

— Sim. Desde a primeira vez que você a mencionou, quando disse que era só sua amiga. Eu tive muitos ciúmes dela. Você provavelmente gostava tanto dela... Quer dizer, você foi pra Espanha atrás dela e...

— Mari, depois a gente conversa sobre o passado — pediu Arthur. — Um dia eu te conto a história completa. O que importa agora é o presente. Eu gosto de você. A Clara ficou lá atrás, mas, ainda assim, não estou pronto para falar muito sobre ela. Você entende, não entende?

Eu entendia. Enquanto olhava para Arthur, me dei conta do que me atraía nele: a compreensão. De certa forma, nós dois sabíamos como o outro se sentia.

— Amanhã não é dia de ponto final. Talvez seja dia de um novo capítulo, mas não ponto final.

– Nossa, você está profundo hoje – zombei.

– Estou profundo sempre, você que não presta atenção – concluiu, dando um beijo na ponta do meu nariz e mudando de assunto. Falamos sobre tempo, chocolate e jogo de futebol. Falamos de um jeito que me fez esquecer tudo e me deixar mais calma. Eu sentiria saudades do Arthur nos quase três meses que ficaria longe.

Afastei a memória daquele dia da cabeça e li a outra mensagem, esperando que fosse da Nina.

Parabéns pela formatura, Mari. Te vejo mais tarde. Tá ficando grandinha! Bjs, Luís.

Tentei disfarçar a decepção ao perceber que era uma mensagem do meu primo, não da minha melhor amiga – ou seja lá o que a Nina era agora, já que eu tinha estragado tudo. Eu estava com muitas saudades dela.

Eu queria que ela se formasse comigo. Nós não seguraríamos a mão uma da outra durante a cerimônia, já que nos sentaríamos no palco por ordem alfabética. Mas saber que ela estaria ali em cima, vivendo aquele momento comigo, seria muito reconfortante.

Isso era tão engraçado... Como uma pessoa pode fazer parte da sua vida em tão pouco tempo? Nós não éramos melhores amigas até eu me afastar da Heloísa. Éramos amigas, mas não daquele jeito. Eu não aguentava mais estar sem a Nina. Se meu e-mail não tivesse resolvido, iria a casa dela no dia seguinte.

Mas agora eu precisava me formar e já eram 18h30! A cerimônia começaria às 20h00, mas eu precisava estar no salão em meia hora. Quando eu estava prestes a começar a berrar pela minha mãe, ela se materializou na sala.

–Vamos embora! – disse ela. – Desliga isso aí, Oscar.

– Mas falta tão pouco pra partida acabar – protestou meu pai.

– Mas estamos atrasados.

– *Você* está atrasada. Eu estava sentado o tempo inteiro, esperando você e sua filha.

– Ei, eu estava aqui o tempo todo – reclamei.

– Eu tô falando da outra filha da sua mãe – esclareceu papai.

–A filha não é só minha não, Oscar! – rebateu dona Marta, ofendida.

– Quando se atrasa e faz besteira, é só sua – concluiu, deixando minha mãe soltando fogo pelas ventas com o comentário.

– Então tá, só minha. Fui eu que carreguei nove meses mesmo! Agora desliga isso aí e vamos pra lá, antes que a *minha* outra filha perca a formatura.

– Opa, *nossa* filha.

– Agora é nossa, né? Só quando tem coisa boa. Me poupe, Oscar! – exclamou mamãe, cada vez mais revoltada. Olhar aquele bate-rebate estava engraçado e percebia que meu pai se controlava para não rir. Mamãe gritou para minha irmã:

– Melissa, ande logo! Só falta você.

— Pode ir, mãe — berrou de volta. — Eu vou esperar o Mateus.

Se continuasse daquele jeito, a gente nunca ia sair de casa! Papai pegou as chaves do carro em cima da mesa e abriu a porta, apressando minha mãe.

— Anda logo, Marta. Vamos logo antes que a *minha* filha se atrase — sentenciou, chamando o elevador. Dois segundos depois, mamãe já tinha saído de casa e deixado minha irmã para trás.

33

Foi muito estranho chegar ao local da cerimônia. De repente, meu vestido pareceu apertado, a saia parecia curta demais e o sapato já estava machucando meus dedinhos. Olhando pela janela do carro, vi meus colegas de classe chegarem e meu coração congelou. Eu não queria mais fazer aquilo.

— Mari, desça aí que eu vou estacionar o carro — disse papai.

Abri a porta do carro e desci. Ainda era primavera e estava calor, mas um vento forte e gelado escolheu aquele momento para soprar. Abracei a mim mesma e, insegura, caminhei até onde todo mundo estava.

Os alunos ainda estavam chegando e ninguém sabia muito bem o que fazer. Eu me sentei em um banquinho isolado e fiquei por ali, esperando alguma orientação. Já não estava mais tão segura quanto minha aparência, minha roupa ou qualquer coisa assim. Nem sei se estar ali tinha sido uma boa ideia. Ver todo mundo rindo, se abraçando e tirando fotos e não participar de nada daquilo era estranho.

Bernardo, que estava conversando com alguns amigos da sua turma, se despediu deles e veio falar comigo. Ele estava de terno, assim como todos os garotos, o que era engraçado. Estava acostumada a ver todos eles de uniforme, no máximo calça e camisa social em algum aniversário de 15 anos. Nunca formal daquele jeito.

Como todos os outros, Bernardo parecia desconfortável com toda aquela produção. Ao se aproximar de mim, fez sinal para que eu abrisse espaço ao meu lado e ele pudesse se sentar. Eu obedeci.

— Gostei do cabelo — disse ele. Sorri e agradeci. — Tá sozinha aqui por qual motivo?

— Os de sempre? Não acho que alguém queira minha companhia. Só estou esperando me explicarem o que preciso fazer.

— Ninguém quer sua companhia? — perguntou ele, fingindo-se de surpreso. — Isso quer dizer que eu sou ninguém?

— Você tem outros "alguéns" com você que com certeza não me querem por lá — assinalei. Léo havia se aproximado da roda onde minutos antes estava Bernardo. Alba veio logo atrás, sempre seguindo seu rastro. Ela fizera um coque e usava um vestido de festa preto e brilhante, curto e colado ao corpo.

— Ah, aquele idiota? — falou Bernardo, como se a presença de Leandro fosse insignificante para sua existência. — Ninguém da minha sala gosta dele. Esses dias, numa festa, ele tentou forçar a irmã do Mauro a ficar com ele e ficou bem exaltadinho quando ela disse que não. O Mauro só não bateu nele porque a gente impediu.

— Ele bem que merecia um soco pra aprender alguma coisa — respondi. Era para dizer isso em um tom não tão forte assim, mas me surpreendi ao perceber que havia uma nota de ódio na minha voz.

— Mari, posso te perguntar uma coisa?

— Que coisa?

— O vídeo de ontem...

Bernardo tinha visto. Quem será que também tinha assistido? Quando ele ia comentar sobre o vídeo, uma mulher de terninho chamou por nós.

— Epa, a gente tem que ir! Eu preciso falar com a cerimonialista antes, pra saber que horas eu entro. Tô nervosão, não sei por que me escolheram como orador da minha turma! — disse, levantando-se. Ele estendeu a mão para que eu tivesse apoio ao me levantar. — A propósito, você tá muito bonita. Minha irmã te viu saindo do carro e disse algo do tipo "matar pra ter esse vestido".

— Diz pra ela que não precisa me matar pra ter um vestido desses. Se quiser, eu dou o nome da loja.

— Bom saber. Não quero uma criminosa na família. Tô indo lá!

Bernardo correu até a mulher, que tentava falar mais alto que aquele bando de adolescentes tagarelas, todos extremamente empolgados com o que estava prestes a acontecer. Caminhei até eles sem pressa alguma.

Todas as meninas estavam muito bonitas. Heloísa aparentemente havia se esforçado bastante para ser o centro das atenções. Ela usava um vestido tomara que caia amarelo canário, com o decote reto, adornado por uma faixa de pedras pretas e brancas. O vestido não era feio, mas a cor amarela não combinou nem um pouco com o seu tom pálido de pele, então ela parecia anêmica. Ainda assim, ouvi muitas meninas exclamarem o quanto o vestido era *di-vi-no*, provavelmente dizendo o contrário pelas costas.

— Turma 3.001! — chamou a moça de terninho. — Vamos tirar uma foto de vocês. Depois, vocês vão para o lado direito e peguem a beca, ok? E aí é só se reunirem pra outra foto.

Me juntei à turma. Minha mãe provavelmente compraria aquela foto, mas eu não a adicionaria ao meu mural. Coloquei-me entre uma menina e um menino com quem nunca tive muito contato, mas pelo menos os dois não me olhavam como se eu fosse uma leprosa. Após quatro fotos com todos e mais algumas fotos só das meninas e outra só dos meninos, fomos liberados para que a outra turma também fotografasse.

Eu conferi meu vestido para ver se estava sujo, pois boa parte dos alunos não parava de me olhar. Só que, daquela vez, os olhares não eram ruins. Eram apenas curiosos.

Ignorando aquilo, coloquei a beca, toda preta com uma faixa de cor azul-celeste – a cor do Colégio São João. Ainda bem que não tinha nenhum chapéu estranho para estragar meu penteado! Depois, outro fotógrafo nos reuniu para mais fotos, dessa vez todos estavam iguais com a beca. Se tivesse que sorrir mais até o final, eu não saberia como iria reagir.

Quando tiramos todas as fotos possíveis, fomos organizados em ordem alfabética para entrar. Apesar do L ser ao lado do M, estava tranquila, pois provavelmente havia alguma Luísa ou um Lucas em outra turma para me livrar de passar a cerimônia inteira ao lado do Leandro.

Mas... não foi bem assim.

Havia uma Laís na minha sala, duas meninas chamadas Larissa em outra turma e também tinha um menino chamado Leandro Assis. Depois de Léo, ou melhor dizendo, Leandro Duarte? Ninguém. Nenhuma outra pessoa tinha um nome iniciado com a letra L. Provavelmente era um milagre, entre tantas pessoas não haver um Lucas, Luísa, Luís ou Luciana sequer! E eu, por um castigo divino, também era a única Mariana. Nada de Maria Alguma-Coisa antes de mim. Marina? Havia três. Dois meninos com nome de Caio, incontáveis Anas e até mesmo mais de um Gustavo. Mas ninguém que pudesse ficar entre meu nome e o do Léo. Eu passaria a formatura inteira ao lado dele.

Me coloquei na fila, olhando para a nuca do Léo, coração batendo acelerado, imaginando como seria passar toda a cerimônia desconfortável. Estava fazendo aquilo para a minha mãe. Ela fazia questão que eu passasse por aquilo, embora não soubesse o quanto era um tormento para mim.

Uma música de alguma cantora americana do momento, que falava sobre superação e dias inesquecíveis, começou a tocar e os alunos entraram, em ordem alfabética. O mestre de cerimônias dizia o nome de cada aluno, a família dele se colocava de pé e aplaudia. Quando chamaram meu nome, entrei.

Ouvi aplausos e alguém assobiou quando eu passei, mas não olhei para nenhum dos lados. Foi então que escutei a voz da Nina gritar meu nome. Olhei para a multidão, procurando minha melhor amiga. Ela acenou para mim e eu acenei de volta, me controlando para não chorar. Ela foi à minha formatura! Nada mais importava.

Foi isso que me deu forças para me sentar e passar todo tempo olhando para frente, porque o que ficou para trás não me importava mais.

▶ ‖

Alba caminhou até o microfone, segura de si. Ela sempre foi boa com as palavras, e eu tinha certeza que estava prestando vestibular para jornalismo, embora, no início do ano, quando ainda éramos amigas, ela não soubesse o que queria fazer. Apesar de tudo, eu gostava muito da Alba. Tudo que ela fazia de errado era fruto da sua paixão cega e idiota por Léo, que não lhe dava nenhum valor e só queria ela ao seu lado enquanto fosse conveniente. Esperava, sinceramente, que um dia ela enxergasse como aquilo só era prejudicial.

Assim que ela falou a primeira palavra ao microfone, eu esqueci de tudo que ela me disse de ruim naquele dia, meses atrás, em tom acusatório. Era quase impossível pensar que uma menina tão bonita e inteligente pudesse agir com tanta estupidez apenas para conseguir a aprovação de um menino que não se importava com ela. E quando ela começou seu discurso como oradora da nossa turma, não dava para acreditar que aquela voz tão doce, recitando palavras sobre como nos superamos e aprendemos com nossos erros, pudesse ter julgado alguém um dia.

— Eu detesto a expressão "a melhor época de nossas vidas" — disse Alba, continuando seu discurso. — Sempre me dá a impressão de que, se tudo isso foi ruim, o resto da vida será pior ainda. Ou que nunca iremos além do que vivemos aqui. Mas não é esse o propósito. No São João nós aprendemos mais que matemática ou biologia, nós aprendemos a conviver com pessoas, a respeitar as diferenças, dialogar, perdoar — continuou, embora não estivesse realmente praticando o perdão. — Gosto de pensar que aqui é apenas um *workshop* para a vida. Nos preparamos para a faculdade, empregos e sonhos. Essa é apenas uma etapa, que pode ter sido boa ou ruim, mas faz parte de todos nós agora. Estamos felizes por termos vencido esses dias na companhia de nossos colegas de classe e professores, mas com o apoio incondicional da nossa família e amigos. Alguns chamam o ensino médio de *inferno* médio. Mas toda vez que eu olhar para trás, eu vou lembrar de tudo de bom que vivi aqui — e tentar apagar todas as lembranças ruins ou pensar que elas me ajudaram a ser alguém melhor. Hoje nós queremos agradecer a todos que estiveram ao nosso lado desde o primeiro dia que pisamos na escola. É difícil pensar que, daqui para frente, cada um segue um caminho e que alguns de nós finalmente vamos nos livrar da matemática! — exclamou, sorrindo, arrancando risadas da plateia. — E talvez seja necessário pedir desculpas por termos perturbado algumas aulas ou magoado alguns de nossos colegas — disse e suspirou. Na parte dos professores, alguns riram. Quando ela falou sobre magoar os colegas, olhou diretamente para mim. — Sei que alguns de nós perdemos alguns amigos pelo caminho, fizemos besteiras e magoamos aqueles com quem nos importávamos. Fomos insanos. Talvez para alguns entre nós, o alívio em terminar a escola seja diferente. Em nome de toda a turma, eu peço desculpas. E espero que esses colegas deixem que o tempo apague as más lembranças e levem para casa apenas os bons momentos do ensino médio. – Eu sabia que ela falava comigo. Senti que a qualquer momento Alba poderia chorar – e eu também. Mas ela se controlou. Alba respirou fundo, voltou os olhos para seu discurso e concluiu: – É um prazer estar aqui. E obrigado a todos que estiveram conosco.

Ao final de seu discurso, todos aplaudiram de pé. Alba fez um gracejo e voltou ao seu lugar. Antes de se sentar, porém, ela olhou para trás. Pensei que estava procurando por Léo. Arrisquei olhar para ele e vi sua expressão entediada, praticamente bocejando. Só que, quando percebi, ela estava olhando para mim e fazendo pequenos gestos com a mão para chamar minha atenção.

– Desculpa – sibilou. Eu não disse nada em resposta, ela virou-se para frente e continuou a prestar atenção na cerimônia.

Não sabia como reagir. Ela não tivera coragem de dizer em voz alta ou falar diretamente comigo. Tentou uma vez, mas eu impedi. Não era o pedido de desculpas perfeito e uma simples palavra jogada no ar todas aquelas que ela tinha falado antes, mas já era um começo.

Olhei para a multidão procurando por Arthur. Nesse exato momento, ele estava entrando, pedindo licença às pessoas para poder sentar em uma cadeira vazia. Lembrei do que ele me disse no dia anterior. Aquilo não era um ponto final, mas sim o começo de um novo capítulo – que eu esperava ser melhor que o anterior.

▶❚❚

A cerimônia continuou com muitas formalidades que eu considerava chatas. Cada turma teve o seu orador, apesar de ter dado boas risadas com o discurso do Bernardo, zoando praticamente todos os professores, quase dormi com tantas pessoas tagarelando e tudo o que chegava aos meus ouvidos era um blá-blá-blá. Como aquilo podia demorar tanto? Não queria nem ver quando fosse a hora de me formar na faculdade!

Só me dei conta de que estava perto do fim quando as pessoas se levantaram para buscar o canudo. Alba foi uma das primeiras, recebendo um abraço da diretora da escola assim que pegou o seu diploma. Seu pai não parava de fotografar e dava para ver que sua mãe, sempre tão doce, estava chorando de emoção.

Eduardo, ao levantar, foi aplaudido e ovacionado pela família. A mãe dele, de quem eu sempre gostei muito, estava perto do palco, fotografando o filho e mandando beijos para ele. Tia Cristina, como eu a chamava, sempre me enchia de presentes e dizia que eu era como uma filha para ela. Me perguntei se ela considerava a Helô do mesmo jeito.

Assim que o nome de Heloísa foi chamado, ela desfilou até a diretora, como sempre fazia, certificando-se de que todos a observavam. Acenou para a plateia e até a mãe do Eduardo se levantou para aplaudi-la. Fui invadida por uma pontinha de ciúmes ao vê-la congratulando a nova namorada do filho – ciúme que passou logo em seguida.

Pouco a pouco, mais pessoas estavam com um canudo na mão. Chamaram o nome do Léo, e eu procurei pela família dele na multidão. Reconheci a mãe dele e o irmão, mas não encontrei o pai por ali. Fiquei pensando como aquela mulher se sentiria ao saber que aquele filho educado com carinho não tinha respeito algum pelos outros e achava que toda garota estava ali apenas para ser tratada como um objeto.

Assim que Léo pegou o canudo e posou para a foto, chamaram meu nome.

Me levantei, caminhando até a frente do palco e cruzando com Léo pelo caminho. Nós não nos olhamos. Queria me concentrar apenas no que estava por vir. Ao pegar meu "diploma", abracei a diretora e comecei a ouvir muitas palmas. Mal percebi que estava tremendo, um pouco nervosa por estar na frente de tantas pessoas.

Quando olhei para trás, praticamente todos os alunos estavam de pé, aplaudindo, inclusive a Alba, que havia levantado um cartaz onde se lia: "Desculpa". Percebi Bernardo aplaudindo com mais entusiasmo que todos, e ele gritava coisas como "Uhul! Isso aí, Mari!". Provavelmente, todas as pessoas no auditório não faziam ideia do que estava acontecendo, mas eu sabia. Eles certamente viram meu vídeo.

Léo, Helô e Edu eram os únicos que não tiveram coragem de levantar. Não fazia ideia do que havia acontecido durante o espaço de tempo da postagem do vídeo no dia anterior para criar aquela comoção toda, mas eu não buscava respostas. Uma coisa era certa: eu não conseguia parar de chorar e, de repente, todo ginásio estava de pé, aplaudindo também.

Ali, em meio à multidão, vi minha irmã e meu cunhado. Eles seguravam um cartaz com os dizeres "Temos orgulho de você". Em outros tempos, eu ficaria envergonhada com aquilo, achando brega, mas agora estava feliz por vê-los ali. Minha mãe tentava controlar as lágrimas e meu pai a abraçava. Olhei para minha frente, pertinho do palco, e lá estava Nina, fotografando. Minha melhor amiga, que estudou tanto tempo comigo e mudou de escola logo no ano que mais precisei dela. Minha melhor amiga, que eu havia magoado, mas que mesmo assim estava ali por mim. Eu nunca mais queria perdê-la.

Arthur também estava batendo palmas, junto com outras pessoas que eu conhecia: a mãe da Alba, da Heloísa e do Eduardo haviam se levantado para me aplaudir. Eu não esperava aquilo. Arthur assobiou, e Nina deu um grito de euforia. Tive a sensação de que aquele momento durou uma eternidade, mas foram apenas alguns segundos. Ouvi chamarem uma das Marinas e voltei para meu lugar – e, de repente, a formatura não pareceu uma ideia tão ruim assim.

34

— Uau, Mari! O que foi aquilo lá em cima? Por que seus amigos estavam pedindo desculpas? – perguntou minha mãe. A cerimônia mal tinha acabado e ela havia corrido até mim.

Nem eu entendia completamente o que tinha acontecido durante a entrega do canudo. Mas a segunda parte era uma história longa demais para contar naquele momento.

— Eu prometo que conto depois, mãe. Mas não agora.

Minha mãe deixou a conversa para depois, pois era momento de festa e ela precisava registrar cada instante. Dona Marta fez questão que eu tirasse mil fotos segurando o bendito canudo e abraçando cada pessoa da família. Até tia Olívia estava lá para me ver e eu nem percebera enquanto procurava rostos conhecidos pela multidão. Ao ver Luís, meu primo preferido e que raramente encontrava, pulei em cima dele.

— Luís! Não acredito que você tá aqui! – exclamei. Depois, dei tapinhas no braço dele. – Você some, nunca mais me vê. Assim não dá!

— Ai, calma aí, Mari! – pediu ele, esquivando-se. – Sem agressão física, por favor.

— Sem agressão física? Você tinha que apanhar bastante pra aprender a nunca mais me abandonar – falei. Depois disso, dei um abraço. – Mas como não aguento ficar de mal com você por muito tempo, eu estou feliz em te ver aqui.

— Até parece que eu ia perder a menininha da família dando "tchau" pra escola!

Luís me deu um beijo na testa e depois chamou uma garota baixinha e morena, que estava atrás dele.

— Deixe eu te apresentar – disse, puxando a moça mais para perto. – Essa é a Vanessa, minha namorada.

— Prazer! – falou timidamente, estendendo a mão para me cumprimentar. – Parabéns, viu? Esse é só o primeiro passo.

Vanessa era delicada e parecia bem tímida, ao contrário de Luís, com seu jeito extrovertido. E ela não era como tia Olívia ou Antonieta, exuberante e extravagante. Tenho certeza de que minha tia torcia o nariz para a nora, mas eu gostei da namorada do meu primo automaticamente. Se o Luís estava com alguém, aquele alguém era legal por natureza.

Olhei à minha volta, procurando por Arthur, mas não o encontrei.

Cumprimentei minha tia e minha prima, que me deram seus abraços mais frios e sem emoção, desejando parabéns vazios e sorrindo de maneira torta. Agradeci com o mesmo entusiasmo e as duas disseram que precisavam ir embora.

— Você não vai também, né? – perguntei para Luís, abraçado com a namorada e segurando uma taça de champanhe.

— Não, não. Eu vou ficar com vocês.

Melissa e Mateus vieram para cima de mim, me imprensando em meio aos dois em um abraço sanduíche.

— Socorro, vocês vão me sufocar! – gemi.

— Estou tão orgulhosa de você, Maricota – disse Melissa, sem me soltar. Imaginei que eu já estava roxa por falta de ar. – Meus parabéns. Você era a mais linda lá em cima!

— Linda mesmo, cunhadinha – confirmou Mateus, ainda me esmagando. – Não tinha pra ninguém. Parabéns, viu?

— Obrigada! Agora vocês podem me soltar, por favor? – pedi.

— Ah, desculpa! – falaram os dois em uníssono, me soltando logo em seguida.

— É que eu podia te apertar pra sempre... Ai, que orgulho de você! Daqui a pouco está na faculdade – continuou minha irmã.

Papai e mamãe me abraçaram e não conseguiam parar de me elogiar, como se o que tivesse acontecido fosse um grande feito. Eu podia ver que os dois estavam realmente orgulhosos com minha pequena conquista. Naquele momento, senti um desejo enorme de ser aprovada no vestibular e ver um sorriso maior ainda no rosto dos dois.

Não havia nenhum sinal de que, horas antes, os dois estavam discutindo por assuntos bobos no carro. Naquele momento, eles estavam abraçados um ao outro e felizes por mim. Eu admirava muito o casamento dos meus pais. Não era perfeito, eles volta e meia se desentendiam pelas coisas mais sem sentido, mas havia companheirismo e estavam sempre tentando fazer tudo certo. Tinha muito orgulho deles.

— Mari, esse é um presente que a gente queria te dar – disse mamãe, tirando da bolsa uma caixa de veludo no formato retangular.

Peguei a caixa da mão da minha mãe e abri. Dentro havia um colar de ouro com um pequeno pingente em formato de coração, com uma pedra vermelha preenchendo-o. Sorri ao ver o presente e abracei os dois, como forma de agradecimento.

— É meio bobo – falou minha mãe, tentando justificar a escolha –, mas escolhemos esse porque queríamos que você nos tivesse sempre próximo ao seu coração. Mesmo quando estiver longe!

Ela quase chorou mais uma vez, mas papai passou o braço em sua volta, para que ela segurasse as lágrimas de emoção. Era dali que minha irmã tinha herdado sua personalidade de manteiga derretida – e eu também, confesso.

Seu Oscar pegou o colar da minha mão e colocou no meu pescoço. Devido ao meu novo corte, nem precisou afastar meu cabelo ao prender o fecho.

— Calma aí, para na pose! — gritou Carina, surgindo-se sabe-se lá de onde, com uma câmera fotográfica na mão. Meu pai já ia olhar para a câmera, mas ela impediu. — Não, não, não, tio! Não faz isso. Tem que ser natural. Continua colocando o colar!

Com seu dedo implacável, podia apostar que havia tirado um milhão de fotos em poucos segundos. Eu queria que ela parasse de fotografar para que eu pudesse abraçá-la, mas a Nina era incansável! Ela fez com que todos nós posássemos para mais fotos depois disso, mas provavelmente meu olhar saiu vago em todas elas, pois não parava de procurar o Arthur.

Como a Carina me conhecia muito bem, percebeu que alguma coisa estava errada comigo. Depois de alguns segundos me observando apenas pela lente da câmera, seus olhos captaram que alguma coisa não estava perfeitamente bem, por isso ela interrompeu as fotos.

— Bom, galera, acho que tá bom de fotos, senão acaba a comida do coquetel e vocês vão ficar morrendo de fome — disse, dispensando a todos. Aos poucos, minha família começou a conversar entre si e Carina me puxou para o cantinho. — Que cara é essa, hein?

— Eu não encontro o Arthur em lugar nenhum! — reclamei.

— Ele pediu desculpas, disse que precisava levar o carro pro pai, mas já está voltando. Fica calma!

— Mas Carina... Esquece o Arthur. Eu só queria dizer uma coisa: eu não acredito que você está aqui! — gritei. Pulei em cima da Nina e a puxei para um abraço de urso, ao mesmo tempo em que senti todo corpo da minha melhor amiga estalar. Ela era tão magra, provavelmente podia quebrá-la com meus apertões, mas eu não queria soltá-la nunca mais. — Me desculpa, por favor, eu não fiz por mal. Eu só queria ajudar — implorei, ainda abraçando-a. — Eu te amo, esses foram os piores dias de todos. Você é a melhor pessoa do mundo, eu nunca mais quero ficar sem você. Eu estava quase indo na sua casa!

— E por que não foi?

— Eu sinceramente achei que você fosse quebrar a minha cara — confessei. Carina começou a rir.

— Acho que eu não tenho muita força pra isso. Preciso comer mais mingau.

Quase completei com "precisa comer mais *todas as comidas*", mas segurei minha língua. Um passo de cada vez, e eu não ia estragar tudo de novo.

— Eu senti sua falta. Qualquer coisa pequena que acontecia, precisava contar pra você e não podia — confessou a Nina. — Mas eu não ia dar o braço a torcer.

– Eu sei que não. E nem deveria. É por isso que eu te procurei.

– Eu te amo muito – disse minha melhor amiga.

– Eu também. Não me abandone nunca mais, tá?

– Nunca mais, Mari. É pra sempre.

E, então, tudo estava certo outra vez.

Ou quase certo, pois nem sinal do Arthur.

– Hum, com licença, acho que vou dar uma voltinha – comentou Nina, esticando a cabeça e indicando para que eu olhasse para trás.

Quando me virei, quase caí para trás: Arthur, ofegante, me olhava. Em seus lábios, aquele sorriso maravilhoso. Em suas mãos, um buquê de tulipas vermelhas.

–Vou conversar com meus ex-colegas de escola.Vejo vocês depois – despediu-se, dando um tapinha em minhas costas e me deixando sozinha com Arthur.

Nós já estávamos acostumados um ao outro, mas ainda assim estranhei aquele momento. Escolhi quebrar o silêncio incômodo sobre nós dois.

– Foi buscar as flores a pé?

– Sim, foi um longo caminho até o estacionamento – respondeu, dando o buquê de flores para mim.

Cheirei as tulipas que havia acabado de ganhar, perfumadas e lindas. Abafei o sorriso e me aproximei dele.

– Obrigada por estar aqui – sussurrei, ao pé do seu ouvido.

– Desculpe por ter me atrasado – pediu. – Precisei ajudar meu pai lá na Lore.

– Shiiiu... não fala nada! Deixe tudo assim.

– Leoni.

– O quê? – perguntei.

–Tem uma música do Leoni que tem um trechinho assim: "Não fala nada, deixa tudo assim por mim" – cantarolou.

–Acho que essa pode ser a nossa música – falei, mas logo me arrependi, com medo do que ele poderia achar. – Quer dizer...

– Não, não... Eu acho que a gente merece uma música diferente. Essa não tem um final feliz – respondeu ele, ainda num sussurro. –Vamos lá pra fora? A gente precisa conversar – falou.

Concordei. Deixei que ele segurasse minha mão e me guiasse entre as risadas, conversas e pessoas que já estavam se empolgando com o champanhe de graça.

O pátio estava vazio, tirando um ou outro casal que escolheu o escuro da noite para se beijar. Não me preocupei em olhar quem estava por ali, se imprensando contra uma parede e outra. Provavelmente eram pessoas que passaram o ensino médio inteiro nutrindo algum tipo de tensão sexual um pelo outro e resolveram descarregar na última chance que tinham.

Nós nos sentamos no mesmo banco onde, mais cedo, conversei com o Bernardo. Havia muitas estrelas no céu e eu estava feliz por ter Arthur ao meu lado. Me sentei e ele me abraçou.

— Obrigada por ter vindo.

— Eu não poderia perder isso por nada no mundo. Você, linda desse jeito, em um vestido de festa? Precisava ficar de olho na minha namorada.

— Namorada? — perguntei, surpresa. Eu simplesmente não esperava aquilo.

— Acho que sim. Vamos ver... Trocamos mensagens todos os dias, eu te levo pra vários lugares, a gente se gosta, se beija, se abraça... Eu trouxe flores pra você! E, além disso, escuto todos os seus lamentos! Acho que já está na hora de darmos um passo à frente.

— Eu quero, quero muito. Mas eu não sei se estou apaixonada por você ou por alguém que inventei — confessei. — Eu não sei muitas coisas sobre você, Arthur. Você é sempre tão fechado... Eu só sei o que eu quero ver.

— Bom, sabe a nossa música? Então... Eu acho que já sei qual pode ser — falou. Ele começou a cantar uma música muito bonita, porém um pouco engraçada. Falava sobre mil coisas que ele não poderia dar a mim e os motivos, mas o refrão chamou minha atenção.

Dar-te-ei finalmente os beijos meus,
Deixarei que esses lábios sejam meus, sejam teus
Esses embalam, esses secam
Mas esses ficam.

— Isso quer dizer que você é pão-duro? — perguntei assim que ele terminou de cantar. Na música, o homem dizia que não daria presentes nem cartões nem nada para a mulher, pois eram passageiros! Só os beijos e abraços. Onde já se viu? Eu queria presentes também.

— Não, sua boba... Significa que eu não posso te fazer muitas promessas e nem quero te dar coisas passageiras, mas as coisas que eu tenho para te oferecer por enquanto são todas suas. De mais ninguém. Você aceita isso?

As palavras foram tão sinceras que me desmontaram. Era melhor alguém que me desse palavras que pudessem ser cumpridas do que promessas que jamais se realizariam.

—Você quer um amor de ficção? — perguntei assim que ele terminou de cantar.

— Não, eu quero um amor de verdade — respondeu. — O que a gente tem aqui ainda não é amor, mas pode ser. Só que eu quero construir isso com você. Eu quero reconstruir algumas coisas sobre mim também, Mari.

— Arthur — chamei, colocando minha mão no peito dele. — O que tem aí dentro que eu não conheço?

— Muitas histórias que eu quero consertar. E eu escolhi você pra me ajudar nisso.

Eu não entendia muito bem o rumo que nossa conversa estava tomando, mas ao mesmo tempo, acho que ele falava de algo que também acontecia dentro de mim. Gostava do Arthur, é claro, mas ainda não tinha me recuperado totalmente do que sentia pelo Eduardo, mesmo com tudo que aconteceu, ou superado esses sentimentos. Mas eu estava disposta a tentar, a acreditar que um sentimento novo podia surgir.

— Eu acho que quero entrar nessa com você — disse, deixando o buquê no banco, ao meu lado, e me inclinando para beijá-lo.

Depois de nos afastarmos, resolvi perguntar algo que havia acabado de passar pela minha cabeça.

— Você não está me perguntando isso só por que estou indo viajar, está?

— Não, Mari. Quer dizer, um pouco... Mas eu não quero esperar esse tempo passar. Não quero esperar você voltar.

— Você tem certeza? — perguntei, ainda hesitante.

— Mais do que nunca.

Ficamos ali por algum tempo, nos beijando ou apenas em silêncio, sentindo o cheiro um do outro. Tinha me esquecido de onde estávamos e de todas as pessoas à nossa volta, eu estava conectada em outro mundo, onde só nós dois existíamos.

Foram as risadas e passos que nos tiraram dos nossos pensamentos, daquele mundinho que nos trancafiamos em poucos segundos. Aquele som meio bêbado e zombeteiro, a risada alta e a voz esganiçada que nos puxaram de lá.

Eu olhei, porque eu reconheci. Reconheci no riso de Heloísa — alto, estridente, insano —, alguém que eu fui há poucos meses. Naquele pequeno intervalo de tempo, enquanto a observava cambalear com a garrafa de champanhe numa mão e a outra apoiada entre Léo e Eduardo, um filme passou pela minha cabeça.

Nem sempre nos damos conta da forma como tratamos as pessoas e do modo como nos mostramos para o mundo, mas eu era exatamente como Heloísa — talvez termos sido melhores amigas diga muita coisa sobre minha versão do passado. Escandalosa, preocupada com as aparências e sem prestar muita atenção no que estava além disso. Não aceitava explicações convincentes, mas sim as que me convinham. E, desde que eu fosse o centro das atenções, tudo estava certo, estava bem.

Alba não estava com eles. Depois do que ela havia feito do lado de dentro, eu não tinha muita certeza sobre o que havia acontecido com eles. Certamente, Alba havia se arrependido de *alguma coisa*, mas aqueles três, não.

— Não suporto bêbado sem noção — reclamou Arthur, ao meu lado, me trazendo de volta à realidade. — Vamos sair daqui? Sua mãe deve estar te procurando.

Peguei na mão dele e olhei para as três pessoas que fizeram parte da minha vida de um jeito ou de outro. Eles haviam se sentado no outro lado do pátio, e a garrafa que Heloísa havia surrupiado passava de mão em mão. Para eles, aquele era o fim de noite perfeito. Um dia, também foi para mim. Tão perto, mas ao mesmo tempo, tão longe. Para a Mariana de agora, o significado de uma noite perfeita era bem diferente.

— Vamos. Eu também não suporto isso — respondi, enquanto o seguia para encontrar minha família. Na minha ficção, havia virado aquela página.

35

O vestibular e a formatura poderiam ter passado, mas em vez de férias, eu ainda tinha provas finais para me ocupar. Acho completamente injusto termos de nos preocupar com tantas coisas no último ano da escola. Para mim, no segundo semestre nem deveria ter avaliações, de tanto que temos de nos ocupar. Mesmo que já estivesse aprovada no fim das contas, eu queria tirar boas notas. Por isso, enfiei a cara nos estudos e, ao final da segunda semana de dezembro, as tão desejadas férias chegaram.

Não vi Carina depois da minha colação de grau. Minha amiga voou para São Paulo e Minas Gerais para prestar vestibular nas outras cidades. Quando voltou ao Rio, me comunicou: não desmaiou nem deu crise em nenhuma das provas, pelo contrário, achava que tinha ido muito bem. Estava torcendo para que Nina tivesse um bom resultado e conseguisse ser aprovada, mas ao mesmo tempo não queria que ela fosse para longe de mim. Esperava que ela passasse na estadual e resolvesse ficar por perto, pois não saberia viver sem ela. Depois que nós discutimos, eu percebi o quanto ela fazia falta.

Ao mesmo tempo, a ideia da Carina morar longe era o que a animava. A separação dos pais dela parecia cada vez mais difícil e, assim que voltou de Minas, Nina foi dormir na minha casa.

— Se eu conseguir passar pra outra faculdade longe de casa, vou ter uma desculpa — disse ela. — Não vou precisar escolher ficar com meu pai e ver minha mãe enlouquecer por causa disso ou ficar com minha mãe para evitar que ela dê um ataque, e *eu mesma* pirar.

— Eu já disse que você deve fazer o que achar melhor — orientei. — Mas você não acha que é muita coisa? Morar longe de casa, assumir responsabilidades... Você sempre teve tudo na mão!

O que me preocupava, na verdade, era a saúde da Nina. O divórcio dos pais estava desestabilizando-a e os problemas dela com comida pareciam cada vez piores. Mais cedo, no jantar, ela fez de tudo para prolongar a refeição. Assim que colocamos o prato — Nina se serviu apenas com uma colher de sopa de arroz e meio filé de frango —, ela cortou a carne em pequenos pedacinhos, tão pequenos que você praticamente não via o frango ali. Depois, servia-se de porções minúsculas e mastigava até não poder mais. No final, após mais de uma hora sentada na mesa, remexendo a comida para lá e para cá, ela disse que estava satisfeita. O prato tinha quase a mesma quantidade de comida do início, mas ela disse que tinha comido o suficiente.

Eu prometi a mim mesma que não iria forçar a barra, mas às vezes parecia impossível não se estressar com ela.

— Eu acho que você precisa procurar alguma ajuda profissional — sugeri, pouco mais tarde, enquanto assistíamos a um filme pelo computador. — Sabe, pra desabafar sobre a separação dos seus pais, cobranças, esse tipo de coisa.

— Se tenho você, por que preciso pagar alguém pra ouvir minhas reclamações?

— Não sou a melhor conselheira.

— Não preciso disso, Mari. Isso é coisa de gente doida — argumentou.

— Que gente doida, Carina? Todo mundo faz análise hoje em dia.

— Então, tá todo mundo doido. Eu não sou doida, tenho problema nenhum. E mesmo se tivesse, minha mãe *nunca* ia pagar por uma coisa dessas — concluiu.

Era óbvio que não. Se Carina fosse a um analista, significava que ela tinha falhado em algum ponto como mãe. Para dona Patrícia, se sua filha não conseguia lidar com cobranças, não estava pronta para o mundo e seria um fracasso. Ela não havia educado uma filha para ser fracassada.

— Não entendo sua mãe, juro — assumi. — Ela é tão inteligente, resolvida e tudo mais, mas tem umas ideias que não são mais dessa época.

— Mamãe tem outros padrões, tá? Se eu acreditasse em reencarnação, diria que em outra vida ela foi general ou algo assim. Só isso explica. Mas é porque ela sempre foi o retrato do sucesso. Ela acha que todo mundo tem que ser igual.

— Mas se todo mundo fosse igual, qual seria a graça? — perguntei, repetindo uma frase que minha mãe sempre dizia.

— Mari, você não tem ideia de quanto é sortuda de ter nascido onde nasceu. Seus pais respeitam qualquer coisa que você e sua irmã queiram, eles educaram você pra respeitá-los, não pra ter medo deles. Minha mãe acha que ninguém respeita ninguém se não tiver medo dessa pessoa. Seguir seus passos à risca é complicado. Eu sempre estou abaixo das expectativas dela. Eu me esforço pouco.

Se esforçava pouco? Nina vivia estudando todas aquelas matérias que eu jamais compreendia, era sempre a melhor da turma, raramente saía da linha e, quando saía, era devidamente castigada e nunca mais fazia de novo. Ela fazia de tudo para ser perfeita, educada... Tudo que fazia era buscando ser a melhor filha, para se enquadrar nos padrões moldados por sua mãe.

Meu maior medo era que, quando Carina se jogasse no mundo, ela não soubesse lidar com a liberdade. Ela estava acostumada a regras, limites... O que faria quando não houvesse nada daquilo?

Resolvi mudar de assunto, pois aquela conversa não levaria a um bom resultado e o clima estava pesado entre nós, com todas as perguntas que provavelmente estavam pairando na cabeça da Nina naquele momento.

— Estou tão ansiosa pelo Canadá! — falei. — Dá para acreditar que faltam menos de dez dias?

—Vou sentir tanto sua falta! — exclamou Carina. — Como vou sobreviver dois meses e meio sem você?

— Se você pensar que quer sobreviver quatro anos longe de mim, esse tempo é pouca coisa.

— É, mas São Paulo e Minas são no mesmo país... No Sudeste, ainda por cima! Nada que um DDD ou uma viagem de fim de semana não resolva. Mas você está indo para outro hemisfério, fazer bonecos de neve! — Nina pontuou. — Se você encontrar algum canadense gato, apresenta pra mim — pediu. —Você não vai poder se aproveitar dele mesmo.

— Uma pena... — comentei, suspirando.

— Ô olho grande! Você tem namorado, Mariana.

— Eu sei. E eu gosto muito do tal namorado. Mas... gringos bonitinhos!

Nos meses seguintes, sentiria falta da companhia frequente da minha melhor amiga — mas ainda bem que a internet existia para encurtar distâncias e me manter sempre perto de quem eu amava, mesmo que eu estivesse do outro lado do mundo.

▶ ⅠⅠ

Com a viagem cada vez mais perto, minha mãe me arrastava para qualquer lugar, incluindo supermercado lotado às vésperas do Natal.

—Vou ficar sem você por dois meses, quero aproveitar cada minuto ao seu lado — justificou. Na verdade, ela só queria alguém para ficar na fila do caixa enquanto terminava de encher o carrinho.

Não existe nada pior que supermercado às vésperas de Natal. Aliás, não existe nada pior que sair às ruas perto do Natal. Todo mundo resolve andar pelas mesmas calçadas, shoppings — e comprar um par de meias vira missão impossível. Prevendo isso, já tinha feito todas as compras que precisava para a viagem, pois queria evitar as lotações das lojas durante essa época. Mas não tinha como escapar do supermercado.

Um ar-condicionado que não dava vazão era o menor dos meus problemas quando entrei no mercado, empurrando um carrinho, enquanto mamãe conferia sua extensa lista de compras. Quer dizer... Eu não empurrava o carrinho, as pessoas *me* empurravam, e eu nem sabia para onde estava indo. Isso sem falar no pequeno congestionamento causado pelos carrinhos de compras, dirigidos por donas de casa sem senso de direção e estacionados no meio do corredor.

Parecia que Niterói inteira havia se materializado no *mesmo* supermercado. Eu sei que as pessoas costumam dizer que Niterói só tem três pessoas: eu, você e alguém que a gente conhece; mas, naquele momento, senti que éramos mais cidadãos que a população da China. Em dois minutos, eu já estava tendo ataques de claustrofobia. Duas horas depois, quando minha mãe ainda nem comprara metade da lista, eu queria morrer.

— Mãe, quando isso vai acabar? — perguntei, como uma criança chata em viagem de carro, que não para de perguntar "Tá chegando?".

— Você não gosta de comer bem quando é Natal? Então fica quieta e continua me ajudando.

Peguei vários panetones, escolhi sucos e vinhos, carreguei garrafas de refrigerante até o carrinho e me molhei com o gelo derretido do peru congelado. No fim do dia, estava fedida e cansada. Após encarar uma fila quilométrica para pagar as compras, ainda tive que ajudar a colocar tudo no carro.

O pior de tudo era que minha mãe não iria cozinhar nada daquilo! Quem fazia as comidas de Natal era todo resto da família, menos ela, que tinha habilidade zero na cozinha. Por isso, essa parte das compras sempre sobrava para a gente. Era um suplício, mas quando eu pensava que se não fosse isso teria de passar a véspera de Natal ajudando na cozinha e cheirar a alho durante a ceia, o sacrifício valia a pena.

Na garagem do meu prédio, coloquei tudo dentro de outro carrinho de compras — se visse mais um pela frente, enlouqueceria! — e subi para o meu andar pelo elevador de serviço. Entrei pela porta da cozinha e fui descarregando as compras, mas tomei um choque ao escutar a voz do Arthur na sala, conversando com meu pai. Mamãe, que entrou atrás de mim, carregando mais sacolas, foi vítima do meu desespero.

— Ai meu Deus! Mãe, o Arthur tá aí e eu tô desse jeito horroroso! — reclamei. Eu estava fedida, descabelada, desarrumada e acabada. E daí que ele já tinha me visto feia? Isso não era pra se tornar recorrente.

— Deixe de ser boba, Mariana. Até parece que ele vai ligar pra uma coisa dessas.

Ele podia não ligar, mas eu ligava. Se passasse pela sala, que era o único caminho até meu quarto — e banheiro! —, eu teria que abraçá-lo e beijá-lo, e fedida daquele jeito não tinha condição alguma. Foi quando o banheiro de serviço, com seu chuveiro que era praticamente em cima do vaso, brilhou pra mim.

— Mãe, por favor... Pegue uma roupa pra mim e traga aqui. Aí eu tomo banho no banheiro de serviço e apareço um pouco mais decente por lá. Por favor? — pedi.

Mamãe suspirou e fez o que eu pedi. Ao passar pela sala, ouvi meu pai perguntar:

— Cadê a Mariana? Pensei ter ouvido a voz dela na cozinha, o menino tá aqui esperando há um tempão.

— Ah, a Mari foi ali fora comprar um negócio pra mim e já volta. Fica à vontade, Arthur. Se quiser água ou qualquer outra coisa, é só pedir. Agora dá licença que eu vou pegar umas roupas pra lavar, tá? — mentiu mamãe.

— Sem problemas, dona Marta. Eu espero.

Da minha posição, escondida na cozinha, suspirei aliviada. Mamãe voltou pouco depois com toalha, sabonete e um vestidinho.

— Cadê a calcinha, mãe? — perguntei, não encontrando no meio da trouxa de roupas.

— Ah, Mariana! Peguei a primeira coisa que vi, até esqueci da calcinha. Não vou voltar lá só por isso. Fica sem calcinha e depois você coloca.

— *Mas mãe...* — gemi.

— Anda logo que o menino tá esperando, vai.

Assim, tomei o banho mais porco e rápido de todos. Quando fui me vestir, quase derrubei o vestido no chão molhado. Fui até a sala, de cabelo molhado e tudo, e cumprimentei meu namorado com um rápido selinho. *Ai céus*, eu estava sem calcinha na frente dele e do meu pai!

— Seu cabelo tá molhado... — comentou ele.

— Ele demora a secar! — respondi, o que era uma mentira deslavada. Meu cabelo secava em dois segundos e ele não estava molhado, estava *pingando*. — Vou no meu quarto rapidinho, já volto — falei, correndo para colocar a bendita calcinha.

A porta da varanda estava aberta e uma corrente de ar invadiu a sala na hora que me virei. Meu vestido voou! Como a Marilyn Monroe em sua cena mais clássica, dei um berro e puxei o vestido para baixo. Ainda bem que quase nada apareceu! Imagina que mico se o vento levanta a saia do meu vestido, no meio da sala, na frente de todo mundo?! Eu teria que morar no Canadá para sempre!

Acho que da próxima vez é melhor cumprimentá-lo fedendo a suor e correr para tomar banho, porque depender da minha mãe para inventar mentiras e me trazer peças de roupa não me pareceu uma boa saída.

Fui correndo no meu quarto e coloquei a peça que faltava, fazendo uma nota mental para conferir se na minha mala tinha calcinhas suficientes para a viagem.

36

Quando 24 de dezembro chegou, eu já estava com saudade de casa. Viajaria em dois dias e, como de costume nas celebrações de Natal da família, subimos a serra para visitar minha avó materna. Tia Olívia sempre aparecia com Antonieta, mesmo que não tivesse nada a ver com aquela parte da família.

Mamãe odiava ver a cunhada no mesmo teto que a sua família, ainda mais que a minha tia marcava território como se ela fosse filha da minha vó, e não a minha mãe. A irmã verdadeira de mamãe, tia Leila, morava em São Paulo e raramente nos via. Ela também não suportava a companhia das impostoras, como gostava de chamá-las. Tia Olívia agia como se cada centímetro da casa fosse dela e, às vezes, até mudava móveis de lugar, alegando ajudar. Minha vó era um doce de pessoa e achava graça em tudo, sem nunca reclamar.

— Essa mulher é muito inconveniente — reclamou tia Leila na cozinha, enquanto lavava as verduras para fazer uma salada. Tia Olívia estava na sala, dando ordens para meu primo Gabriel arrumar a mesa no jardim. — Ela não é filha da mamãe, tem nada a ver com ela. Não sei o motivo de se meter.

— Você só a encontra uma vez por ano. Imagina eu que a vejo sempre? Coitado do Oscar, nem ele aguenta!

Minha mãe e a irmã continuaram a descascar e cortar legumes enquanto falavam mal de Olívia. Ela fingia que ajudava em tudo, mas, na verdade, só dava ordens e passava todo tempo de pernas para o ar, enquanto minha prima nem fingia que ajudava. Antonieta pedia para dormir em algum quarto e ficava por lá o dia inteiro, até a hora da ceia do Natal.

— O Luís não vem esse ano? — perguntou tia Leila, em voz baixa, enquanto a irmã do papai estava do lado de fora, deitada na rede. — Única coisa que saiu daquele lado e presta.

— Esse ano ele quis passar com a namorada. Faz é bem, viu? — contou mamãe.
— Garoto esperto!

Saí da cozinha. Já estava cansada de escutar aquelas reclamações sobre tia Olívia, que eram sempre as mesmas. Melissa e Mateus chegaram pouco depois, no carro dele. Juntos também vieram os pais do Mateus. Aquele ano seria uma grande festa.

— Ai, tão bonito isso de já sermos uma grande família — exclamou a sogra da minha irmã, dando um abraço na minha vó.

Vovó agregava qualquer um, sempre havia espaço para quem quisesse entrar na nossa grande mesa. Era a parte que eu mais adorava nela – como se dava bem com todos, até mesmo com tia Olívia.

– Podem se sentir em casa! – falou vovó, entre os latidos de Dalila, sua cachorrinha. – Tem espaço pra todo mundo.

– Onde fica a cozinha? Trouxe umas coisinhas!

Vovó seguiu ao lado da mãe do Mateus, carregando uma das vasilhas que ela trouxe no carro. O pai de Mateus veio logo atrás, também levando sacolas para a cozinha. Minutos depois, a mãe dele já tinha colocado um avental e estava ajudando as outras mulheres da família, rindo e conversando de forma descontraída.

Passei o resto da tarde indo de um lado para o outro, ajudando em alguns detalhes para o momento da ceia. E eu tinha pensado que ia me livrar dessa! Meu pai foi várias vezes ao centro da cidade, comprar uma ou outra coisa que alguma das mulheres havia esquecido. Melissa, que aprendera a cozinhar com a sogra, ficara responsável por assar o peru de Natal.

– Mas vocês vão colocar o prato principal nas mãos da Mel? – perguntei, cética.

– É claro! Ou você acha o quê? A ceia do ano que vem será na casa dela – respondeu minha mãe.

Sempre que mencionavam o casamento, eu sentia que em breve estaria distante da minha irmã, mas, naquele momento, eu senti meus olhos ficarem marejados.

– O que foi, Mari? – perguntou Melissa, vindo ao meu encontro e me abraçando.

– Nada... – respondi, disfarçando e limpando a lágrima que começara a se formar. – É a cebola!

– Não tem ninguém descascando cebola por aqui, Maricota – comentou minha irmã, rindo. – Pode falar, anda.

– Ah, é só que... Droga, você vai ficar se achando! – reclamei, antes mesmo de falar. – É só que eu vou ficar com saudade de você quando você casar e for embora. Sei lá, acho que não vai ser a mesma coisa.

– Ah meu bebezinho – zombou ela, fazendo uma voz infantil e me apertando. – E você acha que eu vou deixar você pra lá? Só não vamos dormir no quarto ao lado, mas vamos nos ver sempre.

– Mas quem vai me dar carona?

– Isso é um problema. Mas acho que o Arthur é um ótimo motorista particular até você completar 18 anos – respondeu, dando uma piscadinha e um tapa de leve no meu ombro. – Agora pare de bobeira, vai! Eu que tenho que sentir saudades! Você vai passar dois meses longe da gente...

Isso foi o suficiente para mudarmos de assunto. Começamos a falar do meu intercâmbio e a minha família não parava de me bombardear com perguntas sobre minha viagem, dali a dois dias.

— Você vai congelar no Canadá, Mari! — comentou tia Leila. — No meio do inverno, que maluca!

— Por pouco você não passa o Natal no meio da neve — disse minha irmã.

— Até parece que eu ia deixar Mariana passar o Natal longe de casa, nem morta. Já tô sofrendo que essa garota vai ficar uma eternidade fora — falou mamãe em resposta à Mel, o que fez toda família cair na gargalhada.

Minha tia Leila, que não me via há meses, perguntou sobre o vídeo e tivemos que responder. Gabriel apareceu na cozinha quando ouviu que estávamos falando sobre isso e fez uma imitação perfeita da Melissa dando um ataque neurótico, fazendo até mesmo minha irmã cair na gargalhada.

— Eu não acreditei quando vi a cara de vocês duas — comentou Gabriel. — Quer dizer... Que mico! Suas duas primas num vídeo na internet.

Aos 11 anos, tudo era mico para o meu primo. Mas se bem que para mim, aos 17, aquele vídeo também era um pouco vergonhoso. Mas havia me trazido bons frutos.

— Mas depois que todo mundo na escola começou a dizer como era legal, eu contei pra eles que você era minha prima — explicou. — Ninguém quis acreditar, então eu mostrei aquela foto da gente no Natal do ano passado, na frente da árvore.

— Mentira que mais alguém viu aquele negócio horroroso? — pirei. Aquela foto era horrível. Eu estava de gorrinho de Papai Noel na cabeça!

— Eu gosto dela — assumiu meu primo. — Você fica bem de Mamãe Noel.

Sabia que o moleque estava sendo sarcástico.

— Seu ridículo!

Até tia Olívia se juntou ao nosso papo e — milagre dos milagres — ajudou a terminar a ceia. Assim que estava tudo pronto, fomos nos arrumar. Antes que eu pudesse subir as escadas para tomar banho, porém, vovó me parou.

— Mariana, venha cá! — chamou ela.

Fui até ela e a envolvi com um abraço. Não havia pessoa mais fofa que ela no mundo inteiro.

— O que foi, minha lindinha? — perguntei, usando um apelido carinhoso. Era assim que gostava de tratar minha avó. Era impossível saber quanto tempo ainda me restava na companhia de alguém, pois a morte não vê idade. Mas, apesar disso, era indiscutível que, quanto mais velhos, mais próximos da morte. Por isso, tentava aproveitar a companhia da minha avó o máximo possível e quando estava com ela, adorava paparicá-la.

— Ah, eu queria te dar um presente antes que você vá viajar – respondeu.

— Não precisa, vózinha. Se a senhora conseguir ir ao aeroporto, já é bom o suficiente.

— Isso eu não posso fazer, minha filha – disse ela. – Eu queria muito, mas você sabe que é longe e eu fico cansada. Então, eu queria te dar esse diário. Achei na papelaria, é simples, mas tão bonitinho. Sua cara! Não é seu presente de verdade, mas é uma lembrancinha pra você lembrar da sua avó durante a viagem.

Engraçado como os pequenos gestos nos emocionam. Eu estava realmente boba e comovida por causa da viagem, só ia passar dois meses longe de casa! Imagina se fosse um ano? Peguei o diário e abracei forte a minha avó, agradecendo.

Era um caderninho com o desenho de um avião e um mapa na capa. Dentro havia espaço para todo tipo de anotação, inclusive locais onde eu poderia colar fotos e outras recordações da minha viagem. Exatamente o que eu precisava!

— Muito obrigada, vó! Não tem presente melhor – agradeci e era a mais pura verdade. Não me importava com o valor financeiro do objeto, sabia que ela havia colocado todo o coração ali.

Na primeira página, havia um pequeno recado.

Mari, você pode viajar o mundo e conhecer muitas pessoas, mas lembre-se de que ninguém te ama mais que a sua família. Lar não é o lugar onde nascemos ou vivemos, mas, como já diziam, onde nosso coração está. Se seu coração sempre estiver com sua família, você sempre terá um lar para onde voltar.

Sua avó te ama! Aproveite muito essa viagem.

Abracei minha vó mais uma vez. Meu coração estava com ela, minha irmã e meus pais. Eu tinha muitos lares para retornar.

▶ ❙❙

De banho tomado e arrumada, desci para a ceia de Natal. Quase todo mundo já estava pronto, exceto minha mãe, tia Olívia e Antonieta – que novidade!

Gabriel, que havia ganhado um videogame de presente, resolveu não esperar a meia-noite para abrir o embrulho. Ele e Mateus estavam matando zumbis, enquanto minha irmã assistia. Nos últimos dias, pratiquei bastante com Arthur. Me juntei aos dois e logo estava ganhando o jogo.

— Desde quando meninas gostam de videogame? – perguntou meu primo. Ele ainda tinha muito o que aprender sobre o mundo.

— Desde sempre. Ser menina não proíbe você de gostar de videogame e *jogar bem* – respondi, dando um tiro certeiro no meio da testa de um zumbi.

– Mas as meninas lá da escola não gostam, dizem que se uma menina gosta, ela é "mulher-macho" – contou meu primo, repetindo as idiotices que escutara na escola. – Tipo meninas que gostam de futebol.

– Isso não existe. Futebol e videogame são para qualquer pessoa, elas podem gostar ou não, sendo meninas ou meninos. Eu não gosto de futebol, mas a Mel sempre vai ver jogo com o Mateus – comentei.

Mateus, que até agora não tinha se metido em nossa conversa, interveio:

– Mas ela não sabe o que é um impedimento.

– Cala a boca, eu sei sim – cortou minha irmã, com a delicadeza de um rinoceronte.

Lancei um olhar de "fica quieto" para o meu cunhado, pois ele estava atrapalhando minha linha de raciocínio. Abafei o riso quando ele perdeu uma vida. Bem feito!

– Isso não vem ao caso. O que importa é que, na maioria das coisas, não tem isso de ser de menino ou de menina – concluí. –Você gostaria mais de uma menina reclamando que você tá jogando videogame ou de uma que jogasse com você?

Gabriel pensou um pouco.

– Se ela for boa que nem você, acho que prefiro que ela fique reclamando. Odeio perder! – respondeu com sinceridade, fazendo todo mundo rir. A tela anunciou o fim do jogo. Eu venci.

– Bom, quem perde é você. Literalmente!

Pouco depois, quando todos finalmente estavam prontos, fomos até o jardim para comer. Todo mundo ajudou a levar as comidas para o lado de fora e arrumar a mesa e, quando enfim estávamos sentados, minha vó se colocou de pé. Ela costumava fazer um discurso todos os anos para agradecer a Deus pela família que tinha.

– É muito bom ver nossa família reunida assim – começou vovó –, ainda mais com tantos rostos novos entre nós. Nada melhor do que comemorar o nascimento de Jesus com a família. Vocês me deixam cada dia mais feliz! Feliz Natal para todos vocês.

Nos abraçamos e minha mãe conduziu uma oração agradecendo a Jesus pela ceia e pedindo pelas famílias que não tinham o que comer no Natal. Depois, cada um agradecia por coisas que tinham acontecido durante o ano. Nós sempre passamos o ano-novo longe um do outro, então aquela era a data ideal para agradecer por tudo.

Quando chegou minha vez, fiquei pensativa, lembrando de tudo que passei nos últimos meses. Como o mesmo ano poderia ser o melhor e pior da minha vida?

– Eu queria agradecer por tudo o que aconteceu esse ano. Coisas boas e ruins. Esse não foi o melhor nem o pior ano da minha vida. Eu vivi situações maravilhosas e outras não tão boas assim, que eu gostaria de apagar pra sempre – falei. Parei por um momento, observando os rostos familiares me encarando. Era mais do que eu já tinha falado para eles até então. Não estava revelando nenhum segredo, mas estava *me* revelando, de certa forma. – E eu aprendi que nós somos feitos dessas coisas. Eu queria agradecer por ter aprendido isso. E, ah, é lógico que eu quero agradecer pelo meu intercâmbio.

Quando terminei de falar, todo mundo bateu palmas. Era uma coisa meio idiota, na verdade, mas essa era uma tradição de família: você agradece e os outros aplaudem. Mas aquele aplauso durou muito tempo – ou talvez tenha sido apenas minha imaginação – e isso foi o suficiente para me deixar feliz e encorajada. Melissa e Mateus derreteram-se um para o outro em seus agradecimentos pelo ano que havia se passado. Depois disso tudo, antes de comer, trocamos os presentes do amigo oculto. Confesso que, com tantas formalidades, já estava com a barriga roncando e quase soltei fogos na hora que liberaram a comilança.

À meia-noite, alguns fogos de artifício podiam ser vistos no céu. Não tantos quanto seriam estourados no ano-novo, mas ainda era algo bonito de se ver. Fiquei pensando em como seria passar o ano-novo em Toronto, tão distante de todo mundo. Mesmo que eu geralmente passasse na companhia das minhas amigas, naquele ano eu passaria completamente sozinha.

Pensar nisso me dava um frio na barriga e um aperto no peito. Seria uma experiência fantástica, mas a saudade já estava batendo.

Peguei meu celular e disquei para Arthur. Tinha que colocar o código de área, pois estava em uma cidade distante. Mas toda distância foi quebrada quando escutei a voz dele atender o telefone, me desejando feliz Natal. Ouvir meu *namorado* do outro lado da linha deixou meu coração quentinho – e um pouco apertado, pois logo era hora de partir e ficarmos separados pela distância de oceanos.

– Feliz Natal – desejei de volta. E com o som da minha família ao fundo, os fogos no céu, a voz dele no telefone e a perspectiva do que estava por vir, era realmente um ótimo Natal.

37

De repente, estava colocando minhas malas no carro e me preparando para partir. Seriam dois meses e meio longe do meu país, em um novo fuso horário e do qual eu não sabia muito a respeito. Eu nunca fiquei tanto tempo longe de casa. As expectativas estavam nas alturas, mas o medo também.

Quantas coisas diferentes poderiam acontecer em dez semanas? Era tudo que eu queria, mas, pela primeira vez, enquanto meu pai e minha mãe perguntavam se eu havia colocado tudo dentro das malas e me davam instruções sobre como agir ou não, senti medo. Medo do desconhecido, de descobrir o que estava por vir nesses dois meses e meio, medo de ficar longe dos meus pais, medo do Arthur desistir de mim nesse curto período de tempo, medo de descobrir que eu não tinha sido aprovada no vestibular e não ter ninguém ao meu lado para me consolar... E se eu pegasse alguma doença estranha? Eu tinha me entupido de vitamina C e só não estava levando uma farmácia completa dentro da mala porque meu pai impediu minha mãe de colocar todos os remédios que ela pretendia.

— A menina vai ser presa por tráfico de drogas — disse papai, implicando com minha mãe.

— São remédios, Oscar.

— Ou seja, drogas. Lícitas, mas são drogas. Não se chama *drogaria*? — provocou.

— Não enche meu saco! — reclamou mamãe, tirando metade dos remédios da minha bolsa de mão e colocando apenas comprimidos contra enjoo, febre e dor de cabeça. — A gente lá sabe o que pode acontecer? Tem que estar preparado para tudo!

Na televisão, minha mãe tinha visto notícias sobre o inverno no Hemisfério Norte.

— Mari, será que você vai aguentar esse frio? Cuidado para não ter hipotermia, minha filha. Não saia de casa sem cachecol... Se você ficar doente, eu estou longe demais para te ajudar.

— Mãe, por favor... Seu pânico não está ajudando.

Toronto seria meu lar pelas próximas semanas e não conseguiria colocar os pés na rua sem estar irreconhecível debaixo de tantos agasalhos. Para quem tremia de frio nos 20 graus do "inverno" carioca, eu sequer conseguia imaginar quão congelante era uma temperatura negativa.

Mas era tarde demais para arrependimentos — e, apesar de tudo, eu não estava nem um pouco arrependida.

O Arthur tinha combinado de buscar a Nina na casa dela. Eles eram os únicos que faltavam para finalmente partirmos em direção ao aeroporto.

— Cadê você? — perguntei ao celular. — A gente só tá esperando vocês dois. Tenho que ir embora, senão perco o voo.

Ao meu lado, papai havia pego a filmadora que eu tinha recebido da Interchange e registrava minha conversa ao telefone.

— Eu sou o pai da Mariana. Aquela ali é ela. Ela está mal-humorada e é essa menina que vocês vão aturar em vídeo durante um tempão. Se preparem e boa sorte! — disse ele, chegando mais perto e colocando a filmadora bem próxima ao meu rosto.

— Pai, para com isso! Tô no telefone — reclamei. Ele me ignorou e continuou a filmar.

— Já tô chegando! — avisou Arthur, do outro lado da linha. — É que meu carro quebrou e liguei pro meu pai vir resolver isso. A Nina e eu temos que ir com vocês!

— Sem problemas, desde que vocês cheguem em até cinco minutos.

— Tô entrando na sua rua! — avisou, desligando o telefone logo em seguida. Três minutos depois, minha irmã ligou pro meu celular e disse que Arthur e Nina estavam com eles. Saímos da garagem e, quando ganhamos a rua, Mel e Mateus nos seguiram.

Até a hora que subimos a ponte, estava cheia de expectativas. Eu tinha várias conexões e muitas horas de voo pela frente, o que seria totalmente cansativo, mas eu não estava nem aí. Nada poderia me deixar abalada.

Quer dizer... Nada, exceto o trânsito lento.

— O que será que aconteceu? — perguntei, assim que chegamos próximos à saída da ponte para a Avenida Brasil. Precisávamos passar por ali para chegar ao aeroporto.

— Ah, aqui sempre está ruim! — comentou papai, paciente.

— Sempre tá ruim, mas não em um dia depois do Natal — frisei. Dez minutos se passaram, e o carro não andou dois metros. Levei a mão à boca, nervosa, prestes a roer as unhas, mas me contive. — Ligue o rádio, pai! — pedi, enquanto o carro andava mais um pouquinho, só para parar logo em seguida.

Mas não foi preciso ligar o rádio para saber o que estava acontecendo. Mateus parou o carro ao lado do nosso, e Melissa abriu a janela. Arthur e Nina estavam no branco traseiro.

— Parece que um ônibus capotou! — informou minha irmã.

– QUÊ?! – gritei. Não tinha uma hora melhor pra capotar?

– Sabe dizer se tem algum ferido? – perguntou mamãe. Me senti mal por não perguntar isso, mas estava desesperada. Eu queria sair dali rápido. O check-in encerrava em 40 minutos, mas não dava tempo de arriscar. E se continuasse daquele jeito, eu nunca chegaria.

– Eu ouvi no rádio que o motorista saiu ileso. Parece que estava indo pra garagem, por isso não tinha passageiro. Mas ainda vai demorar pra tirarem o ônibus de lá.

Isso foi o suficiente para que eu começasse a chorar, feito uma criancinha, sem vergonha alguma disso.

– O que foi, Mari? – perguntou meu pai, embora ele soubesse a resposta.

– Eu vou perder o voo! – falei, chorando mais alto ainda. Eu estava sendo patética, mas nem me importava.

Mais 15 minutos se passaram e nada! Andamos no máximo dois metros de distância.

–Vamos voltar – implorei. – Desisto de viajar, não vai dar tempo.

– Deixe de ser dramática, garota – ordenou mamãe. – Se já tá surtando aqui, imagina se algo der errado lá no Canadá e a gente não estiver do seu lado? Respira fundo, vou dar meu jeito – falou.Virando-se para o meu pai, mandou: – Aperta essa buzina enquanto eu grito que tem alguém passando mal aqui dentro.

– Mas Marta...

– O quê? É verdade. Se essa menina perder o voo, acho que ela tem um ataque cardíaco.

Papai estava prestes a fazer isso quando a nossa faixa da pista abriu, mas a faixa onde Mateus estava permaneceu interditada. Os carros começaram a andar lentamente e papai abriu espaço para Mateus trocar de faixa e passar à nossa frente. Os carros à nossa volta começaram a buzinar, mas Mateus conseguiu entrar e o trânsito começou a fluir devagar.

Um caminho que cruzaríamos em menos de um minuto foi atravessado em quase 15, mas conseguimos. Depois que passamos pelo ônibus, que ainda ocupava metade da pista, meu pai acelerou, e eu me senti em uma corrida de Fórmula 1, tudo para chegarmos a tempo e eu não perder o voo. Meu pai me deixou na porta mais próxima ao balcão da companhia e eu corri com minha mãe e Nina, enquanto Arthur e Mateus carregavam minhas malas atrás de mim e minha irmã e meu pai estacionavam os carros. Foi montado um verdadeiro plano de guerra para que eu embarcasse a tempo.

Quando cheguei ao balcão para o *check-in* e despacho, ainda havia uma pequena folga para que eu me dirigisse ao embarque. Suspirei aliviada! Acho que, se algo tivesse dado errado, eu teria um enfarto em pleno saguão. Mas o tempo corria rápido: tinha poucos minutos para me despedir da minha família.

Era injusto que um abraço que teria que guardar na memória durante os próximos meses de ausência fosse um abraço tão rápido.

— Vá com Deus, minha filha. Juízo! — falou papai, me abraçando. Meu pai nunca foi o melhor do mundo com palavras, mas chorou assim que me abraçou. — Vou sentir sua falta Nesses dois meses.

Mamãe me abraçou, beijou e chorou muito. Repetiu todas as recomendações que ela havia feito antes e, se eu não dissesse que precisava ir embora, ficaria falando para sempre.

— Ai, minha pequenininha... — choramingou mamãe. — Que falta você vai fazer nesse tempo.

Nina, que permaneceu ao meu lado durante a despedida, passou o braço à minha volta e disse que sentiria saudade.

— Por favor, fala comigo na internet todo dia! Finalmente eu posso entrar, já que o vestibular passou.

— Lógico que eu vou. Não consigo ficar longe de você — falei, e era verdade. Encarei bem a minha amiga: — Nina, eu sei que você ainda não tá pronta para falar dos seus problemas, mas saiba que mesmo longe eu vou te apoiar, viu? E, por favor, tente se cuidar mais. — Aconselhei, sem querer citar a questão da comida. Meu coração estava mais apertado por ficar longe enquanto Nina enfrentava um problema grande como aquele.

Melissa e Mateus me deram vários de seus já tradicionais abraços-sanduíche. Minha irmã segurou o choro ao se despedir de mim.

— Pelo amor de Deus, não engorda, tá? Você tem que caber no vestido de madrinha! — pediu, tentando rir, mas percebi que ela estava quase chorando. — Quem vai me ajudar nessa reta final até o casamento? Eu não tenho mais em quem descontar minha neurose.

— Sempre existem conferências on-line pra isso! — falei, quase chorando também. — E vocês fazem parecer que é uma vida, mas são só dez semanas! — exclamei.

— É que tudo isso é muito tempo — disse Arthur. Ele ainda não havia se despedido de mim. O tempo estava correndo e daqui a pouco era a última chamada para meu voo, mas eu precisava me despedir decentemente dele.

— Só nos resta pedir que o relógio ande bem rápido durante esses dias — falei.

— Mas você precisa aproveitar — afirmou ele. — Eu vou ficar feliz se souber que está tudo bem com você — completou, pegando minhas mãos.

— A gente se fala todo dia?

— Toda hora, se você quiser.

— Dez semanas passam rápido — sentenciei.

— Eu já estou com saudade — confessou.

— Eu também.

Ficamos nos olhando por alguns segundos, em silêncio. Era tudo tão recente... Será que a distância mudaria algo entre nós? Nos afastaria? Nos aproximaria? Mas eu não tinha como descobrir se continuasse parada.

Quando Arthur foi me beijar, o celular dele começou a tocar. Em vez de ignorar a chamada — ele ficaria dois meses e meio sem me ver! Custava retornar depois? —, ele pediu licença e foi atender. Aquele gesto me deixou irritadíssima.

A última coisa que eu precisava naquele instante era me estressar com o Arthur por um assunto como uma ligação atendida no momento errado, mas era tarde demais: já havia me incomodado. Era assim que ia me despedir do meu namorado?

— Agora não, Clara. Depois eu falo com você, tá? — ouvi Arthur dizer.

Clara? Eu tinha escutado corretamente?

Arthur desligou o celular e caminhou em minha direção.

— Com quem você estava falando? — perguntei, alterando meu tom de voz.

— Com uma funcionária da Lore. Era coisa urgente. Desculpa ter atendido.

— Qual era o nome dela, Arthur?

— Ih, Mariana, você quer mesmo brigar agora? — disse Arthur. — Já falei, era coisa da empresa. Sem neurose!

Eu estava com uma pulga atrás da orelha. Pode me chamar de ciumenta, mas eu juro que escutei o nome da Clara.

— Mas logo hoje, Arthur? Não é possível ter algo urgente... O Natal foi ontem!

— É sobre a festa de ano-novo que vai acontecer lá. Era urgente. Sem ciúmes, tá? E você está atrasada.

Ele tinha razão. Mas, ainda assim, não estava completamente segura. Era difícil partir logo agora, que nosso namoro havia começado. Ao embarcar naquele avião, eu deixaria boa parte dos meus medos no Brasil.

— Preciso ir — comuniquei a todos, mas, na verdade, eu queria levá-los comigo. Toquei o colar no meu pescoço, presente de formatura dos meus pais, e me lembrei do diário de viagem que eu carregava dentro da bolsa, presente da minha avó.

Lembrei das palavras que vovó havia escrito na primeira folha do diário: "Se seu coração sempre estiver com sua família, você sempre terá um lar para onde voltar". Além da minha família, eu tinha o Arthur e a Nina. Talvez o Arthur não fosse para sempre e os caminhos da vida pudessem me afastar da Carina, mas, por enquanto, eles também eram parte do meu "lar". Onde quer que eu estivesse, aqui ou do outro lado do mundo, eu lembraria deles. Então não estaria sozinha.

Beijei Arthur e o abracei forte, sentindo vontade de chorar dessa vez. O mais rápido que pude, abracei e beijei todos enquanto faziam a última chamada para o meu voo. Entrei na sala de embarque com passagens e passaporte em mãos e, ao olhar para trás, minha família, meu namorado e minha melhor amiga acenavam para mim, parados na entrada.

– Boa sorte! – gritou meu cunhado.

Eu acenei de volta e não olhei mais para trás.

Tantos meses confusos e tantos problemas me guiaram até aquele momento. Era hora de viver meus sonhos, descobrir mais sobre mim mesma e abrir meus olhos para o que a vida tinha a oferecer. Em tão pouco tempo eu aprendi tanto!

Meu ano foi uma espécie de montanha-russa, cheio de altos e baixos. Uma aventura tão intensa que eu ainda tentava processar o valor e a força de todos aqueles dias que me levaram até aquele aeroporto.

Agora eu estava prestes a embarcar para meu novo destino. E aquela era a última chamada. Liguei a câmera enquanto aguardava na fila do raio-X:

– Oi, gente, eu sou a Mariana Prudente, e a minha aventura está só começando!

ifigueiredo@editoraevora.com.br

Este livro foi impresso pela Assahi Gráfica em papel *Lux cream 70* g.